«PANDORA»

Della stessa autrice
(anche in ebook)

Bad boy. Mai più con te
Bad boy. Mai più senza di te

BLAIR HOLDEN

BAD BOY

MAI PIÙ LONTANI

Traduzione di Cecilia Pirovano

Sperling & Kupfer

Realizzazione editoriale a cura di Studio Dispari.

The Bad Boy's Play

ISBN 978-88-200-6152-4

I Edizione febbraio 2017

Anno 2017-2018-2019 - Edizione 1 2 3 4 5 6 7 8 9 10

1

A che punto siamo con l'Operazione Evacuazione

DALLA finestra filtra una luce tenue e, accanto a me, Cole si sta svegliando. Ormai ho aperto gli occhi da un po'; dopo la bomba che ha sganciato ieri sera non sono riuscita a rilassarmi abbastanza da tornare a dormire. C'è un motivo se si ostina tanto a proteggere me e la mia privacy. All'inizio ero sbalordita, ma poi di colpo è arrivata la consapevolezza che tutto sta per cambiare.

Al ritiro sono successe delle cose, cose grosse per la carriera di Cole. Lui vuole laurearsi in Ingegneria, e giocare a livello professionistico non ha mai fatto davvero parte dei suoi piani. Ovviamente però, come ogni universitario che gioca a football, anche lui sogna di diventare professionista e cambiare drasticamente vita.

Deglutisco a fatica. Ho sempre saputo che è un ragazzo eccezionale, destinato a fare grandi cose, ma questa è un'importante novità e, ogni volta che ci penso, mi sento come se mi avessero dato un pugno e lasciato senza fiato.

Una pioggia di baci delicati si posa sul mio collo e due mani si infilano sotto la mia maglietta… be', tecnicamente la maglietta di Cole, e si spingono sempre più in alto. Tremo tutta, scossa dai brividi per il bisogno di stargli vicino dopo così tanto tempo. Lo stesso bisogno che avverto nel suo tocco, nelle sue mani forti che si muovono sul mio corpo, lo palpano e lo accarezzano, nei baci che mi dà sul collo e sul mento.

D'istinto mi irrigidisco, perché ho pur sempre una compagna di stanza che ormai potrebbe aver bisogno di cure psichiatriche dopo tutte le volte che ha beccato me e Cole in posizioni compromettenti. «Non è rientrata, Pasticcino. Il suo ragazzo è venuto a trovarla, quindi starà da lui», borbotta Cole.

Giro la testa così di scatto che è un miracolo se non mi stiro qualche muscolo. Lui è qui, proprio qui, e abbiamo ancora un po' di tempo prima che mi dica che anche questo, anche stare insieme nella mia stanza al pensionato, è troppo.

Faccio scorrere lo sguardo su ogni parte di lui, dai capelli arruffati dopo la notte agli occhi blu intenso, agli zigomi marcati. Passo il dorso della mano sulle sue guance non rasate e lui, con un gran sospiro, si avventa su di me e mi bacia con trasporto.

Non ho nulla contro l'alito del mattino, purché siamo in due ad averlo.

Mi fa sdraiare sulla schiena e, senza smettere di baciarmi, sale sopra di me. Mi è mancato molto, ho paura e sono ancora arrabbiata ma, dopo il tempo che abbiamo trascorso separati, in cui ho dubitato di tutto quello che abbiamo, adesso che è vicino a me e mi tocca in questo modo, l'unica emozione che provo è l'amore inebriante che nutro per lui.

«Mi fai morire quando mi guardi così», dice Cole con voce roca per il sonno e per qualcos'altro, forse il desiderio.

Metto le braccia intorno alle sue spalle e lo attiro verso di me finché la sua bocca è sulla mia. «Ieri sera sono crollata. Non siamo neanche riusciti a...»

Mi dà un bacio all'angolo della bocca. «Parlare?» Lo sento sorridere contro la mia pelle.

«Tra le altre cose. Hai sganciato una bella bomba.»

Pare dispiaciuto, ma soprattutto distratto mentre mi ricopre il viso di baci.

«Voglio un time out. Possiamo parlarne più tardi. Adesso voglio solo ricordare alla mia ragazza perché non dovrebbe rinunciare a me.»

«Sei piuttosto sicuro delle tue doti, eh, Stone?»

«Nessuno si è mai lamentato finora.» Mi fa l'occhiolino e mi fa mettere seduta, per sfilarmi la sua maglietta.

Il suo tentativo di distrarmi sta funzionando, ma c'è ancora una cosa che mi indispettisce. Quella parola. Ragazza.

«Sono ancora la tua ragazza?» chiedo con voce flebile, senza più alcuna traccia dell'allegria di poco fa. Lui si rabbuia e i suoi occhi si incupiscono.

Mi mette una mano sulla nuca e guida la mia testa verso di sé, fino a farmi poggiare la fronte contro la sua. Con l'altra mano mi prende il polso e mette la mia mano sul suo petto nudo, all'altezza del cuore, che batte all'impazzata sotto le mie dita.

«Quella parola non basta neanche lontanamente a spiegare ciò che sei per me», risponde guardandomi dritto negli occhi, e sul suo viso leggo la convinzione, la certezza, la possibilità di stare insieme per noi due. «Se proprio vogliamo usare dei titoli, allora quello che sceglierei per te è un altro, ma so che in questo momento ti manderebbe fuori di testa. Un giorno però, presto, ti farò una domanda molto importante, Tessie, e tutti sapranno che per me al mondo esisti solo tu.»

Non riesco a parlare, né a respirare. Riesco soltanto a guardarlo e, con ogni parte di me, capisco che mi ama più di quanto avrei mai potuto immaginare di essere amata.

«Per rispondere alla tua domanda, però, sì, sei la mia ragazza. Che cazzo, sei l'amore della mia vita. Fingerò il contrario solo fino a quando sarò certo di potermi prendere cura di te. Per noi, tu sei ancora mia e io sono ancora tuo. Per tutti gli altri… non me ne frega un cazzo di loro, ma sapranno che non devono neanche azzardarsi a guardarti.»

«Parli degli altri ragazzi?»

«Sì, chiunque pensi di potersi prendere quel che è mio.»

Gli do un bacio sulla spalla. «Ci farai passare le pene dell'inferno. Non dovrebbe essere così complicato.»

«Lo so eccome, Pasticcino!» geme contro il mio collo. «Ma sopporterei le pene dell'inferno anche dieci volte di fila pur di assicurarmi che nessuno ti tormenti.»

Non si può combattere contro una tale convinzione, perciò non ci provo neanche. Avvicino la sua bocca alla mia e, con un bacio, tento di cancellare tutte le sue paure. Gli resterò accanto a ogni passo, l'unica cosa che mi preoccupa è che Cole non si stia scavando una fossa troppo grande per poterne uscire.

Voler dare una lezione a qualcuno non è sempre divertente come si può pensare e io l'ho imparato a mie spese. Le mie intenzioni però erano più che nobili. Volevo far entrare in testa a Cole una volta per tutte che, qualsiasi cosa si metta sulla nostra strada, sarò più che felice di affrontarla insieme, ma se lui continua a tenere me nella bambagia e noi in stand by fino a quando gli sembrerà il momento giusto… be', allora ci resteremo per molto, molto tempo.

Per ora, sono in palestra e mi alleno sotto la severa supervisione di Bentley. Provo a parlargli di Amanda o persino del tempo perché, a essere sinceri, vorrei solo sottrarmi al suo sguardo indagatore. Lui però non smette di fissarmi con attenzione.

Non come se pensasse: È colpa mia se si spacca la testa con i pesi, ma piuttosto: Il suo ragazzo l'ha mollata, non dovrebbe essere un po' più catatonica?

Come faccio con chiunque altro al campus sia anche solo vagamente al corrente della mia situazione attuale, tento di ignorarlo. Ma so che Bentley ha buone intenzioni e si preoccupa per me come amico, quindi devo ricordarmi di dirgli che dopo i recenti sviluppi non ho intenzione di tentare il suicidio e non c'è bisogno che mi sorvegli a vista.

«Allora», esordisce una volta finito l'allenamento, «se non hai programmi per il fine settimana, mi chiedevo se ti andasse di conoscere finalmente Amanda. Lei vorrebbe incontrare di più i miei amici ma loro sono...» si stringe nelle spalle, «be', sono dei coglioni e passerebbero tutto il tempo a fissarle le tette.»

«Puoi stare sicuro che io non lo farò. Oddio, potrei metterti in imbarazzo comportandomi da idiota, ma non sarei così squallida.»

Lui scoppia a ridere, sollevato che io abbia conservato il senso dell'umorismo. Mi dice che mi manderà un messaggio con i dettagli e che probabilmente usciremo una sera a cena. Ci dividiamo e io torno al pensionato, dove finalmente controllo il telefono. È zeppo di messaggi da parte di Megan e Beth, le mie migliori amiche, e di mio fratello. Da quando è uscita l'intervista di Cole per ESPN, hanno visto la mia relazione farsi un bel giro sulle montagne russe e di certo vorranno sapere gli ultimi sviluppi. Chi ha bisogno di una telenovela quando ci sono io?

«Ehi», rispondo, con il telefono incastrato tra l'orecchio e la spalla mentre striscio il badge dell'università per prendere l'ascensore fino al mio piano. Per fortuna sono sola, così nessuno sente l'urlo di Beth: «Devo venire a tagliare qualche appendice?»

Il volume del grido mi strappa una smorfia. «Bethany», sospiro, appoggiandomi alla parete dell'ascensore, «perché stai urlando? Travis non ti ha detto di evitare lo zucchero almeno fino alle sei di sera?»

«Non c'entrano niente i tre pacchetti di caramelle frizzanti che ho mangiato. Sono al centro commerciale e c'è uno dei fratelli Hemsworth e la gente sta andando fuori di testa. Ho appena visto una donna che si toglieva la maglietta davanti al figlio di otto anni, giuro.»

Rabbrividisco. Dal vivo dev'essere stata un'esperienza traumatizzante. «E quella pazza ti ha ricordato di chiamarmi.»

«Mi sono presa qualcosa da mangiare, giusto per passare il tempo, e ho visto che non hanno ancora smentito quell'intervista del cavolo per la ESPN, e ciò significa che Cole non ha ancora ritrattato. Ti confesso che ho ancora l'impulso di fare qualcosa di molto violento.»

«Calmati, *femme fatale*. Ci stiamo lavorando.»

Me la immagino nitidamente con un sopracciglio inarcato ad arte. «Cosa significa che ci state lavorando se l'intervista non è stata smentita e lui respira ancora?»

«Come fai a sapere che respira ancora?»

«Conosco qualcuno che conosce qualcuno», risponde con fare disinvolto, come se la frase non la facesse sembrare un boss mafioso.

«O hai parlato con Cami o con Sarah e, siccome Sarah ha una paura folle di te, dev'essere Cami.»

Le porte dell'ascensore si aprono e io mi incammino lungo il corridoio, con addosso parecchi occhi.

«Volevo solo sapere a che punto siamo con l'Operazione Evacuazione.»

Grazie al cielo riesco a evitare un attacco di tosse nel bel mezzo del corridoio. Corro alla porta della mia stanza, me la richiudo alle spalle e, anche se Sarah non c'è, mi metto a bisbigliare al telefono con fare minaccioso.

«Ti prego, dimmi che non hai fatto quello che penso!»

«Be', se il signor Pezzo di Merda Stone non te ne ha ancora parlato, allora la mia minion non ha portato a termine la sua missione.»

«Beth, tu non hai idea di cosa sta succedendo. Lascialo in pace», sibilo. Mi si è alzata la pressione, me lo sento. Tra le mie amiche e il mio ragazzo, posso considerarmi fortunata se arriverò ai venticinque anni.

«Però so che tu stai male e che probabilmente sei confusa quanto me. È una brutta combinazione e di certo non dovrebbe essere così in una relazione.»

Mi premo le dita sulla tempia, che ormai si è messa a pulsare, e mi siedo ai piedi del letto.

«Ieri sera abbiamo parlato e mi ha spiegato per bene come stanno le cose.»

Nonostante il silenzio all'altro capo, prevedo già la domanda che sta per farmi.

«Ieri sera nel senso che eravate insieme con un letto nelle vicinanze?»

«Non è venuto a letto con me per manipolarmi, Beth. Non è quel tipo di ragazzo, lo sappiamo tutte e due.»

Anche se Beth non parla molto del suo passato, ho la sensazione che abbia sempre incontrato i ragazzi sbagliati, ecco perché le serve molto più tempo per fidarsi. Non ha motivo di essere così diffidente nei confronti di Cole, ma probabilmente il dubbio le resterà sempre.

«Ok, lo ammetto, è stato un commento inopportuno, ma per un secondo l'ho pensato davvero. Lo sai che non si può sempre usare il sesso per accantonare i problemi.»

«Non l'abbiamo fatto. E nemmeno lui. Abbiamo parlato di un sacco di cose e lui mi ha detto una cosa importante, di cui sapremo di più nei prossimi giorni. Adesso lo capisco molto più di prima e…»

«E?»

«Non ho mai avuto tanta voglia di uccidere Nicole come in questo momento.»

«Allora è questo il problema? Vuole lasciarti per finta? È ancora convinto? Sul serio?»

«Molto più che convinto. Lo sta mettendo in pratica.»

Altro silenzio.

«Be', non vedo l'ora che questa stronzata gli si ritorca contro.»

Con un gemito, mi lascio cadere sulla schiena e fisso il soffitto. «L'hanno capito tutti tranne lui, e l'unica soluzione è che si renda conto da solo che non sempre sa cosa è meglio per gli altri.»

«Hai in mente qualcosa, vero? Gli vuoi dare una bella lezione?» mi chiede Beth con voce divertita.

«Una lezione che non si dimenticherà mai.»

«Certe volte sei proprio una sfigata, ma ti voglio bene. Spero che prenderai a calci quel suo culo compiaciuto.»

In questo momento, eccome se mi sento compiaciuta.

«Col cavolo che esci!»

Cole sta facendo i capricci, come il bambino di quattro anni che, dentro di sé, ogni uomo rimane per sempre. Mi limito a osservarlo godendo in silenzio mentre cammina avanti e indietro per la stanza e intanto mi metto lo smalto alle unghie.

«È un locale dove possono entrare anche i minorenni, non ci fanno mica gli spogliarelli. Rilassati, Cole.»

Se fosse possibile sputare fiamme dalle narici, in questo momento credo proprio che lo farebbe.

«Ci sei mai stata? Conosci qualcuno che ci è stato?»

«A quanto pare tu sei piuttosto bene informato», commento, sforzandomi di assumere un'aria intimidatoria.

Non finge nemmeno di sentirsi in colpa. «Ci siamo andati una volta dopo una partita. Tu avevi detto che dovevi studiare.»

Espiro con calma, per reprimere l'impulso di lanciargli addosso qualcosa. «Be', oggi ci andrò e, visto che non possiamo farci vedere insieme...»

«Alt, aspetta un attimo. Non è quello che ho detto. Non c'è motivo per cui debba starti lontano. Come ho detto, la gente deve pensare che ci stiamo frequentando.»

A quelle parole, non riesco a trattenere una smorfia. Detta così, sembriamo una di quelle coppie di trombamici in cui la ragazza, da vera stupida, comincia a provare qualcosa, ma non è ricambiata.

«Senti, so che lo stiamo facendo perché io non sia più sotto i riflettori, ma cosa penseranno di me se ci vedono a 'frequentarci' pochi giorni dopo che in pratica mi hai umiliato pubblicamente?»

«Non avevo...» comincia a urlare, ma io alzo una mano per bloccarlo.

«Ascoltami. Al momento le cose stanno così: tutti pensavano che stessimo insieme e, anche se nessuno digeriva il fatto che un ragazzo come te stesse con una ragazza come me, non si erano comunque azzardati a mettere in discussione che fossimo una coppia. Adesso che hai annunciato pubblicamente che abbiamo rotto o, meglio ancora, adesso che hai detto a tutti che non sei il tipo da relazioni serie, la gente ha cominciato a pensare che io mi sia lasciata usare da te.» La sua espressione è sempre più tesa, ma è abbastanza saggio da non interrompermi. «Che razza di persona mi considereranno se non mi faccio nessun problema ad andare in giro a braccetto con te? Penseranno che non ho nessun rispetto per me stessa nell'ipotetico universo parallelo che stai creando.»

«Diamine, sei davvero sexy quando ti arrabbi con me.»

Cosa dovrei fare con questo ragazzo?

«Voglio che tu mi prenda sul serio. Se a te va bene che la gente mi ritenga una bionda svampita, disperata e senza spina dorsale, senza alcun rispetto per se stessa, allora abbiamo un problema.»

D'un tratto, Cole non pare più divertito, e mi fissa con sguardo ferito. Fa per dire qualcosa, poi ci ripensa, mi guarda per qualche istante e alla fine esce dalla sua stanza sbattendosi la porta alle spalle. Caccio indietro le lacrime e, malferma sulle gambe, mi siedo ai piedi del letto.

Ho una voglia matta di togliermi di dosso i jeans aderenti firmati e il top di seta, e infilarmi una sua maglietta. Ho appuntamento con Bentley, Cami e Sarah, lo so, ma non voglio lasciare qui Cole così arrabbiato. Non voglio finire nel circolo vizioso in cui lui fa qualcosa che mi ferisce e io faccio qualcos'altro per ferirlo ancora di più.

Il cellulare vibra nella mia tasca. Si staranno chiedendo dove sia finita. Una parte di me vorrebbe dar loro buca, trovare Cole e sistemare le cose. Ma l'altra parte di me sa che, se rimango qui, a crogiolarmi nello sconforto perché le cose non sono andate come volevo, resterei seduta da sola in una stanza al buio per il resto della vita.

Rifletto per un attimo se prendere le chiavi della macchina di Cole, ma decido che è meglio di no. Non mi sembra giusto, dato che mi sono comportata in modo tanto orribile con lui. Chiamo un taxi ed esco dall'appartamento vuoto. Quanto odio questa situazione... Dove sarà andato?

Lo scopro mentre sono sulla strada ad aspettare il taxi, quando qualcuno mi afferra per la vita e mi spinge contro il muro nel vicolo accanto al palazzo di Cole. Potrei mettermi a gridare, ma sono troppo impegnata a respirare, considerati i baci mozzafiato del mio ragazzo, bipolare almeno quanto il clima inglese.

«Tu mi fai impazzire», dice staccandosi per riprendere fiato, poi si avventa di nuovo su di me. I suoi baci sono passionali e fuori controllo, proprio come lui.

Dovrei fermarlo, spingerlo via e sentirmi in imbarazzo all'idea che qualcuno possa beccarci, invece non faccio nulla di tutto ciò. Con un gemito, gli metto le braccia intorno al collo e rispondo al bacio con altrettanta foga.

Mette le mani sui miei fianchi e me li stringe, per farmi capire cosa fare. Il taxi potrebbe arrivare da un momento all'altro, ma mi lascio comunque sollevare e gli serro la vita con le gambe.

«Lo stesso vale per me.» Fatico a respirare mentre lui mi bacia sul collo, sposta il top e scende più in basso.

«Non ti mancherei mai di rispetto, Tessie. Mai», mi giura, e intanto smette di arrischiarsi in certi territori e torna a baciarmi sulle labbra.

«Non è quello che intendevo. So che non lo faresti mai. Non intenzionalmente.»

Sfioro con le dita il suo mento, le labbra e infine gli zigomi.

«Devo andare. Mi stanno aspettando.»

«Vengo con te.»

«No che non…» Mi interrompe con un bacio e preme la fronte contro la mia. «Nessuno si accorgerà che ci sono, te lo prometto. Prenderò una birra e mi mischierò tra la folla. Farò da tappezzeria, che cavolo.»

È un'idea tanto assurda che scoppio a ridere. «Tu non potresti mai fare da tappezzeria, Cole. Né per me né per nessun altro. Sei troppo… brillante.»

Di certo offriamo un bello spettacolo, nascosti in un vicolo avvinghiati l'uno all'altra. Adesso però non è il momento per una chiacchierata a cuore aperto e lui deve sapere alcune cose. «Tu spicchi tra la folla, Cole. È sempre stato così. A volte ho paura di restare scottata da tutta l'energia che ti circonda, con cui attrai la gente», confesso. «Non riesco a starti lontano e mi sembra una follia.»

Lui deglutisce, con il respiro affannoso. «Stai parlando della sensazione che ti spinge verso di me, piccola? Be', gli altri non la provano neanche lontanamente. Dipende da noi, da quello che c'è tra noi. Chiamarlo amore è una dannata ingiustizia. Non resterai mai scottata, non da me: preferirei morire piuttosto che lasciare che accada.»

Mi sfugge una lacrima solitaria e lui la asciuga con un bacio. «Quello che stiamo provando è nuovo e fa paura, ma finché tu sarai con me, siamo a posto, giusto?» Mi bacia sulla tempia e mi preme il viso contro il suo petto, facendomi inspirare il suo odore.

«Sì.»

Arriviamo allo *Sapphire*, un locale che sembra il sogno erotico di ogni universitaria del pianeta. Ci sono la musica a palla, le luci intermittenti che garantiscono abbastanza oscurità da nascondere le immagini più allarmanti e un bancone affollato. Anche se questa sera non è necessario mostrare un documento per entrare, i buttafuori non badano più di tanto a dare il braccialetto giusto a chi ha meno di ventun anni. Io e Cole entriamo senza alcun controllo e lui non pare esserne molto felice.

«Tessie l'Ubriacona e questo posto non sono una bella accoppiata», borbotta mentre cammina alle mie spalle senza mai staccare la mano dalla base della mia schiena, in un gesto protettivo. Per fortuna che voleva fare da tappezzeria, devo fargli i complimenti. Appena saremo in una zona più illuminata, balzerà al centro dell'attenzione.

Vedo i miei amici seduti a un tavolo vicino al bar e, come previsto, hanno già preso da bere. Cole sa cosa ordinare per me e assicurandosi che io non finisca tra le ultime notizie sui social network, fotografata appesa a un lampadario o alla guida di un'auto della polizia rubata.

Tessa l'Ubriacona sarebbe capace di tutto. Non si può mai sapere.

Proprio quando sto per dirgli di seguirmi con i nostri bicchieri, mi fa voltare e mi dà un rapido bacio sulle labbra.

«Ti faccio portare il drink al tavolo.»

«Vieni con me. Sono solo i miei amici, non diranno niente.»

«Seduto al bancone ho visto un giornalista, noto per essere un subdolo figlio di puttana, e non gli permetterò nemmeno di respirare vicino a te.» Mi dà un bacio sulla tempia e mi spinge verso Bentley e una ragazza che deve essere Amanda.

«Mandami un messaggio quando sei pronta per andare. Dormi da me stanotte.»

Non sono per niente sicura che sia una buona idea e sono esausta, ma annuisco e lo lascio allontanare. Raggiungo i miei amici e vengo presentata alla splendida morettina dal viso dolce per cui Bentley ha una cotta. A mano a mano che la conosco, mi piace sempre più e sono contentissima che il mio amico stia con una ragazza così.

Poi però lei si sporge verso di me e sussurra: «Grazie per essere venuta stasera. So che non dovrei essere io a dirlo, ma dev'essere dura stare in mezzo a tanta gente dopo essere stata mollata in modo così plateale».

Resto di sasso e Cami, che ormai da un po' se ne stava seduta in silenzio accanto a me, si intromette. «Hai veramente tirato fuori quell'argomento?»

Mortificata, Amanda diventa tutta rossa, e mi rendo conto che con quel commento non voleva lanciarmi una frecciatina, ma solo ringraziarmi. Mi sento una vera stronza per aver reagito in modo eccessivo, come al solito.

«Mi dispiace tanto! Non volevo turbarti, volevo solo...»

«È tutto a posto», la rassicuro, e riesco addirittura ad abbozzare un sorriso, «non lo sapevi e poi, come hai detto tu stessa, mi ha mollato in modo plateale, quindi non posso prendermela se la gente è curiosa.»

Amanda non smette di profondersi in scuse e allora vado in bagno, con Cami alle calcagna.

«Te la sei cavata bene.» Mi osserva attentamente mentre ci mettiamo in fondo alla lunga fila per la toilette.

«Già.»

«Potresti almeno sforzarti di sembrare una ragazza con il cuore infranto», mi rimprovera e, prima ancora di chiederle cosa e quanto sappia, capisco tutto. «Tu e Beth dovete smetterla di complottare. Il mondo non è pronto per le conseguenze dei casini che potreste combinare.»

Si stringe nelle spalle. «Mi piace il suo modo di pensare. Diventeremo ottime amiche, me lo sento.»

Una volta finito alla toilette e tornate al nostro tavolo,

l'atmosfera cupa sembra svanita. Amanda si scusa ancora un paio di volte, ma poi si rilassa e inizia a godersi la serata. Il mio sguardo però continua a vagare per il locale e, anche se mi vergogno un po' ad ammetterlo, non presto molta attenzione alla conversazione.

«Sei un po' troppo ovvia, Tessa. Va' a cercarlo e dagli una bella strapazzata, se è questo che vuoi», mi sussurra all'orecchio Cami con fare cospiratorio. Sorrido all'idea e prendo il cellulare, ma Cole mi batte sul tempo. Mi arriva un messaggio il cui testo mi fa diventare rossa come un peperone.

«Oddio.» Cami si fa aria con una mano. «Quel ragazzo ci sa proprio fare con le parole.»

«Ehi! Esistono dei limiti, Camryn, e dovresti rispettarli.» Copro con una mano il messaggio decisamente personale e mi alzo, cercandolo con lo sguardo.

Come mi ha detto lui stesso in tono molto convincente, non devo aver paura se ho sempre voglia di stargli vicino, se mi sento sempre attratta da lui. Non resterò scottata dall'energia che ci tiene insieme perché è proprio quell'energia a farmi andare avanti, giorno dopo giorno, così come a farmi vivere gli alti più alti e i bassi più bassi, ma non potrei mai immaginare la mia vita senza sentirla scorrere nelle vene.

So che per Cole è lo stesso e, quando lo vedo appostato nell'ombra, in una zona al riparo dalle luci intermittenti, intento a guardarmi con un sorriso enorme che mi arriva al cuore e me lo strizza fin quasi a farlo scoppiare, sono più che pronta a lasciarmi incenerire.

2

La strillettera della signora Weasley tremerebbe come una foglia davanti ai ceffoni verbali di Tessa

Fuori starà anche nevicando, ma qui dentro in palestra sento delle lingue di fuoco che lambiscono ogni centimetro della mia pelle. Una volta finita la coreografia, cado in ginocchio e ansimo come il cane che non ho mai avuto. Una posizione decisamente attraente, direi. Davanti a me compaiono due gambe abbronzate e toniche e riesco a immaginare senza problemi l'espressione compiaciuta sul viso della loro proprietaria.

«Pensavo che fossi in forma», commenta Lindsey Owens, la stella del corpo di ballo dell'università, che ho praticamente molestato per convincerla a farmi un provino per entrare in squadra. È già tanto se riesco a reprimere l'impulso di sdraiarmi per terra.

«Lo pensavo anch'io. Il mio allenatore dovrà spiegarmi un bel po' di cose», mormoro a denti stretti, ma lei mi sente ugualmente e mi porge una mano per aiutarmi ad alzarmi.

«Ti abituerai. Avrei dovuto avvisarti che ci diamo dentro con il cardio per prepararci alla stagione. Questa serie di esercizi l'abbiamo creata apposta per distinguere le ragazze che vogliono solo mettersi in mostra da quelle che fanno sul serio.»

Storco il naso. Come diavolo ho fatto a passare per una che vuole solo mettersi in mostra? Davanti alla mia espressione abbattuta, Lindsey mi rivolge un sorriso indulgente. «Ma tu sei andata bene. Sei decisamente meglio di tutte loro.» Lancia un'occhiata di sdegno alle altre reclute del primo anno, che di certo non se la passano meglio di me. Una in particolare ha un colorito che tende al verde e, proprio quando sto per farlo notare a Lindsey, ci supera di corsa diretta verso gli spogliatoi a poca distanza da noi, dove la sentiamo vomitare.

«Splendido», commenta Lindsey con una smorfia, poi mi guarda raggiante. «Si allenano fin da prima dell'inizio dei corsi e ancora non resistono più di dieci minuti.» Scuote la testa. «Tu però sei in forma e sei arrivata fino in fondo. Ci sei piaciuta e so che, se continuerai a lavorare sodo, andrai alla grande in ogni coreografia.»

Dopo di che, si ravvia i capelli ancora perfetti e se ne va. Mentre parlavamo mi ci è voluto uno sforzo immane per far reggere le mie gambe, quindi ora concedo loro una pausa e mi accascio sul pavimento. In cosa diamine mi sono cacciata?

Il giorno dopo è martedì, un giorno che non piace a nessuno e di cui nessuno parla, perché è una vera mazzata. Lunedì ho avuto una giornata piena, tra la sveglia alle sei per la prima prova ufficiale con il corpo di ballo e poi lo studio in biblioteca in vista della settimana degli esami di fine semestre. Dopo di che ho avuto lezione fino a sera, e a quel punto sono tornata nella mia stanza e ho fatto un pisolino di un paio d'ore abbondanti. Mi sono svegliata e ho letto un po', e sono perfino riuscita a incastrarci una chiacchierata per tentare di convincere Cole a darci un taglio con la sua mania di fare le cose al posto mio senza nemmeno chiedermelo.

L'altra sera, dopo essere stati al locale, sono rimasta a dormire da lui. A quanto pare, non ha una lista ben definita di cose che possiamo o non possiamo fare in quanto coppia che tutti gli altri non considerano più tale. È troppo presto per pensare all'intricato labirinto di questa nuova strategia, soprattutto perché non ho ancora bevuto nemmeno un caffè. Sono in coda alla caffetteria e tento di programmare la giornata quando qualcuno mi urta e il cellulare mi cade di mano. Borbottando tra me e me, lo raccolgo nella speranza di non doverne comprare uno nuovo e la persona alle mie spalle si china verso di me, come per aiutarmi.

«Sapevo che non ci avrebbe messo tanto a sbarazzarsi di te.»

Resto di sasso perché, purtroppo, questa voce mi è fin troppo familiare. Appartiene all'ennesima ragazza insignificante che gioca a fare la bulla e gode nel mettere a disagio gli altri; ne ho veramente abbastanza di lei. Mi rincuora pensare quanto ormai sia diventata immune alla sua opinione, mentre fino a un paio di mesi fa mi sarei chiusa a riccio e sarei scappata via di corsa.

Mi rialzo, mi giro verso Allison e le sorrido. Mi avrà anche fatto cadere il cellulare, ma non ha visto l'ultimo messaggio che ho ricevuto. Guardandola dritta negli occhi con un sorriso smielato, quando finalmente la persona all'altro capo del telefono risponde, dico: «Ehi, sto prendendo un caffè. Ti va se ci incontriamo alla caffetteria?»

Allison mi guarda confusa, come se pensasse che sono stupida a causa della mia reazione contenuta.

Lui risponde che arriverà tra due minuti. A mano a mano che la lunga fila procede, continuo a dare le spalle ad Allison ma sento il suo sguardo incenerirmi la schiena. La sto ancora ignorando quando tutt'intorno sento un certo mormorio. Da quando Cole è tornato dal ritiro con la squadra, è diventato una specie di celebrità. Tutti vogliono saperne di più sul ragazzo che sfonderà nella NFL e danno per scontato che lui non desideri altro che diventare un giocatore professionista e che sia solo una questione di tempo prima che abbandoni l'università. Io invece non riesco a fare a meno di pensare allo sguardo tormentato nei suoi occhi ogni volta che parla del proprio futuro.

Tutti credono anche che mollerà la sua ragazza del liceo, cosa per cui si è già messo all'opera.

Probabilmente si aspettano una resa dei conti tra noi, almeno coloro che erano a conoscenza della nostra storia. Ma per quanto mi piaccia pensarlo, il mondo non gira intorno a noi e tra i presenti ci sarà pure qualcuno che vuole semplicemente prendere un caffè.

«Ehi», mi sussurra all'orecchio, saltando la fila. Vorrei tanto essere io a ricordargli che dovremmo avere dei limiti, ma è la sua partita e deve imparare da solo le regole.

Mi giro in modo da non perdermi l'espressione scioccata di Allison.

«Vuoi che ti prenda qualcosa?»

Lui scuote la testa, mi afferra per un polso e mi allontana dalla fila. Indica con un cenno i tavolini e mi rivolge un sorriso affettuoso. «Va' a sederti, io arrivo subito con i caffè.»

Faccio per protestare, ma sarebbe inutile. E poi abbiamo già attirato abbastanza attenzione. Cole sta mandando dei messaggi confusi a tutti, me compresa. Che tenerli sulle spine faccia solo parte del piano?

Sorrido ad Allison e la saluto con la mano mentre mi allontano. Il fatto che Cole non si sia nemmeno accorto della sua presenza mi dà un'enorme soddisfazione. Torna da me poco dopo con i caffè e li beviamo in silenzio. Alla fine gli chiedo: «Che differenza c'è rispetto a quando stavamo insieme?»

«Be'», risponde con una smorfia, «tanto per dirne una, prima non avrei represso l'istinto di baciarti in questo momento.»

«Sì... questa parte è uno schifo», commento arrossendo.

Lui scoppia a ridere, ma dal suo viso non traspare allegria. «Oggi ho ricevuto un paio di telefonate, di altri giornalisti che vogliono trasformarmi in una superstar da un giorno all'altro. Uno in particolare... cazzo, ha tirato in ballo la morte di mia madre, perché la gente adora le storie strappalacrime.»

Mi si stringe il cuore e, senza rifletterci, metto giù il caffè e appoggio una mano sulla sua. Solo perché non ne parla spesso, non significa che sua madre non conti per lui. Certo, è morta quando lui aveva quattro anni, però so che ha ancora qualche ricordo di lei e, cosa ben peggiore, che rimpiangerà per sempre di non poterne avere di più.

«Come hanno fatto a scoprirlo?»

«Sono giornalisti. A quanto pare violare la privacy degli altri è un requisito del loro lavoro.»

«Mi dispiace. Prova a stare tranquillo però, ok? Magari stanno solo cercando qualcosa per infastidirti e ottenere un bel titolo.»

«Se solo conoscessero il vero titolo...»

«Cosa?»

«Niente, niente.»

Continua a fissarmi, con la mascella serrata. Ho la sensazione che stia cercando di dirmi qualcosa, ma non lo fa. Lo conosco come le mie tasche, eppure non riesco a leggergli nella mente.

«Non permetterò che scoprano qualcosa che mi mandi fuori di matto», sospira.

L'atmosfera cupa si rasserena subito dopo, perché veniamo raggiunti da un suo compagno di squadra, che lo saluta con una pacca sulla spalla. Mentre scherzano tra loro abbasso la testa e mi concentro sulla mia tazza gigante di caffè, ma il mio tentativo di rendermi invisibile fallisce miseramente, perché il ricevitore mi vede e rimane sbigottito.

«Allora tra te e la biondina va ancora alla grande? E io che stavo per dirti che c'è un'intera confraternita femminile disposta a farti da cheerleader personale fino alla prossima stagione. È un'offerta piuttosto allettante, se ti interessa.»

Mi lancia uno sguardo d'accusa, come se fossi io l'unico motivo per cui Cole potrebbe rifiutare un regalo tanto magnanimo.

Ma stiamo giocando, giusto? Stiamo recitando una parte. E allora è un momento buono come un altro per far vedere alla gente che siamo «amici» e, in quanto sua amica, non posso permettere che Cole si lasci sfuggire un'opportunità tanto incredibile.

Raddrizzo le spalle e guardo Paul dritto negli occhi. Almeno credo che si chiami così. «Che confraternita è?»

«Quella delle Kappa Delta», risponde lui con una certa riverenza, come se recitasse una profezia.

«Mmm, sono carine. Sono quasi tutte ex reginette del ballo del liceo e diventeranno senatrici, dottoresse, scienziate e così via.» Mi giro verso Cole. «Dovresti accettare l'offerta. Immagina quanta pubblicità ti porterebbe sui media.»

Cole fulmina con lo sguardo prima me e poi quella testa di rapa del suo compagno di squadra. «Ci vediamo agli allenamenti, Donaldson.»

«Ma, amico», piagnucola lui, davvero patetico, «devo dar

loro una risposta a breve, oppure puoi farlo direttamente tu. Vogliono farsi una foto con te prima della prossima partita.»

«Ho detto che ne parliamo agli allenamenti.»

«Ma la tua ragazza ha detto che va bene! Mi piace un sacco questa storia della relazione aperta, perché non dovresti sfruttare la situazione, dato che puoi?»

Ancora pochi secondi e Cole sbatterà la faccia del suo compagno sul tavolo, quindi tento di rimediare. «Non sono più la sua ragazza. Non l'hai sentito? Ci siamo lasciati in modo amichevole. Adesso siamo solo due amici che vogliono fare colazione insieme in santa pace prima che la gente come te cominci a scriverlo su Twitter. Vi vedrete agli allenamenti e lui accetterà ogni tipo di servizio le Kappa Delta vogliano offrirgli. Adesso vattene.»

Se non altro ha la decenza di mostrarsi imbarazzato e taglia la corda talmente in fretta da risultare comico. Cole resta in silenzio, con la testa china. Proprio quando sto per dirgli di non farne una tragedia, il mio telefono appoggiato sul tavolo vibra.

È un messaggio da parte sua.

È stata una delle cose più sexy che io abbia mai visto, Pasticcino. L'hai quasi fatto pisciare sotto e sei la metà di lui. Sappi che in questo momento nella mia mente ti sto baciando in modo molto, molto sconcio.

Comprensibilmente, mi viene un attacco di tosse e mi batto forte sul petto per farlo passare. Cole fa il giro del tavolo, mi viene accanto e si china su di me. «Stai bene?» mi chiede, inondandomi l'orecchio con il suo fiato caldo.

«Sei sleale!» sibilo prendendo la bottiglietta d'acqua dallo zaino.

Mi mette una mano alla base della schiena fingendo di aiutarmi a riprendermi, ma comincia a muoverla in cerchio accarezzandomi in modo deliberato e sensuale. Sa che mi fa impazzire. Per quanto vorrei trascinarlo nella prima stanza libera dotata di serratura, ho anche una voglia matta di rovesciargli il caffè bollente su quella faccia compiaciuta. E visto che il caffè è molto più a portata di mano di una stanza in cui amoreggiare, sarà meglio che la smetta di farmi innervosire.

«Tento solo di fare quello che mi hai chiesto.»

«Non c'è bisogno di rendere le cose così difficili, però. Come faremo a convincere la gente che non stiamo più insieme? Il tuo piano non servirà a granché, ne sono sicura. Ti sei accorto almeno che mi hai infilato una mano sotto la maglietta?» Mi allontano da lui di scatto, arrabbiata ed eccitata allo stesso tempo. Raccolgo lo zaino da terra, tracanno quel che resta del mio caffè, scottandomi la lingua, e saluto Cole con un innocente bacio sulla guancia.

«Oggi ho lezione tutto il giorno ma mi raccomando, fammi sapere se le Kappa Delta si offrono di farti il bucato. Così ci aggiungo anche il mio.»

Mentre mi allontano, i suoi occhi, ridotti a due fessure e senza più traccia di allegria, non mi abbandonando neanche per un secondo. Ho la sensazione che tutta questa spavalderia mi farà finire in un mare di guai.

«Allora, stando alle ultime voci, tu e Cole siete entrati nel territorio dei trombamici.» Cami irrompe nella mia stanza e si fionda sul letto, che rimbalza sotto il suo peso. Chiudo il libro perché so già che sarebbe inutile tentare di studiare se la mia amica si è messa in testa di distruggere tutte le mie cellule cerebrali con gli stupidi pettegolezzi che ha ascoltato con gioia per tutto il giorno.

«Perché dovremmo rinunciare a una relazione perfetta solo per diventare trombamici? A me sembra una cosa contro natura. E fin troppo contorta.»

«Be', stamattina alla caffetteria hai messo su un bello spettacolino. La gente muore di curiosità per la tensione sessuale che c'è tra voi, e adesso la situazione è ancora più eccitante perché tutti pensano che siate solo ex.»

«Non riesco proprio a capirli, gli esseri umani. Perché devono rallegrarsi dell'infelicità di qualcuno? Nessuno voleva che io stessi con Cole e, adesso che non stiamo più insieme, si aspettano che ci strappiamo i vestiti a vicenda in pubblico? È tremendo!»

Mi guarda con aria mesta. «Mi ci vorrà molto di più di un anno di Psicologia per poter rispondere alla tua domanda ma, se ti può aiutare, non credi che chiunque viva dei dolori altrui sia un essere assolutamente deplorevole?»

«Sì», rispondo, e la mia mente va subito al giornalista che ha tirato in ballo la madre di Cole. Da quando me ne ha parlato, ho controllato diversi articoli sul mio ragazzo e ho trovato quello in questione. La storia che racconta è talmente inverosimile che mi è venuta voglia di entrare nello schermo, rimescolare le parole e rimetterle a posto. Riflettendoci, è buffo quanta differenza possano fare certi aggettivi se vengono messi nell'ordine giusto. Poi i miei pensieri si sono rivolti a Cassandra e a quanto si debba essere sentita ferita nel leggere che lo sceriffo aveva rimpiazzato la madre morta di Cole con una divorziata, ansiosa di farsi un nome nell'ambiente medico e con un forte desiderio di una famiglia perfetta che sostenesse le sue ambizioni. L'articolo proseguiva dicendo che Cole era sempre stato la pecora nera della famiglia e che era stato spedito in una scuola militare perché gli Stone non volevano che infangasse il loro buon nome.

L'articolo mi aveva fatto venire la nausea e finalmente avevo capito il disperato bisogno di Cole di proteggermi.

«Parlando di cose più allegre, ho seguito il tuo consiglio. Le mie amiche, be', le mie ex amiche che ormai considero semplici conoscenti, sono state felicissime di incontrarmi ora che faccio parte della compagnia di Cole Stone.»

«Cole ha una compagnia?»

«Certo che ce l'ha, e io ci sono dentro! Ma ci credi? Chi l'avrebbe mai detto che avrei avuto tanti vantaggi?» prosegue con voce stridula. «Comunque, sono pronte a dargli una mano e gli devono un favore. Io ho detto loro che lui non voleva impegnarsi con qualche ragazza delle Kappa Delta perché in questo momento vuole concentrarsi solo sul football. Potrei anche aver lasciato intendere che ha il cuore a pezzi per causa tua e che si aggrappa disperatamente all'idea di tornare con te appena la faccenda della NFL si sarà sgonfiata. Se quelle due parlano ancora come mi ricordo, nessun'altra ragazza oserà avvicinarsi al tuo uomo.»

«Sei sicura che funzionerà?»

«Sicurissima! Nessuno può far arrabbiare le fan più sfegatate dei Colessa.»

«Devi smetterla di parlare con Beth, sul serio. Ti supplico.»

Accantona l'idea con un gesto della mano, come se fosse la più assurda che abbia mai sentito, e indica i miei libri. «Come va l'esame che stai riscrivendo per la Regina delle Stronze?»

Rabbrividisco nel sentire il soprannome che ha dato alla mia professoressa. A essere sinceri, il voto D che ho preso in uno degli esami scritti più importanti del semestre è dipeso più dalla mia stupidità che dalla severità dell'insegnante.

Ora che lo sto rifacendo e sto rivedendo tutti i miei errori, mi sono resa conto che sembra che l'autore dello scritto volesse solo fissare sul foglio tutte le sue conoscenze senza riflettere sul significato dietro le parole. È un testo freddo, meticoloso e senza la minima emozione. Sarebbe perfetto se volessi laurearmi in Scienze, ma purtroppo non è così. Il lato positivo è che, adesso che dentro di me c'è un turbinio di sensazioni, mi sento abbastanza ispirata per riscrivere l'esame di Letteratura inglese.

«Riuscirei anche a sistemarlo», le dico con un'occhiata tagliente, «se la mia amica la smettesse di interrompermi con gli aggiornamenti minuto per minuto di quello che la gente pensa stia succedendo nella mia vita.»

«Ehi! Non sono neanche arrivata alla parte migliore», ribatte con un sorriso diabolico. «Allora, da quando ho raccontato alle vincitrici del titolo mondiale di Peggior Insulto alla Specie Umana che hai calpestato il cuore di Cole, la loro immaginazione si è sbizzarrita. Forse con un piccolo incoraggiamento da parte mia, o forse no. Comunque, il punto è che, se domani qualcuno dovesse chiederti se sei uscita con uno dei due fratelli vampiri sexy di quella serie che non mi piace, saprai chi ringraziare.»

«Come diamine…» balbetto confusa.

Mi tappa la bocca con una mano. «La cosa più educata da fare è ringraziarmi, Teresa.»

«Non mi chiamo neanche così», borbotto, ma lei è già schizzata fuori dalla porta. Non prima di avermi dato appuntamento al momento esatto del sorgere del sole per allenarci.

La mattina seguente sono nella sala mensa a mangiare uno yogurt con fiocchi d'avena e frutta secca quando al mio tavolo si siedono diverse persone. Visto che Sarah è a lezione e Cami dorme fino a tardi, non so proprio chi sia tanto coraggioso da intromettersi tra me e il mio cibo. Mi asciugo il mento con l'orlo della manica e, con una certa esitazione, alzo gli occhi dal delizioso contenuto della ciotola che ho davanti.

Sono circondata dalle mie... compagne del corpo di ballo, per quanto sia strano dirlo. Wow, ho delle compagne che stanno facendo colazione con me! Se solo sapessero quanto mi sento gasata in questo momento, si rialzerebbero all'istante.

Nella speranza di non assomigliare troppo a una serial killer, metto su un sorriso allegro. «Ciao ragazze!»

Il saluto con cui mi rispondono è decisamente meno entusiasta, ma d'altra parte è ancora talmente presto che chiunque avrebbe voglia di maledire la propria esistenza.

Dopo la prima tazza di caffè, però, le sei ragazze al mio tavolo cominciano a guardarmi con occhi indagatori. Compresa Lindsey.

«Abbiamo sentito delle cose», esordisce, senza alcuna malizia nella voce e con espressione neutra. «Attiri una bella dose di attenzione, vero, O'Connell?»

Arrossisco, in preda alla familiare sensazione di imbarazzo che sento risalire lungo il collo. «Ti riferisci a quello che è successo alla caffetteria?»

«Già», dice, e mi fissa per un po'. «Vorrei sapere se diventerà una costante, la gente che parla di te e del tipo che potrebbe essere o non essere il tuo ragazzo.»

«Sarebbe un problema?»

«Non grosso, ma non voglio che la mia squadra venga associata a quel genere di drammi e non voglio che una delle mie ballerine venga costantemente distratta dai drammi della propria vita. Nessuna di noi è più importante della squadra e ognuna di noi deve dare il centodieci per cento. Ci siamo capite?»

Non mi sta dicendo queste cose per cattiveria, ma solo per proteggere qualcosa per cui ha lavorato sodo.

«Ho capito. Niente più drammi.»

Mi sorride. «Be', non mi aspetto tanto, visto che frequenti Cole Stone, ma proviamo a limitarci a uno al mese, d'accordo?»

Le faccio il saluto militare. «Signorsì, capitano! La mia vita sarà regolare come un orologio svizzero.»

Si blocca con il cucchiaio pieno di farina d'avena a mezz'aria. «Dobbiamo lavorare un po' sulle tue competenze sociali.»

Mi faccio piccola piccola sulla sedia.

Oggi ho una delle mie rare serate libere e vado alla libreria dove ho lavorato durante l'estate, prima dell'inizio delle lezioni. Do ancora una mano ogni tanto e, quando i miei impegni mi consentono di lavorare con un orario regolare, accetto di essere pagata. Visto però che ultimamente riesco a venire solo una volta a settimana, lo faccio da volontaria. È una libreria per bambini e mi diverto a stare a contatto con i piccoli e ad aiutarli a trovare il miglior libro di tutti i tempi per ognuno di loro. È una bella attività e, quando li vedo tornare per comprare gli altri libri della serie che hanno scoperto grazie a me, il cuore mi scoppia di gioia. Nelle cinque ore che passo dietro al bancone, accantono in un angolo della mente gli avvenimenti della settimana e mi concentro soltanto sul rendere almeno un po' migliore la vita di qualcun altro, senza badare a quanto sia nevrotica la mia.

Una volta finito di lavorare, saluto Dianne, la mia collega di oggi, e mi preparo per tornare a piedi al pensionato. Fuori fa molto più freddo rispetto a quando sono arrivata, nel tardo pomeriggio. Mi stringo nel cappotto e affondo il viso nella sciarpa, aumentando il passo. L'appartamento di Cole è più vicino e potrei benissimo andare a dormire da lui ma…

Tutta questa storia è ridicola!

Senza smettere di camminare, sbuffo. Nella mente continuo a risentire le parole di Lindsey. E la cosa peggiore è che, mentre ero al lavoro, ho ricevuto un'e-mail con una richiesta da parte del redattore del giornale universitario. Be', non proprio una richiesta, piuttosto una specie di ricatto per ottenere un posto fisso nella redazione. Vuole che io scriva un pezzo su Cole, la stella nascente del football. Non una delle solite vecchie interviste corredate da qualche foto mozzafiato di lui in divisa però, oh no. Il mio pezzo deve avere un taglio decisamente dettagliato e personale. In pratica vuole una telecronaca della tragica vita di Cole prima di arrivare a Providence.

Editoriale sincero un corno!

Tuttavia non ho ancora rifiutato, anche se l'idea di mandargli un'e-mail dai toni piuttosto accesi non mi dispiace affatto. La strillettera della signora Weasley tremerebbe come una foglia davanti agli schiaffi verbali di Tessa, però mi sono trattenuta e ho contato fino a dieci, come mi consiglia di fare a volte la mia terapista Cami. Se vogliono un articolo su Cole Stone, lo avranno, e sarà il miglior articolo che sia mai stato scritto su di lui, che cavolo. Comincio già a impostarlo nella mente, elettrizzata alla prospettiva di quanto potrebbe essere strepitoso. Sono così assorta nei miei pensieri che non riconosco i passi familiari che mi raggiungono di corsa.

«Che diamine, Tessie. Sono cinque minuti che ti chiamo gridando.» Cole mi si para davanti e mi tira contro il suo petto, soffocandomi in un abbraccio.

«Oh, ciao.» La sua comparsa improvvisa mi ha colto alla sprovvista e non riesco a dire altro.

Mi prende il viso tra le mani. «Stai bene? Perché non mi rispondevi?»

«Scusa, ero persa nei miei pensieri», rispondo con un sorriso imbarazzato.

«Stai cercando di uccidermi, vero? È così? È il tuo modo passivo-aggressivo di spedirmi precocemente nella tomba? Prima la storia delle Kappa Delta e adesso mi lasci pensare che mi ignori di proposito?»

Gli do un pugno sulla spalla per scherzo. «Non sono passivo-aggressiva, scemo!»

Lui prende la mia mano stretta a pugno, se la porta alle labbra e mi dà dei baci sulle nocche, a una a una. Mi manda in estasi quando fa così.

«Un'affermazione discutibile, ma adesso possiamo metterci al riparo da questo freddo, e tu potresti chiamarmi la prossima volta che ti serve un passaggio, per l'amor del cielo?»

Senza nemmeno chiedermelo, mi toglie lo zaino dalla spalla e lo sistema sulla sua. Poi mi prende per mano e mi trascina verso la sua auto.

«Sono perfettamente in grado di camminare, sai.»

«Abbiamo già avuto questa conversazione. Quando è buio e fa freddo, non mi interessa se sei una maratoneta olimpionica, devi chiamarmi. Va bene?»

Annuisco, trattenendo un sorriso.

Una volta all'interno dell'abitacolo riscaldato, mi concedo un sospiro soddisfatto e Cole appoggia una mano sulla mia sopra la bocchetta dell'aria.

«Devo lasciarti al pensionato?» mi chiede a denti stretti, palesemente contrariato all'idea.

«Lo sai che devi. Gli ex che rimangono amici non dormono nello stesso letto.»

«Non dire queste cose quando siamo insieme.» Sento tremare appena la sua mano sulla mia. «Più ti sento dire quelle parole, più mi sembrano vere, e non lo sopporto.»

«Va bene», replico sottovoce. «Allora sappi che odio doverle dire.»

Mi guarda con occhi carichi di sconforto e al tempo stesso determinazione. «Usciremo da questa storia più forti di prima, Pasticcino. Basta che mi resti accanto.»

«Sai che lo farò.»

Si sforza di rassicurarmi con un sorriso ma, l'ho già detto, lo conosco come le mie tasche, quindi capisco subito che, questa volta, a metterci alla prova fino al punto di rottura saranno proprio le sue insicurezze e le sue paure.

3

L'alcol mi trasforma in Charlie Sheen al top della forma

NELLE settimane successive sono presissima tra il ripasso per gli esami finali e i saggi da consegnare. Ho rifatto quello per il corso di Letteratura inglese della professoressa Flynn e ho preso «A», così ho capito che, a differenza del liceo, i bei voti dovrò sudarmeli. Una consapevolezza che mi ha spinto a chiudermi nel mio goffo guscio e a passare tutto il mio tempo libero in biblioteca. A volte mi arrischio a uscirne per mangiare e per dormire, ma lo faccio soprattutto perché i dipendenti mi guardano come se avessi bisogno di fare visita allo psicologo del campus. Quindi mi trascino al pensionato solo per dormire e farmi la doccia, e resto in sala mensa il minimo indispensabile per non dare un'impressione troppo brutta quando torno in biblioteca.

Le mie amiche sono preoccupate per me. Cami ha cercato di sollevare l'argomento diverse volte, ma sa bene che è meglio evitare di farmi la ramanzina. Siamo tutti sulla stessa barca: ora ci tocca sgobbare per arrivare alla fine del primo semestre del primo anno di università e poi ci godremo qualche settimana di dolce far niente recuperando il sonno perduto. Ormai manca poco, mi resta solo un esame da dare, quindi intravedo già la possibilità di pensare ad altro, oltre che a un'infinità di parole e di pagine. Sarà bellissimo passare un sacco di tempo con le mie migliori amiche, come una volta. Beth comincerà i corsi solo a fine gennaio e io e Megan saremo libere più o meno nello stesso periodo, quindi stiamo già programmando una serie di attività prima e dopo Natale che comprendono tanti pigiama party, ancora più cibo e abbastanza cioccolato da sfamare una città intera.

L'unica cosa che non ho pianificato fin nei minimi dettagli è come andranno le cose con Cole. Al solo pensiero di lui ho un tuffo al cuore, perché non lo vedo da alcuni giorni. O lui è impegnato con gli allenamenti e le partite o, quando è libero, io sono impantanata nello studio. È frustrante, lo so, tanto più per lui, che ieri sera al telefono sembrava morire dalla voglia di litigare. Per qualcuno tanto caparbio e abituato a ottenere quello che vuole, non dev'essere bello doversi ricordare continuamente i mille motivi per cui non può fare come gli pare.

Con un sospiro, spengo il portatile e mi sfrego gli occhi stanchi. La stanza è buia e Sarah dorme già da un'ora. Stava lavorando anche lei a un saggio e in camera regnava una tale calma che Cami, che non vedeva l'ora di raccontarci qualsiasi avventura le avesse portato la notte, se n'è andata praticamente subito. Io e Sarah non eravamo esattamente ospitali e il silenzio dev'esserle parso un tantino sinistro, quindi ha battuto in ritirata e ci ha lasciate ai nostri computer. Sarah, troppo esausta per proseguire, si è arresa prima di me, mentre io ci ho dato dentro e ho finito il saggio. Adesso sento la stanchezza fin nelle ossa, ma provo anche un senso di euforia perché, appena l'avrò consegnato al professore, per questo semestre sarò libera.

Libera!

Sistemo con cura il portatile sulla scrivania e vado nel bagno in fondo al corridoio. C'è un gran silenzio, come prevedibile alle quattro di un mercoledì notte. Mi sbrigo a fare quel che devo e torno di corsa in camera, pronta ad accoccolarmi sotto le coperte e riposare un po'. Domani pomeriggio a lezione dovrò fare una presentazione che mi varrà un voto, poi sarò libera fin dopo le vacanze. Il pensiero mi fa girare la testa, quasi quanto la consapevolezza che, una volta a casa, io e Cole saremo finalmente lontani dagli sguardi indagatori della gente che lo costringono a trattenersi. Mi scappa un sorriso e, per la prima volta da molte settimane a questa parte, mi addormento senza problemi.

Esco di corsa dall'aula e trovo Cole ad aspettarmi con un sorrisone stampato in faccia. È finita. Non riesco a crederci! Sono ufficialmente sopravvissuta al primo semestre. La mia reazione sarà anche un tantino esagerata, dopotutto non sono mica appena uscita viva da una zona di guerra, ma l'esperienza degli esami finali in un'università della Ivy League non è poi molto diversa.

Nel tentativo di resistere all'impulso di avventarmi su di lui, mi metto a saltellare come una svitata.

«Immagino che la presentazione sia andata bene.»

Apre e richiude i pugni come se anche lui si stesse trattenendo fisicamente per non toccarmi.

«È stato orribile! Mi è venuto il panico da palcoscenico, non sono riuscita ad andare oltre le prime due frasi e probabilmente sembravo uno straccio, ma in questo momento sono così felice che non me ne frega niente.» Sorrido e, al diavolo, gli do un rapido abbraccio discreto. Lui mi stringe molto più a lungo di quanto sia appropriato e, quando mi stacco da lui, mi sento un po' scombussolata. Fuori si gela già e rabbrividisco. Nonostante il pesante cappotto di lana, non poter stare con lui in pubblico mi fa sentire il freddo fin nelle ossa.

«Allora, i nostri piani sono ancora validi?» gli chiedo, con lo sguardo fisso a terra per nascondergli la mia espressione ferita.

Digrigna i denti perché sa che in questo momento mi sento vulnerabile.

«Sì, do l'ultimo esame e tra un paio d'ore potremo partire per tornare a casa.»

«Perché non puoi mica abbandonare la tua ex al campus, vero?»

Fa due passi avanti, fino a sfiorare le mie scarpe con le sue. «Perché in pratica siamo vicini di casa e sarebbe stupido tornare separatamente. Ma, se qualcuno dovesse chiedermelo, gli dirò che non sono cazzi suoi.»

«Calmati, bello. Non dobbiamo permettere agli altri di vedere il tuo punto debole.»

Dato che definirmi il suo punto debole è una delle cose che più lo manda in bestia, avrei dovuto prevedere la sua reazione. Si mette alle mie spalle, appoggia una mano alla base della mia schiena e, in un gesto delicato ma deciso al tempo stesso, mi costringe a muovermi. Lui procede al mio fianco e io lo seguo in silenzio. Non ho idea di dove mi stia portando perché il suo corpo è così rigido e la sua espressione così neutra che mi guardo bene dal chiederglielo. So che va fuori di testa quando sono dura con me stessa o quando mi lascio sopraffare dall'insicurezza, ma ultimamente ho fatto molti progressi nel tenerla a bada. Poi però succedono episodi come questo, e ho la sensazione che l'unico motivo per cui

Cole mi respinge in pubblico è perché non sono abbastanza per lui e tutto ciò per cui ho lavorato tanto rischia di crollare.

Superiamo i chioschi e la biblioteca, ma non ho ancora capito dove siamo diretti. I pensionati sono lontani e, proprio quando penso che mi voglia portare nella mia stanza per una ramanzina, lui svolta in direzione dello stadio di football dall'altra parte del campus. Lo guardo confusa, ma lui mi ignora e continuiamo a camminare in silenzio. Una volta arrivati, il guardiano ci lascia passare senza chiederci nulla perché, ovviamente, chi diavolo si metterebbe a fare domande al nuovo dio del football? Invece di portarmi sul campo, che strategicamente tento sempre di evitare, Cole mi conduce nella palestra supertecnologica. Il suo atteggiamento gelido mi mette a disagio e vorrei tanto dargli una bella scrollata e dirgli di farla finita.

Invece mi lascio trascinare oltre i macchinari e i pesi, fino allo spogliatoio degli uomini.

«Cosa stai facendo?»

Faccio a malapena in tempo a chiederglielo perché lui richiude con un colpo la porta e mi ci preme contro. Si avventa su di me e mi bacia con passione e trasporto, come se finora fosse riuscito a trattenersi per miracolo.

Non mi oppongo e non provo a domandargli cosa l'abbia spinto a comportarsi così perché lo so. So che, a volte, ha bisogno di una prova della solidità del nostro rapporto. So che ne ha persino più bisogno di me.

Potrebbe entrare chiunque e sorprenderci, ma probabilmente Cole sa che non accadrà. Siamo nel bel mezzo del pomeriggio, ma la maggior parte dei giocatori starà sfruttando la breve sospensione degli allenamenti per fare le valigie prima di tornare a casa o studiare per gli esami finali.

«Non vedo l'ora di essere a casa con te.» Si stacca da me

per respirare e mi accarezza una guancia con il dorso della mano. «Non vedo l'ora di starti sempre intorno e non dover pensare neanche per un secondo prima di farti questo.»

Si avventa di nuovo su di me e ricomincia a baciarmi.

E io non resto certo indifferente, gli metto le braccia intorno al collo e lo tiro contro di me.

«Non intendevo davvero dire quello che ho detto prima. Non stavo cercando di farti provare pena per me. Non pensare nemmeno per un attimo che io non capisca quanto sia difficile anche per te.»

La luce nei suoi occhi si offusca e, con il viso affondato nell'incavo del mio collo, Cole si concede un sospiro. Mi stringe in vita e sento il suo fiato caldo sulla clavicola.

«A volte penso a cosa direbbe la gente», sussurra contro la mia pelle e deglutisce a fatica. Qualsiasi cosa stia per dirmi dev'essere davvero difficile per lui, perciò lo abbraccio, nel misero tentativo di confortarlo, appoggio il mento sulla sua spalla e gli accarezzo delicatamente la schiena. Tra noi ormai non resta neanche un millimetro di spazio. «E se non volessi più giocare?» Smetto di respirare. «Per il solo motivo che non mi dà più quella scarica di adrenalina che ho sempre desiderato. Pensi che gli altri capirebbero o che mi darebbero del debole? Se butto al vento tutto, i piani che gli altri hanno per me, cosa succederebbe? E tu, Tessie? Se mollo tutto, ti faresti una brutta opinione di me?»

Mi si spezza il cuore. Lui rabbrividisce e io d'istinto lo tiro ancora di più a me, lo stringo più forte e gli dico quello che dovrebbe sentirsi dire più spesso da chi tiene a lui.

«Sei una delle persone migliori che io abbia mai incontrato. Forse non te lo dico abbastanza, ma la tua presenza ha il potere di far rallegrare la gente. Fai stare bene gli altri con loro stessi e sprizzi gioia e gentilezza da tutti i pori. Hai un'anima bellissima, Cole. Hai preso una ragazza a pezzi e l'hai rimessa insieme. Mi hai dimostrato così tanto amore che a volte mi manca il fiato perché anch'io ti amo tantissimo. Se gli altri penseranno male di te per una cosa così insignificante come scegliere di non giocare più a football, vuol dire che non si meritano di averti nella loro vita. E sai una cosa? Io non ho intenzione di andare da nessuna parte.»

Fa per dire qualcosa e io trattengo il respiro, perché ho la brutta sensazione che mi stia nascondendo dell'altro. Il football fa parte della sua vita fin da quando ricordo e, se sta pensando di mollare, dev'essere per un motivo molto più serio di quello che mi sta dicendo, ma decido di non indagare oltre. Magari me ne pentirò, ma in questo momento ha bisogno di me.

Tra noi è cambiato qualcosa, lo sento. Forse perché ora siamo consapevoli di essere una presenza permanente nelle reciproche vite e, qualsiasi cosa accada, saremo sempre una costante su cui potremo contare a vicenda. In un lampo, ci ritroviamo in un groviglio di mani e labbra avide, perché a questa conferma ci viene una voglia matta l'uno dell'altra. Per quanto siamo vicini, non ci sembra abbastanza.

Dobbiamo avvicinarci ancora di più.

E tutto il resto svanisce.

Con Cami e Sarah ci scambiamo i regali prima di tornare ognuna a casa propria. Ci eravamo dette più volte di non disturbarci a prendere nulla, ma ovviamente nessuna ha ascoltato le altre, così adesso sono l'orgogliosa proprietaria di una bellissima felpa e di una tazza con la scritta IL FIDANZATO MIGLIORE DEL MONDO e un'immagine di quelli che, ne sono quasi certa, sono gli addominali di Cole, oltre a un calendario con una sua foto diversa per ogni mese. Non so se essere commossa o spaventata da questi regali, ma li adoro. Ovviamente non posso usarli in pubblico, ma apprezzo il pensiero.

A Sarah ho regalato un cofanetto di *Felicity*, dato che abbiamo cominciato insieme a guardare questa serie e finora le è piaciuta. Per Cami la scelta è stata più ardua e alla fine le ho preso due biglietti per un festival musicale a cui so che Parker, il compagno di squadra di Cole per il quale ha una cotta, vuole assolutamente andare. Appena li vede, lei inizia a strillare e, con grande nonchalance, le suggerisco come usare il secondo biglietto. Direi proprio che ho fatto il mio dovere.

Nel salutarci ci scappa qualche lacrima, ed è ridicolo, dato che ci rivedremo tra poche settimane. È la dimostrazione di tutti i passi avanti che ho fatto rispetto ai miei primi due mesi all'università, quando nessuno sapeva della mia esistenza. Adesso ho delle amiche, delle persone a cui voglio bene e che mi sostengono. Mi viene da ridere ripensando a come è arrossito Bentley quando gli ho dato il mio regalo, per il quale ho speso un occhio della testa. Aveva decisamente bisogno di un nuovo paio di scarpe da corsa, ma continuava a rimandare, perciò gliele ho comprate io. Gli ho dato anche un biglietto su cui ho scritto le cose che non riesco a dirgli a voce, perché si meritava di sapere quanto apprezzo tutto quello che ha fatto per me. Lui si è schermito ma poi, con un certo imbarazzo, ha iniziato a frugare nel suo borsone e ha tirato fuori un pacchetto confezionato con cura per me, obbligandomi ad accettarlo se volevo che lui accettasse il mio regalo.

Così adesso possiedo un iPod nuovo di zecca con una playlist da ascoltare mentre mi sfianco durante gli allenamenti.

Con il cuore che mi scoppia di gioia, attraverso il campus

per raggiungere Cole che mi aspetta alla sua macchina. Ha già caricato la mia valigia nel bagagliaio, quindi siamo pronti per partire e…

Guarda un po', c'è il presidente del comitato della mano morta.

Vedo il povero e indifeso Cole messo con le spalle al muro dall'ennesima sanguisuga con una percentuale di grasso corporeo pari a zero. Lei però non si rende conto che la sua presenza lo mette palesemente a disagio e poco ci manca che gli salti addosso. Con un sospiro, affretto il passo e li raggiungo, pronta a far danni.

«Non ci credo! Stai già cercando la tua prossima fiamma?»

Cole rimane sbigottito, pensando che la mia rabbia sia diretta a lui. Adesso però non abbiamo tempo per parlare di semantica. Miss Biondo Platino mi guarda in cagnesco. «Tu non sei la sua ex? Lo stai forse perseguitando, razza di svitata?»

Le rivolgo un sorriso compassionevole, come se fossi dalla sua parte. «Senti il bisogno di marcare il territorio come un cane solo perché vuoi andare a letto con lui?»

Lei balbetta qualcosa, arrossisce ma non demorde. «Potrebbe essere, perché?»

«Be', forse dovresti fare qualche controllo prima di arrivare a quel punto.» Fingo di fissare Cole con espressione orripilata. «Secondo te perché abbiamo rotto? Ma, d'altra parte, se i risultati dei suoi esami non ti creano nessun problema, chi sono io per mettere in dubbio il tuo giudizio?»

Finalmente ha afferrato il concetto.

Cole si sta sforzando di non ridere mentre lei è rimasta a bocca aperta. Arretra lentamente, poi guarda Cole con aria desolata, come se fosse un cupcake che non potrà mangiare dopo cena. La poveretta pare talmente mortificata che ho la mezza intenzione di confessarle che stavo scherzando, ma cammina così in fretta che non faccio in tempo a dirle nemmeno una parola.

«Io... tu... ci vediamo!» strilla mentre corre via. Appena si è allontanata abbastanza, Cole scoppia a ridere.

Fingo di togliermi la polvere dalle mani. «Funziona a meraviglia ogni singola volta.»

Il mio ragazzo si asciuga le lacrime con il dorso della mano. «Se continui così, convincerai tutto il Paese che ho una terribile malattia innominabile.»

«Potevo anche riferirmi a una semplice mononucleosi. Parti sempre in quarta con l'immaginazione», ribatto, ma rido a mia volta. Il ricordo dell'espressione sul viso di quella ragazza mi rallegrerà per tutto il viaggio in macchina.

Parlando del viaggio, nonostante il momento di leggerezza nel parcheggio, in auto c'è una certa tensione. Il peso della confessione di Cole aleggia tra noi e mi rendo conto che lui ci sta ancora riflettendo, ingigantendo le cose più del necessario. Si sta mortificando da solo. Quanto vorrei dargli una bella scrollata e dirgli che, se anche scegliesse di non giocare più, nessuna persona sana di mente si farebbe una cattiva opinione di lui. Però so che ha bisogno di un po' di tempo con se stesso per venire a capo della sua decisione, qualunque sarà.

A causa del traffico dovuto alle vacanze, per arrivare a destinazione ci mettiamo un'ora più del solito. Appena entriamo in casa mia, mi sento pervasa da un senso di pace. Dal punto di vista emotivo, l'ultimo mese è stato come andare sulle montagne russe, e ho bisogno di stabilità e di un attimo per riprendere fiato. Per Cole dev'essere lo stesso, perché si lascia cadere sul mio letto con un sospiro di sollievo.

«Posso restare qui per sempre?»

«Nella mia stanza?»

«A casa, ovunque tu sia.»

Mi siedo accanto a lui, gli passo le dita tra i capelli, poi gli accarezzo la fronte corrucciata.

«Dovrai andartene subito dopo Natale, vero?»

La sua squadra si è qualificata per il campionato nazionale. Certo, abbiamo scelto di non parlare troppo di football, ma non significa che io non mi interessi alle sue partite, per cui lui si impegna tantissimo. Sono orgogliosa di lui e degli sforzi che fa per vincere. L'idea che giochi per qualcosa che potrebbe essere il culmine della sua carriera sportiva all'università mi manda in estasi.

«Sarà fantastico. Quando scenderai di nuovo in campo con i tuoi compagni, ti renderai conto di quanto ami quello che fai. Magari giocare non ti piace abbastanza per farlo diventare un lavoro, e secondo me dovresti pensare soprattutto a questo. Vuoi diventare professionista? Sei così intelligente, Cole… Non tutti i giocatori di football si mettono tanto d'impegno per laurearsi in Ingegneria, mentre a te viene naturale e non devi nemmeno studiare tanto. Quello che voglio dire è che puoi fare qualsiasi cosa tu voglia, e il risultato sarebbe comunque fantastico.»

Mi guarda con un'espressione che non riesco a decifrare. «E se non fossi più bravo a giocare? Se non mi venisse più naturale?»

Per l'ennesima volta, mi sento attanagliata dalla sensazione che mi stia nascondendo qualcosa di importante ma, proprio adesso che ha aperto questo spiraglio che mi permetterebbe di fargli le domande più importanti, lui chiude le palpebre. Ha l'aria sfinita. Sfioro con un dito le sue occhiaie, dovute alle innumerevoli notti insonni passate in preda a questi assurdi pensieri, e lui si rilassa. Vorrei tanto che avesse un po' di pace, che si placasse la confusione nella sua testa. Mentre passo le dita tra i suoi capelli e gli massaggio le tempie, si addormenta sul mio letto, con le lunghe gambe penzoloni oltre il bordo. Sorrido e gli do un rapido bacio sulla fronte, poi lo lascio solo. Ha bisogno di riposare.

Mio padre non è in casa ma la donna delle pulizie si è assicurata che fosse tutto pronto per le feste e per il mio arrivo. In soggiorno c'è un gigantesco albero di Natale, anche se si vede che è stato decorato da professionisti, dato che noi non possediamo decorazioni speciali o cimeli di famiglia con un particolare valore. A mano a mano che la nostra famiglia si sgretolava, lo facevano anche le tradizioni, ma è bello vedere che papà si sta sforzando di rimetterci in carreggiata, anche se per farlo deve pagare qualcuno.

Per cena riscaldo del pollo arrosto e, quando sto per iniziare a mangiare in cucina, mio padre rientra. Per essere un uomo sulla cinquantina, è piuttosto in forma, come conferma il fatto che riesca ancora a uscire con donne che hanno la metà dei suoi anni. È alto e slanciato e, in quanto sindaco, ci tiene a vestirsi con cura, tanto che ha un'aria alla Pierce Brosnan. Abbiamo avuto i nostri alti e bassi, ma alla fine si è dimostrato l'unico genitore davvero interessato al suo ruolo.

Appena mi vede, si illumina. Molto probabilmente si era dimenticato che sarei tornata oggi. Tuttavia non posso prendermela, dato che il lavoro gli ruba più tempo del dovuto.

«Tesoro.» Fa il giro del tavolo e mi dà un bacio sui capelli. «Quando sei arrivata?»

Accantono per un secondo il cibo, sposto il piatto e le posate e lo abbraccio.

«Più o meno un'ora fa. Sapevo che saresti rientrato presto e volevo farti una sorpresa.»

«Non penserai mica che me ne fossi dimenticato? Ho segnato la data sul calendario giorni fa, ma c'è stato un imprevisto in ufficio e… ma non voglio annoiarti con i dettagli. Mangia! Torno subito.»

È più vivace e contento del solito e, senza il minimo senso di colpa, penso che stia di gran lunga meglio da quando si è lasciato con mia madre. Finisco di mangiare e mando un messaggio a mio fratello, per verificare a che ora atterrerà il suo aereo. In questi giorni, lui e Beth stanno cercando un appartamento a Berkeley, dove studieranno entrambi a partire dal prossimo semestre. Sono davvero orgogliosa di Travis perché ha rimesso in sesto la sua vita, e anche di Beth, che ha superato l'enorme tragedia della morte di sua madre ed è rimasta così a lungo accanto a mio fratello. Certo, se penso a quanto saranno lontani mi rattristo, ma per loro è un passo nella direzione giusta.

«Fuori c'è la macchina di Cole. Lui è qui?»

Mio padre si è tolto il completo e indossa un paio di vecchi jeans e un maglione, e si siede davanti a me.

«Si è addormentato e non me la sono sentita di svegliarlo. Ultimamente è stanchissimo.»

«È normale, tra l'università e il football. E di te cosa mi dici? È successo qualcosa da quando ci siamo sentiti al telefono la settimana scorsa? Va ancora tutto bene a lezione? Vai alle feste? Hai capito il senso della vita grazie a qualche dubbia sostanza legale solo in ventitré Stati e nel District of Columbia?»

A quest'ultima domanda scoppio a ridere. Se l'alcol mi trasforma in Charlie Sheen al top della forma, posso solo immaginare cosa mi farebbe una qualunque sostanza, che si tratti di farmaci o di ben altro.

«No, papà, sono ancora noiosa come sempre, e con questa conversazione non riuscirai a distrarmi per impedirmi di chiederti cosa ne è stato del barattolo gigante di Nutella che ho lasciato qui l'ultima volta che sono venuta.»

Lui si schiarisce la voce e diventa tutto rosso. Non è certo la reazione che mi aspettavo. Avevo il sospetto che l'avesse buttato, ma le sue parole mi lasciano esterrefatta.

«Be', io...» esita notevolmente, «frequento una donna, e lei adora ricoprire i pancake con quella tua crema al cioccolato. Li mangiamo tutte le domeniche.»

Batto le palpebre un paio di volte.

Poi ancora.

Fanno colazione a casa la domenica? E una donna gli prepara i pancake alla Nutella? Se glieli fa, significa che sta a casa nostra. Mio padre non ha mai portato a casa le sue fidanzate, quindi se lei dorme da noi dev'essere una cosa seria.

«Wow... Che notizia. La conosco?»

Lui sospira, sollevato perché non mi sono messa a lanciare i piatti. «In realtà no. Fa parte del consiglio di amministrazione di un comitato che promuove azioni a favore dell'ambiente... La prima volta che l'ho vista è piombata nel mio ufficio per dirmi che sto distruggendo il pianeta.»

«Bene, le piace dire le cose come stanno.»

Lui sorride come uno stupido ragazzino infatuato; manca solo che gli compaiano i cuoricini negli occhi...

«Si chiama Danielle. Collabora con il mio ufficio per tentare di rendere la città più rispettosa dell'ambiente. Ti piacerà», aggiunge, e capisco dal suo sguardo che lo spera davvero. Anche se dovesse saltare fuori che è una matrigna in perfetto stile Disney, mi costringerò a farmela piacere.

«Vorrei incontrarla. Perché non la inviti a cena quando sarà tornato anche Travis?»

«Dici? Pensi che sarebbe una buona idea?»

«Sarebbe fantastico.»

«Grazie, piccola. Mi hai tolto un peso enorme dalle spalle. Glielo chiederò.»

E questo è quanto.

Cole dorme per due ore abbondanti. Quando si sveglia, fuori ormai si è fatto buio e io sono già stata da Cassandra e dallo sceriffo Stone per evitare che si preoccupassero. Con i capelli arruffati e l'espressione smarrita, perché per un attimo non capisce dove si trova, è davvero adorabile.

Si rilassa appena mi vede seduta dall'altro lato del letto, intenta ad ascoltare una delle playlist che Bentley ha caricato sul mio nuovo iPod.

«Ciao, Tessie.»

«Ciao, dormiglione. Ti senti riposato?»

«Mi sento come se fossi finito sotto a un treno», sbuffa e si lascia ricadere sul letto con un tonfo. «Che bel pisolino.»

«Sono contenta che tu abbia dormito un po'. Ultimamente correvi da una parte all'altra come un robot.»

«All'università non riuscivo a dormire, anche se ci ho provato. A furia di fissare il soffitto per tutta la notte, pensavo che alla fine mi sarei stancato.»

Mi si stringe il cuore per lui, ma conosco bene quella sensazione. Anche a me è mancato averlo accanto e addormentarmi tra le sue braccia. L'unica volta che sono riuscita a riposarmi è stato perché sono praticamente svenuta, sfinita dopo ore e ore di studio.

Spengo la luce sul comodino e mi accoccolo contro di lui.

«Ti va di dormire un altro po'?»

Sembra ancora stanco e, d'un tratto, vengo contagiata dalla sua spossatezza: sono stremata. Appoggio la testa sul cuscino e crollo, con la certezza che Cole è accanto a me e mi tiene stretta tra le sue braccia.

4

Il loro rispetto per la mia privacy è pari a quello di McDonald's per le arterie

QUANDO ero piccola, sono stati ben pochi i momenti in cui ho ricevuto delle lezioni di vita da parte di un adulto. Ciechi di fronte al loro disastroso matrimonio, i miei non sono mai stati quel tipo di genitori che fanno sedere i figli dopo che hanno combinato qualcosa per spiegare loro come mai fosse sbagliato. Io e Travis venivamo rimproverati, lui molto più di me, devo dire, e per un po' di tempo eravamo trattati come se fossimo persone spregevoli, finché abbiamo capito che non dovevamo intrufolarci nel giardino dei vicini per giocare con i loro cani senza prima chiedere il permesso.

I miei nonni invece, che Dio li benedica, erano tutto il contrario. Ogni volta che venivano a trovarci, la matriarca e il patriarca O'Connell si assicuravano di compensare la mancanza di competenze genitoriali dei nostri, per così dire, genitori. Un giorno, avrò avuto sei o sette anni, Cole era stato più indisponente del solito con me a scuola. Io ero tornata a casa e avevo detto a chiunque incontrassi che avrei voluto vederlo morto. A quell'età sapevo bene cosa fosse la morte e che, quando capitava, le persone non tornavano più indietro. La nonna mi aveva sentito e mi aveva guardato con una tale espressione di delusione che avevo subito capito di aver detto una cosa orribile. Mi aveva preso da parte, mi aveva fatto sedere sulle sue gambe e mi aveva dato una lezione che ricordo ancora oggi.

«Tesoro, hai presente le pistole che hai visto appese nell'ufficio del nonno a casa?» Io avevo fatto cenno di sì, senza però capire il nesso con la mia punizione. «Be', sai che una volta che spari, il proiettile non può tornare indietro? Quindi se il nonno punta male o si pente di aver premuto il grilletto, non può farci niente, giusto?» Aveva aspettato ansiosa la mia risposta.

«Dev'essere brutto... quando vuoi riprenderti qualcosa però non puoi farlo.» Detta così, sembrava proprio una cosa tremenda.

«È brutto, ma sai cosa è ancora più brutto? Le parole, tesoro, le parole. Puoi fare molto male a una persona con le parole e, una volta che ti sono uscite di bocca, non puoi rimangiartele, proprio come il proiettile.»

«Ma la mamma dice che possiamo chiedere scusa e rimettere tutto a posto.»

«Le scuse non sistemano tutto, piccolina», aveva replicato la nonna sospirando. «Vorrei tanto che fosse così, ma non lo è. Una persona che rimane ferita dalle parole le conserva a lungo nel proprio cuore. E la cosa peggiore è che, a differenza del proiettile, le parole trovano il modo di tornare e di farti stare ancora peggio. Mettiamo che quel ragazzino, quello Stone, oggi ti abbia sentito. Lo sai che sua madre è morta? Come dovrebbe sentirsi lui? Come dovrebbe continuare a sentirsi?»

Solo allora avevo capito che doveva stare male, malissimo, e che non avrei mai voluto far sentire qualcuno a quel modo. Forse crescendo ho dimenticato la lezione della nonna, ma la consapevolezza che le tue azioni non si possono cambiare, che non puoi premere un tasto per tornare indietro, mettere in pausa o cancellarle ti fa venire i brividi. Ti rende cauto, o almeno dovrebbe.

Purtroppo però, ciò che dovremmo fare e ciò che facciamo davvero nella vita sono due cose completamente diverse.

Nonostante l'umore malinconico di Cole, le vacanze di Natale cominciano bene. Una volta tornato a casa sua, ha deciso di non fare parola con i famigliari dei dubbi sul futuro della sua carriera sportiva, ma sono certa che loro abbiano capito che qualcosa non va. Persino Jay è venuto a parlarmi, preoccupato nel vedere il fratellastro insolitamente tranquillo. Io però non gli ho svelato niente, perché quel che succede all'università resta all'università, mentre qui a casa siamo liberi, molto più di quanto lo siamo stati da tantissimo tempo a questa parte. Abbiamo passato un sacco di tempo a rilassarci con gli amici e in famiglia, a fare shopping natalizio e a mangiare oltre ogni limite umano.

Nella mente però continuo a sentire una fastidiosa vocina che mi dice di sforzarmi di più per capire cosa stia succedendo a Cole, anche se faccio del mio meglio per ignorarla.

Con grande sorpresa di tutti, la cena con la nuova ragazza di mio padre, Danielle, è andata benissimo. A me e a Cole si sono aggiunti Travis e Beth e abbiamo passato una serata civile tutti insieme, senza frecciatine. Mi sono quasi messa a piangere nel rendermi conto di quanto sia cambiato il rapporto tra mio padre e mio fratello e vedere papà così felice con una donna matura e gentile è stata la ciliegina sulla torta. Se non altro, a differenza dell'altro genitore che mi ritrovo, lui si astiene dal postare continui aggiornamenti sui social network sulla relazione decisamente inappropriata con un bellimbusto che lavora in un villaggio turistico.

Ma visto che le cose stanno andando troppo lisce e tranquille per i miei gusti, ho un brutto presentimento che non mi abbandona mai, e che Cole cerca di scacciare.

Mancano pochi giorni al Natale e casa mia non è mai stata tanto allegra. Rispetto agli anni scorsi, ora ci sono un affetto e un calore sinceri. In passato festeggiavamo in modo freddo e sterile e il giorno di Natale cominciava con noi quattro che bisticciavamo e finiva più o meno allo stesso modo. Lo spirito natalizio non è fatto solo di un albero gigantesco o di un prato con decorazioni degne di un premio, specialmente se i membri della famiglia non riescono a stare nella stessa stanza per più di un paio d'ore di fila. Questa volta però le cose sono diverse, perché tutti noi siamo diversi. Mentre ci sono anch'io, Beth e Travis restano a dormire a casa per recuperare il tempo perso, ed è magnifico. Io, Megan e Beth facciamo un sacco di pigiama party. Cole è quasi sempre da me oppure vado io da lui. I nostri genitori si vedono spesso per bere qualcosa e la vita mi sembra bellissima, anche se al tempo stesso ho l'impressione di vivere in una bolla che potrebbe scoppiare da un momento all'altro.

«Devi smetterla di stressarti, Pasticcino. Sei diventata contagiosa. Mi sento sul punto di avere un attacco di panico, e non mi piace per niente.»

Cole è spaparanzato sul mio letto mentre io sono seduta al tavolino da toletta e tamburello le dita senza sosta. Non sono una persona superpessimista, o almeno così mi piace pensare, ma già da un paio di giorni ho una brutta sensazione, di quelle che dovrei chiudere in una valigia che nemmeno ai controlli in aeroporto riuscirebbero ad aprire. Non voglio essere io a rovinare la giornata agli altri ed è per questo che faccio tutto il possibile per nascondere il panico che mi attanaglia, ma come si fa con una persona che passa praticamente tutto il tempo insieme a te?

Apro la mia casella di posta elettronica e, nel vedere le e-mail in cima alla lista, sento aumentare il panico e ho un peso sullo stomaco. Sono richieste di interviste, piuttosto esplicite, sul ragazzo che tutti reputano il mio ex. Il loro rispetto per la mia privacy è pari a quello di McDonald's per le arterie. A mano a mano che aumentano le possibilità che Cole venga presto ingaggiato da una grossa squadra, anche la curiosità della gente e il suo bisogno di gettargli addosso fango non la smettono di crescere. Mi offrono una quantità oscena di soldi, e alcune domande mi danno il voltastomaco. Però ho deciso di non farne parola con lui, perché non voglio dargli l'ennesimo motivo per rinunciare alla sua carriera.

Con un sospiro, spengo il computer e mi piazzo davanti a Cole.

«Facciamo qualcosa di divertente. Qualcosa che non abbiamo mai fatto prima.»

«Mi sembra avventuroso.» Si solleva su un gomito e mi guarda con espressione intrigata. «Cos'hai in mente?»

«Non meriti risposta», ribatto con aria impassibile e comincio a raccogliere le mie cose. Mi ricopro di diversi strati di vestiti tra maglione, sciarpa e cappotto fino a non sembrare neanche lontanamente sexy e fisso il mio ragazzo, che non ha la minima intenzione di uscire dalla mia stanza.

«Forza! Ho voglia di un hamburger e Beth sta facendo un turno da *Rusty*, in onore dei vecchi tempi.»

Borbottando tra sé e con un sacco di scene, alla fine si alza dal letto e si infila la giacca. Mi sforzo di assumere un'espressione allegra e lo spingo fuori dalla porta. Una volta che saremo usciti, riuscirò finalmente a togliermi dalla testa tutte quelle interviste e le loro domande.

«Allora…» Rivolgendogli uno sguardo a metà tra l'odio e la curiosità, con un po' troppa foga Beth deposita un caffè davanti a Cole. «Vi siete lasciati per finta oppure no?»

Per tutta risposta, lui mette un braccio sullo schienale del divanetto e le rivolge un'occhiata che, se fossi stata al posto della mia amica, di certo mi avrebbe messo paura.

A quanto pare, però, nulla mette paura a Beth.

«Non sono obbligato a rispondere alla tua domanda ma, visto che sembri sul punto di farmi a pezzi, ti dirò che è complicato.»

«Che cavolo significa? O state insieme o non state insieme. Questa storia di rompere per finta è una cazzata, e lo sai. Tessa non è una pappamolle, ha affrontato bulli ben peggiori di quelli con cui ha a che fare adesso e molto prima che tu portassi qui quel tuo culo da supereroe. Non azzardarti a sminuirla così.» Beth è furente e Travis è costretto ad alzarsi per impedirle di avventarsi su Cole. Non mi aspettavo un simile sfogo, e rimango impietrita.

«Beth», comincio, ma lei si rifiuta di calmarsi. Per fortuna, al momento nel locale oltre a noi quattro ci sono solo Megan e Alex, quindi posso almeno risparmiarmi l'umiliazione di stare al centro dell'attenzione.

«Ma non te ne accorgi? Non capisci cosa significa per una persona essere snobbata così? Le stai facendo quello che per tutta la vita le hanno già fatto gli altri! La fai sentire come se non fosse abbastanza per te. Dopo tutto quello che hai fatto per averla, pensavo che avresti saputo apprezzarla più di chiunque altro, specialmente considerando gli errori che hai commesso in passato.»

Wow. Forse dovrei essere felice che la mia migliore amica abbia preso le mie difese e che abbia a cuore soltanto il mio bene, ma non posso lasciarle rimproverare oltre Cole. Ormai è talmente pallido che non sono nemmeno sicura che respiri ancora.

«Ok, basta così. Dacci un taglio.»

Megan, che è sempre la voce della ragione, interviene e mi impedisce di dire qualcosa di cui potrei pentirmi. «Beth, lascia che se la vedano da soli. Non è il momento di tirare in ballo questa storia.»

Lei ci fulmina tutti con lo sguardo, compreso mio fratello che la tiene ferma, e in particolare me. Sbuffa come se fosse amaramente delusa e poi si avvia a grandi passi verso la cucina. Poco dopo, anche Cole esce dal locale come una furia.

Il cibo davanti a noi si sta raffreddando, ma nessuno è dell'umore giusto per mangiare. Faccio per alzarmi e seguire Cole, ma Alex mi precede e corre fuori dalla porta. Forse è meglio così. Forse ha bisogno di allontanarsi per un po' da me e dal costante senso di colpa che prova a causa della sua decisione, di cui io sono il promemoria vivente.

Travis è combattuto tra seguire la sua ragazza e restare con me, ma con un cenno gli faccio capire di andare da lei. Beth deve far sbollire la rabbia. So che le sue intenzioni erano buone, ma ha superato il limite.

Megan viene vicino a me e appoggia la testa sulla mia spalla. Sospira come se sapesse che quello che sta per dirmi non mi piacerà.

«Magari mi odierai per questo ma... Beth non ha tutti i torti. Forse non l'ha detto nel modo migliore, ma sono sicura che sai anche tu che ha ragione.»

Non aggiunge altro e ne sono felice. Non ho bisogno che siano gli altri a dirmi quello che so già. Sono stufa di pensare e ripensare a tutta questa situazione e di dovermi convincere che tra me e Cole sia tutto a posto. Ed è così, però in questo momento sono troppo stanca per farlo capire alla mia amica.

Mi alzo per raggiungere il mio ragazzo e lancio un'occhiataccia in direzione della cucina. «Ci pensi tu a lei?»

Megan annuisce. «Ti vuole bene.»

«E io ne voglio a lei, ma certe cose proprio non le capisce.»

Trovo Cole nel nostro parco, quello dove abbiamo ballato insieme per la prima volta. Mi aspetta in quel punto esatto, perché è lì che gli ho chiesto di incontrarci dopo avergli dato modo di calmarsi. Non so quale incantesimo Alex sia riuscito a fargli, ma noto subito che il suo umore è decisamente migliorato. Appena mi vede, mi prende la mano e mi bacia con passione, poi appoggia la fronte alla mia e sussurra: «Mi dispiace, non avrei dovuto andarmene così».

Ancora stordita dal bacio, mi stringo nelle spalle. «E lei non avrebbe dovuto attaccarti a quel modo.»

«Ma non ha detto nulla di cui io e te non avessimo già discusso.»

«Esiste una cosa chiamata tatto, ed è chiaro che la mia migliore amica ha dimenticato come si usa.»

Ridacchia contro la mia pelle e, tra quella sensazione e il freddo, rabbrividisco.

«Hai freddo?» mi chiede. Mi stringo di nuovo nelle spalle e lui mi abbraccia. «Troverò il modo di sistemare ogni cosa», aggiunge in tono determinato. Non ho il coraggio di dirgli che forse ormai la situazione è diventata una spirale fuori controllo.

Sulla via di casa, ci prendiamo due cioccolate calde. Gli avvenimenti della giornata sono ormai un ricordo lontano. Purtroppo per noi, però, Beth e Travis devono avere avuto la stessa idea perché vengono verso di noi. Beth cammina a testa bassa e mio fratello le sussurra qualcosa all'orecchio. Lei alza di scatto la testa e mi guarda, con occhi carichi di rimorso.

Si stacca da mio fratello, mi corre incontro e mi afferra per le braccia. «Mi dispiace.» Ha gli occhi leggermente gonfi. «Ho avuto una brutta giornata e mi sono sfogata su di voi.» Guarda anche Cole. «Qualsiasi cosa io pensi della vostra relazione, è un problema mio, non vostro. Dovete risolvere le cose tra voi, volevo… volevo aiutarvi, ma ho fatto solo un gran casino.»

Mi piange il cuore per lei, perché è evidente che la sua preoccupazione deriva dal suo passato, dalle cose di cui si rifiuta di parlare. Non le permetterò di rimuginarci troppo sopra, però, e la abbraccio forte. «È tutto a posto.»

Lei si ritrae e guarda Cole. «Cosa aspetti? Unisciti a noi, idiota, altrimenti penserò che mi odi ancora.»

Lui sorride e ci prende tra le sue braccia. «Come se volessi davvero far incazzare qualcuno che forse ha dei legami con la mafia», scherza.

Ci stacchiamo dal goffo abbraccio di gruppo e Beth ci fa l'occhiolino. «Forse? Potrei farti vedere il mio tatuaggio da affiliata, ma poi Travis dovrebbe ucciderti.»

«Ehi, guarda che ho sentito. Nessuno vedrà nessun tatuaggio.» Mio fratello le mette un braccio intorno alle spalle, sollevato che il dramma sia stato superato.

«Quindi non neghi i miei legami con la mafia?» ribatte lei, dandogli uno scherzoso pizzicotto su un fianco.

«Io so solo che il giorno in cui abbiamo cominciato a

fare sul serio ho ricevuto una telefonata da parte di un tizio che ha detto di conoscere un altro tizio che mi infilerà in un sacco per cadaveri nel caso ti facessi del male.»

«Mi sembra giusto.»

Ci allontaniamo per lasciarli soli, prima che mio fratello allunghi le mani in modo sconveniente davanti ai miei occhi. Appena arriviamo alla porta di casa, mio padre la apre di colpo, con un'espressione stressata ed esausta che non gli vedevo da molto tempo. Con il telefono stretto in mano lancia un'occhiata nervosa a me e a Cole.

«È tutto a posto, papà?»

È visibilmente scosso, tanto che se ne accorge persino Travis, che viene verso di noi tenendo Beth per mano. «Cosa succede?»

«Ho appena ricevuto una chiamata dal mio ufficio stampa», spiega passandosi una mano tremante tra i capelli. «Avrei... avrei dovuto parlarvene prima, ma ho in mente di correre per una carica più importante di quella di sindaco, e il mio avversario ha iniziato a giocare sporco.» Sospira, ma siamo ancora tutti confusi. Fuori fa freddo e la preoccupazione ci fa raggelare il sangue nelle vene. Le ambizioni politiche di mio padre non sono sempre state un bene per la nostra famiglia, ma fino a questo momento non hanno mai avuto un impatto negativo diretto. È strano vederlo in preda al panico.

«Papà», dico sottovoce, «andiamo dentro. Fa freddo qui.» Lo prendo con delicatezza per un gomito e lo conduco in casa, seguita da tutti gli altri. Ci sediamo in salotto e gli porto un bicchiere d'acqua, che lui solleva con mano tremante.

«Dunque questa telefonata... erano brutte notizie?»

Appoggia il bicchiere sul tavolo e china il capo.

«Vogliono darmi la stoccata finale. Sanno... sanno un sacco di cose su vostra madre e su di me, su Travis e sul suo problema con l'alcol. Mentre su di te… Tess, stanno inventando delle orribili bugie sul tuo conto. Voglio uccidere con le mie mani quei bastardi.»

Comincio a tremare, e i brutti presentimenti che mi hanno attanagliato negli ultimi giorni raggiungono il culmine.

«Cosa vuoi dire? Cosa diamine possono avere da scrivere su di lei?» sbotta Cole accanto a me.

«Parlano di bulimia…» risponde mio padre con qualche esitazione. «Depressione. Autolesionismo.»

«Cazzo.» Non so chi lo dica per primo, se Travis o Cole, ma entrambi scattano in piedi e vedo una vena pulsare sul loro collo. «Devi impedire che queste stupidaggini vadano in stampa, papà. Non me ne frega un tubo di quello che scrivono su di me, non è niente che la gente non sappia già, ma devi impedire che facciano la stessa cosa con lei.»

«Pensi che mi stia bene stare a guardare mentre succede tutto questo?» ribatte mio padre gridando a sua volta. «Pensi che mi stia bene che trascinino nel fango i miei figli? Nessuna carriera politica vale tanto. Ritirerò la mia candidatura, gliel'ho detto, ma alcune informazioni sono già state rese pubbliche. Stiamo tentando di opporci e di contenere i danni. È stata un'imboscata per il mio staff, non se lo aspettavano, ma tutti stanno facendo del loro meglio e il più in fretta possibile.»

«Tess, stai bene?» Beth è in ginocchio davanti a me e mi stringe le mani. «Questa storia non cambia nulla. Nessuno crederà ai pettegolezzi di qualche tabloid. Sai che non è niente di grave, vero?»

Vorrei… vorrei tanto che non fosse così, ma mi vengono subito in mente i giornalisti affamati di gossip che mi inondano la casella di posta elettronica, e so che alla gente importerà eccome.

5

Tremo come il Cugino It davanti a un parrucchiere

«Si può mandare qualcuno in prigione per aggressione sessuale se la persona in questione è ubriaca fradicia come mio cugino Lou il giorno di San Patrizio?»

«Hai un cugino che si chiama Lou e questa è la prima volta che ne sento parlare? Sono offesa, Beth.»

«Fidati, Cappuccetto Rosso. Se l'avessi lasciato avvicinare a te, non avresti trovato abbastanza acqua santa in cui fare il bagno per riprenderti dalle conseguenze.»

«Ehi! Vi ricordo che il suo ragazzo è qui presente, e nessuno toccherà la mia Cappuccetto Rosso finché ci sarò io.»

«Sta' calmo. Era una situazione ipotetica in cui non lascerei mai intenzionalmente Megan nelle vicinanze di un mio parente, soprattutto di mio cugino Lou. È stato in prigione e, quando l'hanno fatto uscire, ne era diventato il parrucchiere ufficiale. Adesso taglia i capelli per divertimento agli assassini nelle carceri federali. Vuoi davvero avvicinarti a lui?»

«Penso che Alex sarebbe più il suo tipo, non credi?»

«Ehi! Non farmi passare per un oggetto sessuale. So che sono bello e tutto...»

«Tesoro, tu sei più che bello. Sei figo e sei un duro. Sei il mio Ercole personale.»

«Grazie, Meg. Tu sì che sai sempre come scacciare i miei complessi da bellimbusto.»

«State zitti! Non avete visto che sta cercando di arrampicarsi sul bancone?»

Ahi, mi hanno beccata. Fallito il tentativo di salire sul bancone, mi lascio ricadere sullo sgabello. Cosa diamine ci facciamo in un bar? Solo Travis ha l'età legale per bere e mettergli vicino dell'alcol sarebbe insensibile come dire a una ragazza di mangiare un'insalata... Sono cose che non fai se vuoi ancora definirti un essere umano decente.

Chissà come, invece, siamo in un pub di poche pretese e io sono al terzo bicchiere di chissà cosa. Ho detto al barista di darmi qualcosa di abbastanza forte da non farmi venire voglia di nascondere la testa sotto la sabbia per il resto della mia vita al ricordo di quello che farò stasera.

Lui ha eseguito alla lettera e, per ringraziarlo, ho cercato di intrappolarlo in un abbraccio del tutto socialmente accettabile, anche se chissà perché un tizio della sicurezza si è sentito chiamato in causa ed è venuto a separarci.

Che esagerazione.

«Tessie, basta così per stasera. Andiamo a casa.» Il mio dolce e perfetto ragazzo mi si avvicina di soppiatto, senza battere ciglio per il mio alito che puzza di alcol. Ho in mano il quarto drink, vodka con l'aggiunta di qualcosa, e non ho intenzione di andarmene prima di aver cancellato ogni ricordo di questa serata.

«La storia uscirà comunque?»

Per tutta risposta, mi guarda con espressione di pietra. Ah ah! *Stone*, pietra. Capito la battuta?

«Il mio nome, che per ovvi motivi viene associato al

tuo, finirà nella cronaca politica di un giornale da strapazzo facendomi passare per un perfetto esempio di caso pietoso americano?»

Silenzio.

«Non ti chiedo di risolvere tutto, Cole. Ma non ti chiedo neanche di impedirmi di reagire, perché ho intenzione di farlo. Reagirò di brutto a tutta questa situazione e tu dovrai lasciarmelo fare.»

«Tessie, non penso che sia una buona idea.» Sta cercando di addolcirmi, ma io so cosa significa. Significa trasformare delle possibili cazzate di dimensioni epiche dovute agli effetti dell'alcol in una serata a casa, tranquilla e noiosa.

Un po' come me.

Quando mai ho fatto qualcosa che non si addice a una brava ragazza? Cole è stato spedito con la forza in una scuola militare per farsi raddrizzare, è stato coinvolto in affari piuttosto loschi che gli hanno lasciato come ricordo una cicatrice su un polso, e invece guardate me.

Dov'è la mia cicatrice?

Voglio una cicatrice, preferibilmente che assomigli a una saetta.

«Sai cosa sarebbe una buona idea?»

«Metterti a letto?»

«Solo se vieni con me», ribatto alzando le sopracciglia con fare allusivo. Probabilmente sembro più un lombrico con una crisi epilettica. «No, invece, il punto non è che voglio fare delle porcate con te. Il punto è che dovremmo finire nei guai, di quelli per cui potrebbero arrestarci. Se devo avere i miei quindici minuti di celebrità, perché non dare il tutto per tutto?»

«Vuoi farti arrestare? Fantastico. Andiamo a casa. Mi farò prestare le manette da mio padre e ti chiuderò nel suo ufficio.

Ci sono abbastanza pistole alle pareti da farti credere di essere in una prigione statale. Allacciati la cintura, Pasticcino.»

Lo picchio più volte sul petto. «Non dovresti essere un ragazzaccio? Un vero bad boy? Non è quello il tuo ambiente? Perché uccidi così il mio entusiasmo?»

Lui alza gli occhi al cielo e, quando il barista cerca di riempirmi di nuovo il bicchiere, lo fa allontanare con uno sguardo truce. Vigliacco!

«Non è questo il modo di affrontare le cose. Travis ci sta lavorando e in questo momento tuo padre sta facendo fuoco e fiamme. Se dovessimo spuntarla, li citeremo in giudizio, quei bastardi. Tu però devi smetterla di bere.»

«Ma non capisci!» piagnucolo, ben consapevole dell'attenzione che abbiamo attirato nonostante i miei amici abbiano tenuto lontano chiunque si mostrasse un po' troppo interessato. Già solo lo sguardo letale di Beth sarebbe un bel deterrente, ma chi non vorrebbe vedere la figlia del sindaco che si copre di ridicolo? Probabilmente i presenti sono rimasti delusi che non sia riuscita a salire sul bancone, che non mi sia spogliata e non mi sia messa a far ballonzolare quello che mi ha dato madre natura.

Abbasso la voce. «Tu non lo sai, ma fiuteranno l'odore di questa storia alla velocità della luce. È come se avessero liberato dei segugi. Appena capiranno che nel mio passato c'è anche solo qualcosina, diventerò una barzelletta sulla bocca di tutti.»

Cole mi guarda confuso, senza la minima idea di quello che sto dicendo. È quasi carino con quest'aria. *Quasi* è la parola chiave.

«Di chi stai parlando?»

«Ehm, di nessuno!» esclamo, fingendo di chiudere le labbra come una cerniera.

«Tessie.» Oh cavolo, ecco la sindrome del fidanzato protettivo. È ora di porre fine alla festa prima che gli venga uno dei suoi attacchi di rabbia. L'unico problema è che ho bevuto qualche drink di troppo per mettere in pratica questa idea.

«Dimmelo. Cosa ti spaventa tanto?»

Mi copro la bocca con una mano per non fargli distinguere le parole che mi escono in automatico dalle labbra. Lui me la sposta e si china verso di me. «Dimmelo. Adesso.»

«I giornalisti sportivi, i proprietari delle squadre, i dipartimenti delle risorse umane di quelle stesse squadre, i siti di gossip con un debole per gli aitanti giocatori di football universitari e poi c'è quell'e-mail di qualcuno che lavora per *Playboy* che voleva sapere se sei un feticista dei piedi.» A quest'ultima frase faccio una smorfia perché è un pensiero rivoltante. «Oh, e c'è quella ragazza che voleva sapere se sai usare le mani anche in altri ambiti oltre al football. E quel tizio della tv locale che chiedeva se io porto vestiti larghi perché sono incinta. E, in quel caso, se tu mi avevi abbandonato perché avevi fiutato a un chilometro di distanza le mie intenzioni di cacciatrice di patrimoni. Ci sono anche altre e-mail, ma al momento non mi vengono in mente. A un certo punto ho cominciato a mandarle direttamente nella cartella dello spam. Sono davvero contenta di avere la pelle dura, adesso, perché alcune avrebbero distrutto la povera, vecchia Tessie.»

Sono impegnata a contare con le dita le e-mail più piccanti e i messaggi migliori che ho trovato in segreteria, quindi non bado alla reazione di Cole fino a quando non colpisce il bancone con un pugno, con una forza tale che un bicchiere in equilibrio sul bordo cade a terra e va in mille pezzi.

Se ancora non era così, ora ci guardano proprio tutti.

Travis ci raggiunge subito ma senza intromettersi. Dovrei

essergli grata per mostrarsi tanto forte. Tutto il tempo che ha passato a ricostruirsi una reputazione potrebbe essere vanificato da un solo articolo, ma lui ormai si è rimesso in sesto e si prende cura di me. Solo che io sono troppo ubriaca per apprezzarlo.

«Ops.» Mi giro sullo sgabello e salto giù. «Non pulirò io questo casino. Bernie, metti i drink sul mio conto! Scusaci per questa sdolcinata esternazione emotiva. Ti adoro, bello. E adoro anche la nostra vecchia amica vodka. Ci vediamo domani alla stessa ora.» Lo saluto con la mano ed esco dal locale con fare spavaldo, ben consapevole della quantità di gente che urla il mio nome.

Fuori fa un freddo cane. Purtroppo però, me ne accorgo solo dopo essere uscita dal pub senza la giacca e aver camminato tanto che ormai il freddo mi è penetrato fin nelle ossa e adesso tremo come il Cugino It davanti a un parrucchiere.

Al pensiero del parrucchiere, mi torna in mente Lou, il cugino di Beth. Mi piacerebbe conoscerlo, un giorno.

Nemmeno il mio umore cupo e l'alcol bastano a proteggermi dal freddo.

Tutt'intorno a me vedo decorazioni natalizie e luci brillanti, perlopiù rosse, bianche e verdi. Anche se manca poco a mezzanotte, in giro ci sono orde di persone. Il lato positivo di vivere in una piccola città e di possedere un negozio è che lo puoi tenere aperto quanto vuoi. Ecco spiegata l'abbondanza di gente uscita per comprare i regali dell'ultimo minuto. In cerca di un po' di calore, entro incespicando in un negozio di dolciumi, dove sono felice di accamparmi. Dietro al bancone c'è la vecchia signora Gardner, la proprietaria, che conosco praticamente da sempre. Con aria preoccupata, mi osserva mentre mi sistemo per terra, a gambe incrociate, tra i clienti che di tanto in tanto mi calpestano. Questa però è la mia isola felice, e al momento ho bisogno di stare qui.

Davanti a me c'è una parete piena di cioccolato, ma non le tavolette prodotte in massa in qualche fabbrica, di cui mi nutro al campus. Questi cioccolatini sono capolavori fatti a mano, beni di lusso per cui si sborsa solo quando bisogna farsi perdonare un errore madornale. Penso parli da sé il fatto che la maggior parte sia passata a rotazione da casa mia, perché mio padre ricorreva sempre al cioccolato artigianale per far rientrare le varie crisi matrimoniali.

Anche se non garantiscono la riuscita di un matrimonio, questi cioccolatini sono buonissimi. Con un gran sospiro, tendo una mano verso la vetrina che li protegge. Quanto vorrei che qualcuno me li regalasse per Natale. Non voglio essere costretta a comprarmeli da sola.

«Tesoro, è tutto a posto? Vuoi che chiami qualcuno?» La signora Gardner ha lasciato la sua postazione ed è accovacciata davanti a me. Scuoto la testa e sento uno strano bruciore agli occhi e un nodo alla gola. «Vorrei solo restare qui seduta per un po', se per lei va bene. Fuori fa freddo e ho dimenticato la giacca. E non posso neanche tornare a prenderla, perché mi perderei sicuramente, e fa freddissimo.»

Travolta dall'istinto materno, la donna mi guarda come se fossi un cucciolo smarrito. Cavolo, devo avere un aspetto davvero patetico.

«Ok, tesoro. Come vuoi. Ti porto una bella cioccolata calda, che ne dici? Offre la casa!»

La cioccolata mi fa pensare a Cole e a quella che abbiamo bevuto insieme qualche ora fa. Gli occhi mi bruciano sempre più e, mortificata, mi rendo conto che mi trema il mento. Nel vedermi in questo stato, la signora Gardner passa in modalità emergenza: lascia il bancone a una commessa e si affretta a prepararmi una tazza di cioccolata fumante prima che io crolli definitivamente.

Tiro le ginocchia contro il petto, ci appoggio sopra la testa e chiudo gli occhi per un secondo.

All'improvviso, vengo assalita da un sonno terribile. Se solo avessi dato retta a Cole e avessi optato per il suo bel lettone, adesso potrei accoccolarmi al calduccio, a cucchiaio contro di lui. È una bella immagine e potrei seriamente addormentarmi in questo negozio, con il rischio di essere calpestata dalla categoria più letale di individui che esista al mondo: la gente a caccia dei regali di Natale.

«Ci sono io con te, Pasticcino.»

«Eh?» Non bisogna sottovalutare il potere dei sogni, perché nella mia mente ci siamo appena infilati a letto sotto la nostra comoda coperta, che ci avvolge in un abbraccio caldo e soffice. Cole mi ha tirato con la schiena contro il suo petto, abbiamo le gambe intrecciate e io ho la testa appoggiata sotto al suo mento. Ci siamo sempre incastrati alla perfezione.

«Su, ti aiuto ad alzarti. Ti porto a casa.»

«Ma è così bello qui. Posso restare altri due minuti?»

«Mi spezzi il cuore quando fai così, piccola. Ti prego…»

«A quanto vedo, una bella cioccolata farebbe un gran bene a entrambi. Ecco due tazze fumanti per i miei piccioncini preferiti. Prenditi cura della piccola Tess.»

A quelle parole, apro gli occhi e vedo la mia fata madrina per questa sera che consegna due enormi tazze a Cole, per poi tornare alla sua postazione.

Con un sospiro e una certa riluttanza, il mio ragazzo si siede accanto a me, proteggendoci dall'assalto dei clienti indaffarati. Con un sorriso, mi passa la mia cioccolata. «Dobbiamo smetterla di incontrarci così.»

«Affogando i nostri dispiaceri in questa bontà divina al gusto di cioccolato? Mai!» ribatto, con un po' troppo entusiasmo.

«Hai bevuto un bel po', oggi. Forse dovresti stare alla larga dagli oggetti bollenti.»

«Allora tu e i tuoi bollenti spiriti fareste meglio a trasferirvi in un altro Stato.» Gli do una spallata per scherzo e scoppio a ridere. «Che battuta squallida! Io sono squallida! Cosa ci fai ancora con me? Aspetta, non rispondermi. Non sono insicura e non ho problemi di autostima. Che cavolo, siamo come i Brangelina. Anzi, sei fortunato ad avermi perché sono fantastica.»

«Sei fantastica», riconosce anche lui. Poi ci beviamo la nostra cioccolata in santa pace.

Alla fine, un po' appoggiandomi a Cole e un po' lasciandomi trascinare, arrivo a casa e mi ritrovo in camera mia con una moltitudine di persone che mi osserva in previsione di una mia mossa, come dei patiti di geologia in attesa di un'eruzione del Vesuvio. Chissà quanto restano delusi, perché il massimo che riesco a fare è togliermi le scarpe con un calcio e cadere sul letto con la faccia sul cuscino.

«Sono stanca», annuncio.

«Tessa, forse dovresti...»

«Papà, in due ore mi sembri invecchiato di dieci anni. Piantala di preoccuparti così tanto, prima che Danielle ti lasci per pascoli meno grigi.»

È una gran stronzata da dire, ma in questo momento mi sento stronza, soprattutto perché l'orribile vocina che ognuno di noi ha nella testa mi sta dicendo che è tutta colpa di mio padre se diventerò la Lindsay Lohan della Brown.

«Papà, forse è meglio parlarle domani. Lasciamola...»

«Oh, questa sì che è bella. Vedermi in questo stato vi serve a ricucire il vostro legame. È come ai vecchi tempi, solo che adesso io sono te, Trav. Perfetto.» Mi giro sulla schiena e scoppio a ridere, perché tutta questa situazione è esilarante.

«Ok, lo spettacolo è finito. Sta solo facendo l'ubriaca meschina, quindi perché non ci aggiorniamo domattina a colazione?»

«Su, Trav. Lo sai che non è lei a parlare. Cole ha ragione. Lasciamola dormire per smaltire la sbronza.»

«Grazie, amica mia. Sapevo che eri la cosa migliore che potesse capitare a mio fratello. Forse anche la più perversa, ma ne parliamo un'altra volta.»

«Bene, tutti fuori.» Sento la porta chiudersi e poi le luci si abbassano. Cole mi mette seduta e cerca di spogliarmi, ma io allontano le sue mani. «Ti amo, ma stasera non sono dell'umore.» Mi raggomitolo in posizione fetale e finalmente comincio ad appisolarmi. Ah, che pace.

«Hai i vestiti bagnati, Tessie. Sei caduta in una pozzanghera di acqua gelata mentre rientravamo, in caso te ne fossi dimenticata.»

«Oh! Ecco perché sento le dita come ghiaccioli di carne che potrebbero staccarsi da un momento all'altro. Ho bisogno di un calorifero umano. Perché non vieni nel letto con me, mio bel ragazzo?» Allargo le braccia e accenno un finto sguardo seducente.

#Fail.

Cole scuote la testa e mi mette di nuovo seduta. «Se arrivi a domani senza finire in ipotermia e senza farti cacciare di casa dalla tua famiglia, devi promettermi che la pianterai di lamentarti di tutte le volte che mangio cinese d'asporto durante la settimana.»

«Chissenefrega del tuo colesterolo, Stone. Chissenefrega.»

«Sta' calma, tigre. E alza le braccia.»

A un tratto, sono troppo stanca per fare allusioni sessuali quindi ubbidisco, mi lascio infilare il pigiama e mettere a letto. Poco dopo, Cole mi raggiunge e mi fa prendere un'aspirina e dell'acqua. Per finire, mi tira contro il suo petto e mi stringe tra le braccia.

«Sono contento che tu sia ancora qui, cara la mia ragazza coraggiosa. Sono davvero contento.»

Il responsabile dei rapporti con la stampa di mio padre è un uomo basso, sui trentacinque anni e dall'aspetto decisamente anonimo. A quanto ricordo, le visite di Jeremiah M. Caldwell non hanno mai portato nulla di buono. È stato assunto come versione umana di Photoshop. In pratica, fa sparire ogni intoppo dalla vita politica di mio padre facendolo passare per la Jennifer Lopez dell'élite politica del Connecticut.

Il divorzio?

Descrive la ex moglie come una svitata ingoiapillole.

Il figlio alcolizzato?

Mette in piedi un commovente incontro in una caffetteria del centro, assicurandosi che l'abbraccio finale tra padre e figlio venga fotografato.

La figlia sovrappeso?

Organizza una partita a golf e un pranzo (a base solo di verdure) al country club, aumenta i fondi per l'educazione fisica al liceo e promuove una serie di ispezioni a sorpresa nel bar della scuola.

Ecco il genere di cose con cui Caldwell si tiene occupato. Se non fosse che mia madre è davvero una svitata ingoiapillole, addosserei a lui tutta la colpa del divorzio dei miei. Quale donna potrebbe mai condividere il marito con un uomo simile?

Gli passo una tazza di caffè appena fatto, compiendo lo sforzo sovrumano di non rovesciarglielo sulle parti basse, ma il signorino, che oggi indossa un completo di tweed, storce il naso. «Bevo solo tè Earl Gray, Teresa. Saresti così gentile da andare a prendermene una tazza?»

«Conosco benissimo le sue preferenze, signor Caldwell, ma al momento non abbiamo tè. Pensavo si sarebbe accontentato dell'alternativa migliore», sibilo.

È un caffè piuttosto costoso, ma se non lo accetta glielo rovescio in testa.

«Perché non lo dai a me, Tessie? Il signor Caldwell non mi sembra il tipo che beve il caffè così forte.» Cole sventa il mio piano e mi prende per mano prima che io possa commettere un omicidio.

Siamo tutti riuniti nell'ufficio di mio padre: lui, il suo viscido addetto stampa, Travis, Cole e io. Caldwell ci sta mettendo al corrente della strategia che attueremo dopo l'articolo di due pagine che mi hanno dedicato su un giornale piuttosto popolare. A ogni parola che esce dalla bocca di quest'uomo, sono sempre più vicina a pianificare il delitto perfetto.

«Le cose stanno così, signor O'Connell: l'America intera pensa che lei sia solo l'ennesimo candidato come tutti gli altri con una famiglia decisamente disfunzionale. Se posso essere sincero, lei è considerato un cliché: è divorziato, la sua ex moglie sta bruciando i soldi dell'accordo di divorzio più in fretta di quanto io potrei girare un pancake nella padella e suo figlio non ha ancora trovato una strada nella vita. Già quelle erano questioni abbastanza serie, ma ora che le... chiamiamole indiscrezioni su sua figlia sono diventate di dominio pubblico, dovremo cambiare tattica. Se vuole ancora dare una scossa alla scena politica americana e correre per la poltrona di governatore, dovremo tirare fuori l'artiglieria pesante.»

Del veleno.

Un proiettile di ghiaccio.

Magari è allergico alla frutta a guscio. In questo caso, delle noci pecan.

«Quanto pesante?»

«Cosa ne pensa del dottor Phil, lo psicologo che va in televisione?»

«Adesso basta!» Mi alzo, mi avvio a grandi passi verso Caldwell, sempre più pallido a ogni secondo che passa, e sbatto le mani sulla scrivania davanti a lui. «Sono più di due ore che sono in questa stanza, costretta a sentirla lamentarsi su quanto le andrebbe un tè anche se non ce l'abbiamo. L'ho ascoltata mentre definiva questioni private e delicate che riguardano la mia famiglia... Com'è che le ha chiamate? Indiscrezioni! E per non una, non due, ma per ben cinque volte ha dato al mio ragazzo del delinquente. Lei ci sta denigrando, e mio fratello è a tanto così dal darle un pugno su quella faccia compiaciuta che si ritrova. Ora mi dica: come risolviamo tutta questa storia? Come devo fare per non diventare Bristol Palin?»

L'uomo impallidisce ancora di più. «Per l'amor del cielo, sei incinta?»

Tre paia di mani mi tengono ferma per impedirmi di saltargli addosso.

6

Attiri più ragazze tu di un negozio di Victoria's Secret nel Black Friday

«Ecco qui le tue personali esperte di bellezza. Ora butta giù questo caffè, tirati su con il morale e lascia fare a noi.»

A forza, vengo tirata fuori dal letto e messa a sedere. Per una volta, anche se adoro che Cole sia il mio calorifero umano, sono contenta che mi abbia lasciata da sola a congelarmi il sedere per andare a correre con suo padre. Dubito che avrebbe apprezzato l'imboscata delle mie migliori amiche. Con tutti i prodotti di bellezza che hanno portato, avrebbe preso in seria considerazione l'idea di rinchiudersi in un convento.

«So che sotto questa massa di capelli non si vede bene, ma la mia faccia è decisamente arrabbiata.»

Beth mi dà uno scappellotto e, insieme a Megan, si accampa in camera mia. Sento un fruscio di vestiti, segno che una delle due è entrata nella mia cabina armadio e ci sta mettendo fin troppo tempo a scegliere un outfit per una serata a cui non ho la minima intenzione di andare.

«Non funzionerà», commento in tono lamentoso subito prima di scolarmi il caffè come se fossi un tombino aperto.

Megan, o almeno immagino che sia lei, si siede sul letto accanto a me e mi costringe ad alzare il mento. Sposto la mia nuova frangia dagli occhi e la fulmino con lo sguardo. «Nemmeno noi siamo grandi fan dei metodi di Caldwell...»

«Questo è l'eufemismo del secolo!» strilla Beth da qualche parte nei meandri della mia cabina armadio.

«...però questa è una buona idea. Se tu e la tua famiglia vi fate vedere in un ambiente normale e vi comportate come le persone equilibrate che siete, la gente se ne fregherà di tutta la spazzatura che è uscita sui giornali.»

«Ieri sono andata al supermercato a fare scorta di Kit Kat e la cassiera mi ha chiesto se me li avesse prescritti lo psichiatra, perché secondo lei il cioccolato è un antidepressivo.»

«Oh.»

«Quindi grazie ma no, ho chiuso con questa città e con l'opinione che ha di me. Se mio padre pensa che sia una buona idea buttarci tra la folla e dare una festa, che lo faccia. Io non ho intenzione di andarci. Anzi, ho altri piani. Il tatuatore mi ha detto che ha un buco tra le sei e le otto di stasera.»

Beth esce a grandi passi dalla cabina armadio, con un vestito nero che le penzola dal braccio e un'espressione furiosa in viso.

«Oh oh», mormora Megan, ma non fa nulla per impedire alla nostra migliore amica di farmi un bel cazziatone.

«Ti stai comportando come una bambina. Una bambina che si succhia il pollice e se la fa addosso. E se devo per l'ennesima volta sentire che ti lamenti perché sei troppo delicata per fare l'adulta e affrontare questa situazione assurda, sappi che abbiamo un problema. Enorme.»

Mi tiro su di scatto. Con il mio pigiamone della renna Rudolph, con il naso che sporge e fa rumore quando lo schiacci, devo avere proprio un'aria da dura.

«Non sai di cosa parli! Non puoi nemmeno immaginare come ci si sente quando tutti ti fissano, parlano alle tue spalle e ti giudicano per delle cose di cui non sanno un cavolo di niente.»

Adesso l'ho fatta arrabbiare sul serio. «Questa sì che è bella. Quindi io non lo so? È questo che pensi? Che la mia vita qui sia sempre stata facile? Che nessuno facesse commenti sui miei tatuaggi, sui miei capelli o sui miei piercing? E poi c'era mia madre! Si divertivano un sacco a parlare di quello che combinava quando andava fuori città, sai? Ma la parte migliore è mio padre, perché secondo la gente che vive in questa città mia madre era andata a letto con quasi tutta Hollywood e chiunque dal buon vecchio George Clooney fino a Robert Downey Jr potrebbe essere mio padre. Non che non mi sentissi lusingata, ma non è l'argomento migliore per fare quattro chiacchiere, non trovi?»

A un tratto vengo assalita dal senso di colpa e mi sento ridicola per i capricci che ho fatto negli ultimi giorni, dopo la riunione d'emergenza convocata dall'addetto stampa di mio padre per tentare di limitare i danni. Io invece sono riuscita solo a starmene seduta a casa imbronciata perché, anche nei momenti di maggior subbuglio emotivo, sono troppo puritana per fare qualcosa di drastico.

Ah, non ho nessun appuntamento per un tatuaggio. Ma sicuramente l'avevate già capito.

«Mi dispiace», mormoro, con le guance in fiamme per l'imbarazzo. «So che mi sono comportata in modo infantile, ma ero convinta di essermi lasciata tutto alle spalle quando sono andata all'università, e invece le stupidaggini che ho fatto quando avevo sedici anni continuano a perseguitarmi. Sono arcistufa di tutta questa storia.»

Beth mi abbraccia. «Sai qual è il mio motto, Tess? Quando

la vita diventa difficile, tu diventa una stronza. Non permettere a nessuno di farti sentire in un certo modo, se non vuoi. Capito?»

«Potrei scriverlo in un saggio, ma senza la parolaccia non farebbe lo stesso effetto.»

Megan scoppia a ridere e tra noi torna tutto a posto. Mi lascio agghindare per la festa di Natale che daremo più tardi in municipio e incrocio le dita che la serata trascorra senza incidenti.

Giusto per darvi un minimo di contesto e farvi capire come mai ho tentato di dare fuoco agli album con le foto di Tessie la Cicciona e ho avuto un comportamento inquietante dopo la visita di Caldwell, sappiate che alla base di tutto ci sono gli stessi motivi di cui ho discusso con le mie amiche. Da quando è uscito l'articolo sulla mia famiglia mi sento come se la stanza intorno a me si rimpicciolisse inesorabilmente. Le cose andavano già abbastanza male con l'assalto dei giornalisti nei miei confronti a causa di Cole, ma arrivare nella mia isola felice, a casa, e vedermi sottrarre anche questo senso di sicurezza è stato troppo.

Se mi comporto così è perché sono stanca di essere me. Una volta passato il dramma però e ragionato sul punto di vista di Beth, mi sono resa conto che ha ragione. Nessuno può farmi stare male con me stessa, se non voglio, e lei è il miglior esempio di come si possa continuare a essere se stessi anche quando tutti ti giudicano proprio per come sei.

Con la schiena ben dritta, prendo una flûte di champagne da uno dei camerieri che si aggirano per la grande sala da ballo e mi guardo intorno alla ricerca di visi familiari. A essere sincera, cerco il viso di una persona in particolare.

Cole sarebbe dovuto arrivare un'ora fa e, sebbene abbiamo deciso insieme che non era necessario che mi accompagnasse qui, apprezzerei il suo sostegno morale. Perché a giudicare dall'attenzione che attiro mentre sorseggio il mio champagne, potrei pensare di avere davvero bisogno degli alcolisti anonimi.

«Ciao», fa qualcuno alla mia destra, distogliendomi dalle occhiatacce che lancio alla porta come se fosse colpa sua se il mio ragazzo non entra.

Mi volto e, con mia piacevole sorpresa, mi trovo davanti una faccia nota del liceo. Non sono molte le persone che ricordo con affetto degli ultimi anni di scuola, ma lui è sicuramente tra quelle.

«Mike? Ciao!» Gli do un rapido abbraccio, sollevata di conoscere almeno uno dei presenti che non metta in dubbio la mia stabilità mentale. Anche se si tratta di una festa di Natale organizzata dal sindaco, i miei amici e le loro famiglie avevano già preso altri impegni. Be', almeno Megan e Alex. Mentre ho già scritto diversi messaggi a mio fratello per chiedergli dove siano finiti lui e Beth. Anche gli Stone dovrebbero già essere qui e comincio a sentirmi in ansia.

Al liceo Mike usciva con Lauren, la cheerleader che è sempre stata carina con me, anche dopo che Nicole mi aveva relegato in tribuna. Ci siamo persi di vista dal diploma ma, se ben ricordo, Lauren e Mike sono andati all'università insieme, come me e Cole.

«Wow, che piacere vederti. Negli ultimi mesi non sono riuscito a sentire praticamente nessuno della nostra vecchia classe.»

Mi sporgo e scruto la gente che continua a confluire verso di noi. «Posso essere sincera? Io invece sono felice di non dover vedere i nostri vecchi compagni.» Mi stringo nelle spalle. «Ma è bello trovarti qui. Ti hanno costretto a venire i tuoi genitori?»

«In pratica sì», risponde con un sorrisetto. «Certo che voi sapete come si dà una festa decente. Potrei quasi provare la vostra fruitcake.»

Mi ricorda molto Bentley, nel senso che emana un fascino impacciato che mette gli altri a proprio agio. Ovviamente ha la stazza di un difensore e probabilmente gioca a football al college come Cole, ma non mi sento affatto intimidita da lui.

«Oh, che orrore! Non avvicinarti nemmeno alla fruitcake. Non conosci la ricetta segreta degli O'Connell.»

Scoppia a ridere. Forse me lo sto immaginando, ma si sporge un po' troppo verso di me. «Magari la scoprirò assaggiandola.»

Rido a mia volta, ma la mia risata suona nervosa e un po' stranita. Mi allontano di qualche centimetro da lui. «Allora... come sta Lauren?» Appoggio la flûte vuota sul vassoio di un cameriere di passaggio e, con rammarico, resisto all'impulso di prenderne una piena.

Per un attimo Mike pare confuso, poi perde la luce allegra che aveva negli occhi e serra la mascella. «Non stiamo più insieme. Forse è meglio così. Sai quello che si dice sulle storie nate al liceo...» Dal tono amaro, è chiaro che non ha ancora superato la rottura.

«Ehm, in realtà non lo so, però mi dispiace molto che non abbia funzionato tra voi due. Lei era una delle persone più gentili di tutta la città.»

Fa una smorfia. «Le persone cambiano. Adesso non è più tanto gentile.» Poi però la sua espressione torna seria e lui copre i pochi centimetri rimasti tra noi. «Tu invece sei sempre stata incredibilmente dolce, vero?»

Lo fisso esterrefatta.

Ci sta davvero provando con me? La mia relazione con Cole è di dominio pubblico, malgrado tutti i miei sforzi la gente si immischia di continuo negli affari nostri, e lui ha il coraggio di propormi un'avventura di una notte? Perché è questa l'unica cosa che interessa a un ragazzo ancora preso dalla sua ex.

«Tu... non riesco a credere che tu...»

«Ho seguito la carriera di Cole e so che è la star del momento. E mia sorella mi ha detto che ha annunciato pubblicamente di essere single. Quindi immagino che non stiate più insieme.»

Sto per dirgli dove può ficcarsi le sue domande invadenti quando qualcuno mi afferra per un polso, mi costringe a girarmi e mi preme contro il proprio petto forte e robusto. Intravedo appena per un istante il viso furioso di Cole prima che le sue labbra si avventino sulle mie, in un bacio decisamente inappropriato in pubblico. Però non mi oppongo perché so che ha bisogno di farlo e perché voglio che mi baci in questo modo invece di trattarmi come se fossi fatta di cristallo. Posa le mani alla base della mia schiena e io gli metto le braccia intorno al collo, completamente persa nel momento fino a quando sentiamo diverse persone che si schiariscono la voce. Temendo un po' per la mia sopravvivenza, do a Cole una spintarella e appoggio la testa sul suo petto. Sento il suo respiro affannoso contro la fronte e le sue braccia che mi stringono con fare possessivo.

«Ti basta come risposta?» borbotta.

Fa' pure, signor Cavernicolo. Sbalordito, Mike si sforza di mettere insieme una frase dotata di senso. Non riuscendoci, gira sui tacchi e se ne va. Rido contro il petto di Cole e lo colpisco leggermente a una spalla con un pugno. «Devi smetterla di comportarti così con la gente.»

È ancora seccato, lo capisco dai muscoli tesi. «Non posso lasciarti da sola per cinque minuti che qualcuno ti mette le zampe addosso. Sarà sempre così?»

«Alt, fermati un attimo prima di preoccuparti a riguardo, perché questo è il mio problema. Attiri più ragazze tu di un negozio di Victoria's Secret nel Black Friday!»

In questo momento però non riesco ad arrabbiarmi con lui perché è talmente bello che mi viene voglia di mangiarmelo: camicia bianca con le maniche arrotolate, giacca e pantaloni neri e niente cravatta. È stupendo. Resta sempre un cavernicolo, ma è comunque stupendo.

Scoppia a ridere e la tensione si allenta, anche se non stacca lo sguardo da Mike e, mentre gli fissa la schiena, sibila delle parole tutt'altro che gentili.

«Allora, vuoi spiegarmi perché sei così in ritardo?» Mi sforzo di ignorare tutta la gente che mi scruta.

Lui raddrizza la schiena e si schiarisce la voce. «A proposito...» Guarda ovunque tranne che nella mia direzione, e comincio a insospettirmi. Quando ha in ballo qualcosa non ne viene mai fuori nulla di buono, specialmente non ora.

«Sapevi», riprendo, «che almeno cinque persone mi si sono avvicinate e mi hanno chiesto se me la sento di parlare in pubblico della mia battaglia contro l'alcolismo e l'abuso di droghe?»

Fulmina con lo sguardo la gente intorno a noi. «Chi diavolo ha osato fare una cosa del genere? Avevo detto a Steve di assicurarsi che nessuno ti desse fastidio.»

«Chi è Steve?»

«Nessuno di cui tu ti debba preoccupare. È molto professionale quando si tratta di queste cose.»

«Cole.» Mi allontano di un passo e, con tutta la calma di cui dispongo, gli chiedo: «Hai per caso assoldato un sicario?»

Sbuffa. «Non è facile trovarne uno, di questi tempi. Non si può mica mettere un annuncio online, non ti pare?»

«Però ci hai provato.»

«Ho chiesto a un tizio che conosceva un tizio, ma ormai è un business che sta morendo.»

«Cole!»

«Ok, ok. Ma prima di tutto, ti ho già detto che oggi sei davvero bella?»

Di fronte al suo comportamento infantile, alzo gli occhi al cielo. «Lo sai anche tu che puoi fare molto meglio…»

Sorride. «Hai perfettamente ragione.» Mi si avvicina, molto più di quanto sia appropriato, e mi prende per la vita. Porta le labbra al mio orecchio e io trattengo il respiro. «Sei la ragazza più affascinante in questa stanza e sto usando ogni grammo di forza di volontà di cui dispongo per non portarti dritto a casa mia, dove ti farei un sacco di cose.»

Faccio un bel respiro.

«Be'… così è molto meglio», dico a fatica, tanto sono confusa. È ridicolo l'effetto che ancora riesce a farmi.

Sorride. «Meglio?»

«Eh? Cosa?»

«Lo pensavo anch'io.»

La festa è andata come meglio non avrebbe potuto. Certo, la gente mi guardava come se fossi un cucciolo smarrito da portare a casa e rimettere in sesto, ma ne sono uscita illesa.

Più o meno.

Ora, nella sala deserta, io e Cole siamo seduti a un tavolo davanti a una bottiglia di vino. Gli addetti alle pulizie se ne sono già andati, ma lui mi ha trattenuta per parlarmi di una cosa e, ovviamente, adesso sono nel panico. Quando qualcuno mi dice quella frase, non è mai un buon segno.

«Oggi ho incontrato il mio agente.»

«Hai un agente? Da quando? È Steve?»

Scoppia a ridere. «Non distrarti, Tessie. Sì, ho un agente. Il mio allenatore ha detto che era una buona idea dato che potrei essere ingaggiato da una squadra a livello professionistico. Mi serviva qualcuno dalla mia parte.»

«Io sono dalla tua parte», ribatto, per metà offesa e per metà ubriaca.

«Lo so, e forse è proprio per questo che volevo fare qualcosa per farti capire una volta per tutte che in questa storia ci siamo dentro insieme.»

«Ma io non ho alcun dubbio su di te. Se ne avessi avuti, non sarei riuscita ad andare fino in fondo con questa recita del lasciarci per finta.»

«È stata un'idea stupida.»

Sbatto una mano sul tavolo, in un finto impeto di entusiasmo. «Non mi dire! Oddio, sul serio? Un'idea stupida? Chissà perché non ho mai pensato che lo fosse, cavolo!»

Alza gli occhi al cielo e, forse sarà solo la mia immaginazione, ma mi pare che arrossisca per l'imbarazzo.

«C'è un cambio di programma. Ora seguiremo una nuova strategia.»

«E quale sarebbe? Te l'ha messa in mente Steve?»

«Potresti per favore restare seria per un secondo? E comunque Steve è la tua nuova guardia del corpo. Non ti seguirà tutto il tempo, ma io e tuo padre riteniamo che sia meglio che qualcuno ti tenga d'occhio.»

Appena assimilo quello che ha appena detto, vengo assalita dall'irritazione, che ben presto si trasforma in rabbia. «Senza offesa», replico a denti stretti, «ma mio padre non sta per diventare presidente, e tu non sei ancora Tom Brady, quindi scusami se penso che vi siate lasciati prendere un po' troppo la mano. Una guardia del corpo? La cosa peggiore da cui dovrebbe proteggermi è una ragazza pom pom senza cervello e sovreccitata, e nella mia vita ho dovuto affrontare più tipe del genere che brufoli».

Cole sospira, come se fossi io a fare la difficile. «Adesso ascoltami e promettimi che ci penserai bene prima di fare di nuovo i capricci.»

«Va' avanti.»

«Il mio agente, che non si chiama Steve, mi ha organizzato un servizio fotografico per una rivista nelle prossime settimane. Non è niente di che, ma stando a lui quelli della rivista hanno insistito parecchio e potrebbe essere un aiuto per far decollare la mia carriera.»

Confusa, faccio una smorfia. «Finirai in perizoma e tutto unto di olio sul corrispettivo femminile di *Playboy*, vero?»

Lui scoppia a ridere e la tensione si allenta, tanto che anche a me sfugge un sorriso. Per un attimo mi dimentico addirittura di Steve, perché sono davvero orgogliosa del mio ragazzo e so che sta soltanto minimizzando la cosa.

«È fantastico, Cole… Finirai su una rivista. Dopo la mia disgraziata e breve incursione nei giornali, stiamo diventando una coppia con una certa influenza. Cavolo, non volevo dire così. Sono davvero, davvero fiera di te. Hai lavorato sodo per tutto questo, e finalmente si sta concretizzando.»

A questo punto, Cole mi fa alzare e mi sistema sulle sue gambe, per poi darmi una lenta scia di baci sul lato del collo. Per fortuna siamo soli, quindi affondo le mani tra i suoi capelli e lo lascio fare.

«C'è un'altra cosa che devi sapere.»

«Cosa?» Tra l'alcol e il potere che lui ha su di me, mi sento un po' intontita.

«Voglio che tu venga con me.»

«Vuoi dire sul set? Certo che ti accompagno», mormoro mentre lui continua con i baci.

«No, intendo che voglio parlare di te e voglio che tu sia nelle foto con me, come la mia ragazza.»

Rimango impietrita, e lui sa bene che d'istinto lo metterei al tappeto con un pugno.

«Sei impazzito?»

«No», risponde con determinazione. «Tutti ti tormentano con domande su di me per sapere di noi, della nostra storia e da dove vengo. E chi meglio di te, Tessie, potrebbe raccontare chi sono?»

Che diamine, ci sa proprio fare con le parole, ma è fuori discussione. Mi dimeno tra le sue braccia e lui, con una certa riluttanza, mi lascia andare. Nel tentativo di tenerlo al riparo dalla mia rabbia, cammino avanti e indietro per la stanza.

«Sbaglio o nemmeno un mese fa mi hai proposto di lasciarci per finta?»

«Ti ho già detto che mi dispiace», replica, palesemente a disagio. «È stata una cattiva idea.»

«Eppure, quando io ti ho detto la stessa cosa tu non mi hai dato ascolto. È stata una tua idea e, anche se pensavo che fosse una stupidaggine, sono stata al gioco e così la gente mi ha tormentato, e i pettegolezzi si sono ingigantiti. Aggiungici la situazione con mio padre, e mi hanno dedicato talmente tanti titoli in prima pagina che potrei competere con Trump. E adesso vieni a dirmi che hai cambiato idea? Potrebbe anche andarmi bene… ma un servizio fotografico? Dici sul serio?»

Sbuffa e mi viene incontro. «Ho fatto un casino, ok? Dopo aver sentito tutto quello che ti dice la gente e le domande che ti fa, ho pensato che in questo modo potremmo zittirla una volta per tutte.»

«Oppure attireremo l'attenzione ancora di più. Senti, calmiamoci un attimo e… non facciamolo. Niente servizi fotografici, niente copertine, niente di niente. Sono la tua ragazza, ma non c'è bisogno che il mondo intero lo sappia.»

«Sì, invece», sbotta. «Se può servire a mettere fine anche a una minima parte dei pettegolezzi che girano, allora…»

«Non me ne frega più niente dei pettegolezzi. Che la gente dica quello che vuole. Che pensi pure che mi lascio morire di fame, che sono depressa o che ho un passato tragico e orrendo. E se vuole credere che tu mi abbia lasciato perché ho fatto finta di essere incinta per incastrarti, allora al diavolo, che lo pensi pure!» Non so di preciso a che punto mi sono messa a urlare, ma quando finisco di parlare sento le lacrime agli occhi. Forse sta venendo fuori la reazione che da giorni tento di tenere a bada.

«Tessa… Tesoro, se potessi fare qualcosa, qualunque cosa per far sparire tutti…»

«Non puoi, e non è questo che ti chiedo. Voglio soltanto che la smetti con questi giochetti. Non voglio servizi fotografici, né finte rotture, né niente di niente. Piantala di voler controllare ogni aspetto della mia vita.»

Lo spingo via e, malgrado il tacco quindici, mi allontano tanto in fretta che non riesce a fermarmi.

Sentirsi costantemente innamorati persi di qualcuno potrebbe sembrare stancante. Affidare il proprio cuore alla persona a cui ci si sente legati senza la certezza che lo tratti con cura potrebbe sembrare uno sforzo immane. Almeno, a me fa paura, e il motivo è il mio passato. Eppure, sapere di essere l'oggetto di un amore tanto struggente e incondizionato, tanto forte e stabile, tanto confortante e affettuoso ti riempie di coraggio.

Una volta abbandonato Cole, faccio il giro dei nostri soliti posti. Dopo aver fatto una capatina alla festa, Travis e Beth sono tornati nel loro appartamento, quindi non rischio che mi trovino. Questa sera in città si respira un clima di festa, ormai mancano tre giorni a Natale e l'atmosfera allegra è contagiosa, tanto che mi sforzo di non pensare a quanto è appena successo tra me e Cole, soprattutto perché so che ho solo sfogato la mia frustrazione su di lui.

Trovo un angolino tranquillo vicino alla pista di pattinaggio sul ghiaccio e prendo il cellulare. Negli ultimi giorni si è trasformato in uno strumento di tortura, perché ogni volta che controllo i messaggi o i social network va a finire male.

Vedo un paio di messaggi di Cami che mi mettono in agitazione. Ci sono troppi punti esclamativi, per i miei gusti, e un link. A qualsiasi cosa porti, so già che non mi piacerà, ma mi sta implorando di aprirlo, mi sta praticamente chiamando a gran voce e così ci clicco sopra...

«Posso spiegarti.» Alzo gli occhi dall'articolo appena comparso sullo schermo e vedo Cole.

«Come hai fatto a trovarmi?»

«Non è stato difficile.» Con aria compiaciuta, il bastardo si infila le mani in tasca. O forse ha solo freddo? «Ti ho seguita, ma volevo darti modo di calmarti un po'. Mi hai fatto un bel discorsetto prima.»

«Ma...»

«Fatti più in là.» Tenta di sedersi su un pezzo di panchina, ma io non cedo.

«No, prima spiegami come mai c'è una fotografia gigante di noi due su questo sito sotto al titolo...» avvicino il cellulare al viso per essere sicura di leggere bene ogni singola parola, «'La ragazza dietro il successo di Cole Stone: intervista a cuore aperto sulla donna che gli ha cambiato la vita.' È uno scherzo?»

Lui si siede comunque e mi mette un braccio intorno alle spalle. «Suona bene, non trovi?»

Mi volto di scatto verso di lui. «Sei impazzito? Non hai sentito niente di quello che ti ho appena detto?»

«Se la cosa ti consola, questa intervista risale a due giorni fa.»

«Ma... ma... è un sito seguitissimo! La leggeranno tutti e...» balbetto, ma lui mi stringe più forte a sé. «E chiunque la leggerà», mi rassicura, «saprà della ragazza che mi ha reso la persona che sono oggi e che mi dà l'ispirazione per impegnarmi al massimo e fare del mio meglio ogni singolo giorno.»

Riesco solo a fissarlo, ammutolita.

«Mi dispiace se pensi che io stia giocando con le tue emozioni o che tenti di controllare ogni aspetto della tua vita», prosegue lui, e al ricordo della mia scenata di poco fa non riesco a trattenere una smorfia, «ma vederti in questo stato è una tortura per me, e farò di tutto per sistemare le cose. È possibile che commetta qualche stupido errore, ma sappi che ciò che faccio per te dipende unicamente dal fatto che l'idea che qualcuno ti ferisca è il mio peggiore incubo.»

E poi mi bacia, perché sa che non sono più arrabbiata e sa quello che ha appena fatto per me. Ogni volta che mi rintano nei miei pensieri, lui sa esattamente cosa fare per placare la tempesta che minaccia in continuazione di inghiottirmi. I suoi metodi non saranno sempre perfetti e le sue buone intenzioni tenderanno pure a essere fuorviate, ma quante ragazze possono affermare di avere un fidanzato che si prende la briga di sottoporsi alla gogna su internet solo perché voi due appariate in una luce migliore?

7

Sono stabile come nonna Stone al terzo shot di tequila

«UN po' più a sinistra… Ecco! Perfetto. Non muoverti.»

Mi fanno male le guance a forza di mostrare alla macchina fotografica un sorriso malizioso ma da ragazza della porta accanto. Cole e io siamo in questo studio da cinque ore, e non abbiamo avuto un attimo di tregua. Appena arrivati lui è stato messo all'opera, mentre io sono stata spedita a prepararmi per l'intervista dal suo agente.

Che, per inciso, odio con tutta me stessa.

In effetti, l'agente non si chiama Steve. Anzi, Steve è un uomo molto simpatico assunto da mio nonno per tenere d'occhio la famiglia ora che la campagna elettorale di mio padre ha preso una brutta piega. Potrebbe tornarmi utile se decidessi di uccidere Raymond «Gran Coglione» Dickson e mi servisse aiuto per nascondere il cadavere, perché Steve ha l'aria di uno che ne ha nascosti parecchi.

Al momento, quel Gran Coglione dell'agente di Cole mi sta elencando tutte le cose di cui non posso parlare, cioè il novanta per cento della mia vita. È sempre bello venire a sapere di aver vissuto un'esistenza tanto controversa e indicibile. Avrò un sacco di episodi divertenti da raccontare ai miei nipoti.

Volete sapere il mio preferito? «Non ci crederete mai, ma quando la nostra governante Nicole era…»

Già, dopo il suo brillante tentativo fallito di aiutarmi, Nicole non è più nelle mie grazie. La storia di lasciarsi per finta mi ha causato più mal di testa dei continui attacchi da parte di quelle oche giulive che vanno matte per il football. Ma torniamo all'elenco che Gran Coglione... scusate, che Raymond ha fatto per me. Mi sforzo di dimenticare i punti seguenti:

- Mio fratello, il fatto che sia stato cacciato dall'università e il suo amore per gli shot di tequila.
- Mio padre, che in passato ha reso onore al buon nome della nostra famiglia con le sue relazioni di dominio pubblico con donne abbastanza giovani da essere mie sorelle. Oltre al fatto che mia madre non ha certo taciuto i segreti del loro matrimonio fallito. La gente vuole davvero sapere che l'ha beccato nella lavanderia con la donna delle pulizie? Non credo.
- Mia madre, e non c'è bisogno di ulteriori spiegazioni.
- Il mio peso. Quanti chili pesavo e come li ho persi. Qualsiasi cosa possa anche solo lontanamente far pensare che io non sia il perfetto prototipo della ragazza di un quarterback.

Seguono altre voci, che mi sono giù uscite di mente ma che probabilmente spiattellerò più tardi.

«Siete proprio fatti l'uno per l'altra. Avete una simmetria fantastica», commenta il fotografo mentre ci fa cambiare posa e scatta a ripetizione, accecandomi. Mi fa mettere davanti a Cole e gli dice di prendermi per la vita.

«Voglio che guardi l'obiettivo con un'aria a metà tra Darcy e Thor.»

«Come, scusi?» Il mio povero, dolce ragazzo non conosce il linguaggio delle fan sfegatate, quindi tocca a me dargli una mano.

«Devi guardare la macchina fotografica come se avessi voglia di prendere a pugni qualcuno, ma allo stesso tempo devi avere uno sguardo sexy, imbronciato e ferito.»

«Ma è possibile?»

«Ma certo che è possibile, tesoro. Non hai visto tutte le riviste in camera mia con Ryan Gosling in copertina?»

«Sì che le ho viste», borbotta con una certa riluttanza. Non gli è mai andata giù la mia ossessione per i migliori esemplari della specie maschile.

«Fingi di essere lui e vedrai che per averti le cheerleader faranno tanti salti mortali da perdere la gonna», commento. Il mio tono, più cupo di quanto volessi, non sfugge a Cole ma, prima che possa ribattere, il fotografo strilla che sono un genio e che l'espressione alla Gosling è proprio quello che sta cercando.

Che dire, donne: non vale forse anche per tutte noi?

La parte della giornata dedicata alle fotografie è finita e, per fortuna, non ci hanno fatto usare completini per la notte né olio. Non ci sono state nemmeno pose spinte ma solo scatti adatti ai minori. Probabilmente Gran Coglione aveva vietato di farci spogliare, anche se ha continuato a tenermi d'occhio come se avessi intenzione di strapparmi i vestiti di dosso e sedurre il mio ragazzo in un servizio stile *Playboy*. Non so perché mi reputi un'oca senza cervello in cerca di notorietà, ma finora mi ha trattato come tale. Ovviamente è abbastanza furbo da nascondere il disprezzo che prova nei miei confronti davanti a Cole, ma non è difficile capire che preferirebbe che io non facessi parte della sua vita e che lui non insistesse tanto per far finire in prima pagina la nostra relazione. Al momento mi sto struccando in un camerino improvvisato nello studio dove abbiamo scattato, quando me lo ritrovo alle spalle. È il tipico agente sportivo avido e spietato. Sulla trentina, ora si veste solo in giacca e cravatta, ma è un ex giocatore di football universitario che si è bruciato la carriera piuttosto in fretta. Tuttavia ha avuto fortuna con il piano B, e la lista dei suoi clienti è impressionante. Gran Coglione è anche il tipo di persona che, se per lui non conti niente, ti fa sentire come se appartenessi alla feccia dell'umanità. Com'è ovvio, anch'io rientro in questa categoria, ma gli uomini come lui non mi intimidiscono. A quanto pare, i politici di provincia e gli agenti sportivi sono fatti della stessa pasta. È tutta la vita che sono circondata da persone come lui, che venivano alle sfarzose feste organizzate dai miei nonni per mio padre e guardavano dall'alto in basso qualsiasi cosa da cui non potessero trarre qualche vantaggio.

Ecco perché, quando lo vedo avanzare verso di me con espressione dura, non mi metto certo a tremare sui tacchi alti.

«La giornalista dovrebbe arrivare tra una decina di minuti. Spero che tu sia pronta.»

Invece del gestaccio che fremo dalla voglia di fargli, mi sforzo e gli rivolgo un sorriso smielato.

«Certo. Devo solo fare la ragazza stupida ma innamorata che vuole soltanto vedere realizzati i sogni del fidanzato. E se dovesse chiedermi cosa spero o sogno io, dirò che si riassume tutto in un robot da cucina rosa.»

«Non fare la furba con me», replica guardandomi in cagnesco. «Per quel che me ne frega, nel tuo tempo libero puoi anche divertirti a fare le ruote nuda, ma quando si tratta del mio cliente devi dare retta a me. Questa settimana ho dovuto affrontare già abbastanza drammi legati a te. Cole ha una reputazione da salvaguardare e la sporca carriera politica di tuo padre gliel'ha quasi rovinata. Quindi sarà meglio che ti comporti come si deve.»

Dopo quattro minuti sta ancora parlando, e io smetto di ascoltarlo. Vedo la sua bocca che si muove, le narici dilatate e le mani strette a pugno, ma è una vista interessante quanto una pubblicità informativa sulla carta igienica. Se crede di potermi buttare giù di morale o farmi sparire, dovrebbe sapere che lo farei subito di mia spontanea volontà se pensassi che la mia relazione con Cole possa ostacolare il suo futuro. Ma qui parliamo di un futuro che, a quanto sembra, lo stesso Cole non vuole più. Anche se era elettrizzato per il servizio di oggi, è evidente che non ci sta mettendo tutto se stesso. Ogni volta che qualcuno gli parla dell'università e della NFL è come se diventasse un'altra persona.

In ogni caso, non sarò certo io a impedirgli di realizzare i suoi sogni. Quest'uomo sta sparando un sacco di stronzate. Nel mondo dello sport professionistico non funziona come dice lui, specialmente quando si tratta di ingaggiare degli atleti universitari. Purché un giocatore faccia il proprio dovere in campo, alle squadre non importa altro, perché sanno che si tratta di un talento ancora incolto. Cole dovrebbe comportarsi da attaccabrighe, cioè tornare com'era una volta, perché una squadra non lo scelga a causa della sua vita privata. Tutte queste cose me le ha spiegate il mio saggio fratello, con cui qualche ora fa ho avuto una piccola crisi di nervi telefonica.

Lui però è stato molto rassicurante e mi ha detto senza mezzi termini di dire a Dickson dove ficcarsi la sua opinione.

Dopo aver continuato per un bel po' con la sua tiritera, finalmente se ne va. Chissà se si è reso conto che non ho ascoltato nemmeno la metà delle cattiverie che ha rigurgitato. Per fortuna, o forse per sfortuna, Cole arriva proprio quando Dickson non è più a portata d'orecchio.

«Cosa voleva?» mi chiede con un'espressione confusa davvero adorabile.

Come me, anche lui non è un grande fan del suo agente ma, a differenza mia, non ha ancora capito che razza di verme sia quell'uomo. È stato il suo allenatore a incoraggiarlo a firmare un contratto con Dickson, quindi si presume che sappia il fatto suo, anche se la sua personalità è attraente quanto un neo peloso. Sono tentata di dare a Cole una bella scrollata e chiedergli come mai si sia cercato un agente se l'idea di giocare a football a livello professionistico lo deprime tanto.

«Niente.» Batto le ciglia per rafforzare l'effetto. «Voleva solo rivedere alcune domande per l'intervista, per evitarmi di essere colta alla sprovvista se la giornalista tirerà in ballo l'articolo.»

Per il momento non ho intenzione di smascherare il suo agente né di dirgli quanto sia stronzo. Tra loro c'è un bel rapporto professionale e io so comportarmi da adulta. Dickson non mi fa paura e col cavolo che gli permetterò di cominciare adesso. Cole non ha bisogno né di saperlo né di preoccuparsi a riguardo.

«Andrà tutto bene.» Mi viene vicino e prende il mio viso tra le mani. Ha un aspetto e un profumo deliziosi, e mi sembra di avere davanti un invitante banchetto. Gli hanno fatto mettere un completo senza cravatta per una foto senza di me, e sto praticamente sbavando. Ma sono consapevole di quanto si sia dimostrato rassicurante e amorevole oggi nei miei confronti. Sa che ho una paura folle perché non sono il tipo di ragazza che ama luci, macchine fotografiche e flash. Finire sotto ai riflettori è il mio peggiore incubo e, anche se poco alla volta sto migliorando, sono ancora terrorizzata all'idea di essere al centro dell'attenzione. Mi sembra di stare sott'acqua e faccio fatica a respirare e a risalire in superficie, mentre tutti mi guardano e mi giudicano in silenzio, in attesa che combini qualche casino... Pensieri di questo genere hanno occupato gran parte della mia mente per tutta la giornata, ma Cole mi è stato accanto a ogni passo. Lui è la mia roccia, lo è sempre stato, ma sapeva che oggi più che mai avrei avuto bisogno di fare affidamento su di lui.

E mi ha aiutato tantissimo.

«Sei pronta?» domanda accennando con la testa alla stanza in cui faremo l'intervista. Poi mi porge una mano, che stringo subito tra le mie. «Andiamo.»

La stanza in cui ci troviamo pare uscita da un catalogo di arredamento. In teoria questo ambiente dovrebbe far sentire come a casa propria, o almeno a proprio agio, invece a me fa venire i brividi. C'è qualcosa di strano in questa eccessiva perfezione e, se vedessi un altro soffice cuscino bianco, potrei scappare a gambe levate.

Cole, che a quanto pare è della mia stessa idea, si china verso di me. «Quando avremo una casa tutta nostra, ricordami di non comprare mai un cavolo di divano bianco», mi sussurra all'orecchio.

«O quell'orribile coperta trapuntata», aggiungo. Sopra ci sono facce raccapriccianti che ricordano quella di Chucky, la bambola assassina. Come diamine potrei sentirmi a mio agio?

«Salve a tutti», cinguetta una voce sommessa. Distogliamo lo sguardo dall'arredamento da far accapponare la pelle e fissiamo la porta, da cui è appena entrata l'intervistatrice. Ci hanno detto che Claire piace molto ai lettori e che, pur lavorando da poco per la rivista, ha già intervistato diversi atleti. Con maglietta, gonna a vita alta, stivali al ginocchio e trucco impeccabile, dà l'impressione di essere una modella e di dover scrivere per *Cosmopolitan*, anziché per una rivista che si occupa di sport universitari. Nei venti minuti che passiamo insieme, però, capisco che mi sbaglio di grosso.

«Salve», la salutiamo, e ci mettiamo subito al lavoro. Per cominciare ci spiega brevemente il tipo di domande che ci farà, per le quali siamo già stati istruiti. Non si può certo dire che Dickson sia impreparato. Poi Claire ci assicura che avremo l'ultima parola su ciò che andrà in stampa e che lei non permetterebbe mai e poi mai alla rivista di pubblicare qualcosa che non vogliamo.

Per enfatizzare, accompagna l'ultima frase con un gran sospiro.

Ci coccola come se fossimo bambini, ma sono preoccupata per la sua sicurezza. Nella stanza incombe la massiccia figura di Dickson, del tutto fuori luogo sulla sedia a dondolo. La sua presenza infastidisce Claire, ed è più che evidente. Un paio di volte gli chiede con garbo di andarsene, ma lui non si sposta di un millimetro e fulmina con lo sguardo la poveretta abbastanza a lungo da farla sudare freddo.

Vedi? Sono duro come la roccia.

«Allora», balbetta lei dopo l'ultimo, comico scontro con Dickson. «Cominciamo?»

La prima parte dell'intervista si concentra sul football, e Cole se la cava alla grande. Si mostra modesto ma eloquente, e non si fa fregare dalle domande trabocchetto di Claire.

Quando lei lo interroga sul futuro, avverto la profonda esitazione di Cole, ma si mantiene sul vago, perché un giocatore troppo pieno di sé non piace a nessuno. A tratti traspare il suo amore per questo sport e sono felice che abbiamo risolto insieme qualsiasi problema avessimo a riguardo, ma Cole è ancora molto riluttante. Forse il problema non è il gioco in sé, ma tutto il pacchetto. Supereremo anche questo, però, ne sono certa.

Quando i riflettori si spostano sulla nostra relazione, Dickson diventa visibilmente nervoso e Claire molto più eccitata. Se la cava bene con statistiche e notizie sportive, ma pare di gran lunga più interessata alla vita privata di Cole, quindi mi faccio forza per la raffica di domande con cui tenterà di provocarmi su argomenti che preferirei non rendere pubblici. Mi hanno insegnato a evitare i punti che potrebbero causare qualche polemica e spero di non dimenticare come si fa, perché sono piuttosto sicura che a Dickson potrebbe venire un infarto se anche solo respirassi in un modo che lui non approva.

«Bene, passiamo al piano personale», cinguetta Claire e, ora più che mai, mi sento intimidita dal registratore acceso. Sono agitata e mi sembra di svenire. Perché cavolo ho accettato? Non ho bisogno di stare sulla copertina di una rivista perché Cole mi dimostri il suo amore. Avrei dovuto fermarlo quando potevo, invece adesso è troppo tardi e sarà un disastro. Probabilmente dirò qualcosa sugli inizi della nostra storia, quando Cole si comportava da bullo con me e, prima di rendermene conto, diventerò la protagonista di uno scandalo nazionale e i movimenti femministi vorranno mettermi al rogo come le streghe di Salem.

Respira, Tessa, respira.

Cole mi stringe una mano per rassicurarmi. Riesce a leggere così bene il mio umore e il mio linguaggio corporeo che chiede a Claire se possiamo fare una pausa di dieci minuti. Mi viene voglia di placcarlo. Andiamo al tavolo del buffet e prendiamo un caffè, mentre lui mi massaggia i muscoli contratti delle spalle.

«Non preoccuparti. Le hanno detto di non chiederci niente che possa infastidirci. Ci farà solo qualche domanda generale e già approvata sulla nostra relazione. E poi ci siamo allenati, ricordi? Ci vorrà mezz'oretta, non di più, quindi respira e pensa alle cose divertenti che faremo appena finito.»

«Quali cose divertenti?»

«Un bel bagno caldo con quei sali effervescenti che ti piacciono tanto, del vino da quattro soldi, qualche candela profumata, Michael Bublé e il mio corpo appiccicato al tuo.»

«Chi ti ha detto che puoi intrometterti tra me e Bublé?»

Dal suo sorriso diabolico, capisco che qualsiasi cosa stia per uscire dalle sue labbra mi farà arrossire.

«Sai che posso farti stare cento volte meglio di lui anche nelle tue fantasie più sfrenate, vero? Soprattutto quando ti faccio quella cosa con...»

«Piantala!» esclamo scoppiando a ridere come un'isterica. «Non puoi dirmi una cosa del genere quando mi sto sforzando di non andare in iperventilazione.»

«È fantastico che dopo tutti questi anni io riesca ancora a farti eccitare, piccola», mi dice in tono scherzoso, e io gli do un pugno su una spalla. Forte.

«Meno battute e più caffè. Dato che ormai mi tocca questa intervista, tanto vale inondarmi il cervello di caffeina.»

«Allora, come ci si sente a stare con un uomo desiderato da ogni ragazza?»

«A volte è una sensazione travolgente, lo ammetto, vista l'attenzione che attira. Ma non ho dubbi sulla nostra relazione perché scommetto che, se anche adorasse i pronto soccorso, nessun'altra sarebbe in grado di uscire con lui.» Dickson deve avere appena avuto un attacco isterico, ma per fortuna Claire non approfondisce la questione.

«Ah, vedo che è una battuta tra voi. Ne avete passate tante, insieme?»

«Può dirlo forte.» In mia difesa, bisogna riconoscere che l'intervista è cominciata bene. Io e Cole abbiamo raccontato che ci conosciamo fin da quando eravamo piccoli, come nelle storie che i lettori adorano, e ci siamo attenuti alla versione rivista della nostra relazione architettata e approvata da Dickson, senza cadute dagli alberi né ossa rotte. Claire si concentra soprattutto sul dipingermi come la brava ragazza che ha aiutato Cole a superare il suo passato difficile, e ora sono la forza stabilizzatrice nella sua vita. Un pensiero ridicolo, visto che sono stabile come nonna Stone al terzo shot di tequila.

Ma poi…

«Abbiamo scoperto che per un certo periodo hai frequentato una scuola militare. Ovviamente non c'è nulla di cui vergognarsi, ma che effetto ha avuto sulla vostra relazione? A quel punto, avevate entrambi una cotta segreta l'uno per l'altra. Che impatto hanno avuto su di voi quei quattro anni?»

Ci atteniamo al copione e le forniamo la storia d'amore che tutti sognano. Lei ci casca, e noi nascondiamo ogni imperfezione. In fondo, al pubblico interessa soltanto come abbia fatto la ragazza di provincia ad accaparrarsi e a tenersi stretto il cuore della stella nascente.

«La distanza ci ha aiutato a capire che volevamo stare

insieme», risponde Cole lanciandomi un'occhiata. Non è finta né studiata a tavolino, ma piena di affetto e amore, e io la ricambio di buon grado.

«Per certi versi, sono contenta che se ne sia andato, altrimenti non avrei mai capito che è l'uomo giusto per me.»

«Dunque in quel periodo voi due non siete mai usciti con altre persone?»

«No.»

«La tua risposta è interessante, perché appena è circolata la voce che avremmo fatto un pezzo su Cole Stone, siamo stati inondati di e-mail da parte di donne che serbano un bel ricordo di te ai tempi della scuola militare.»

Scuro in volto, Dickson fa per alzarsi dalla sedia, ma Cole gli fa cenno di restare al suo posto. Non si aspettava questa domanda, ma non si lascerà turbare. Sappiamo entrambi che, se perdesse la calma, le cose potrebbero mettersi male.

«Sono tutte falsità. Sono andato alla scuola militare perché, insieme ai miei genitori, abbiamo deciso che mi serviva un ambiente con maggiore disciplina per migliorare il mio stile di gioco. La scelta era tra una scuola privata e una militare, e ho optato per quella che mi metteva più a mio agio. Nel periodo trascorso laggiù, ho pensato solo a impegnarmi e a rimettere insieme la mia vita. Nient'altro.»

«E queste e-mail…»

«Probabilmente è un semplice tentativo da parte di certa gente che conoscevo di sfruttare la mia notorietà.»

Mi viene in mente Kimmy, la stronzetta molesta che non sono mai riuscita del tutto a dimenticare. Cole l'ha frequentata quando andava alla scuola militare e potrebbero anche esserci altre ragazze, ma in questo momento è costretto a mentire perché non possiamo permetterci l'ennesima polemica.

Delusa per avere ottenuto quella misera reazione da Cole,

Claire si volta verso di me con l'evidente intenzione di affondare nella mia carne i suoi artigli dalla manicure perfetta.

«Allora, Tessa, nell'ultimo periodo la tua presenza sui media è stata notevole. Tuo nonno e tuo padre sono dei nomi importanti della scena politica di questo Stato, ma di recente sono usciti alcuni articoli che parlavano nello specifico di te e di tuo fratello. L'addetto stampa della tua famiglia è intervenuto con i dovuti chiarimenti, ma tu devi essere rimasta colpita da tutte quelle bugie sul tuo conto. La cosa ha influito in qualche modo sulle vostre dinamiche di coppia?»

«Assolutamente no, semmai ci ha reso più forti. Io e Cole non abbiamo segreti tra noi, e ciò che è stato scritto non potrebbe mai danneggiare il legame che ci unisce. Anzi, ci ha rafforzati perché lui si fida di me e mi sostiene.»

Probabilmente cominciamo ad annoiarla, perché decide di imboccare una direzione diversa.

«L'università di solito è un duro banco di prova per i fidanzatini. Voi avete deciso di frequentare lo stesso ateneo, ma capita che crescendo le persone si allontanino. Voi siete ancora al primo anno e ne avete altri tre davanti a voi, ma come vi vedete, diciamo, tra cinque anni? Comparire insieme sulla nostra copertina è una scelta audace. Nel riguardarla tra qualche tempo, pensate che vi sentirete in imbarazzo?»

Cole si schiarisce la voce. Povera Claire, l'ha fatto arrabbiare. Risponderei io, ma penso che lascerò fare a lui.

«Quello di cui parla lei è uno stereotipo, ma siamo abituati a sentircelo dire.» Si stringe nelle spalle e mi mette un braccio intorno alla vita. «La gente gode nel demolire gli altri solo perché sono felici. A me e a Tessa non piace essere ridotti a uno stereotipo, non siamo la tipica coppia di fidanzatini di un liceo di provincia che non resisterà oltre una certa età. Il fatto che lei sia qui con me in questo momento dovrebbe parlare da sé su quanto siamo seri riguardo al nostro futuro. Nessuno di noi rimpiange la nostra decisione, anche se ovviamente non l'abbiamo presa a cuor leggero. Voglio solo che lei non finisca ancora di più sotto i riflettori, suo malgrado. Siamo innamorati e abbiamo intenzione di costruirci un futuro insieme. D'ora in avanti spero sia chiaro a tutti, almeno quanto lo è per noi.»

Forse è solo la mia immaginazione, ma Claire è sul punto di svenire. Dickson invece è diventato rosso perché Cole non si è attenuto al copione e forse è stato un po' troppo aggressivo. Io però sono una ragazza, e non c'è nulla di più sexy di un uomo sicuro della propria relazione e orgoglioso di sbandierarla ai quattro venti.

Se questa intervista non dovesse servire a nulla, se non altro guadagneremo altre fan.

«Ehi, zuccherino! Devo venire da te con la santissima trinità? Gosling, Ben e Jerry?» mi chiede Cami appena risponde al telefono. Sono nella mia stanza al pensionato, pronta a crollare e svegliarmi l'anno prossimo. Cole mi ha lasciato qui ed è andato agli allenamenti, quindi stasera non ci vedremo, ma solo all'idea di rimanere sveglia e portarmi avanti con le letture per i corsi mi viene il mal di testa.

«Non ce n'è bisogno. Per oggi abbiamo scampato ogni grossa crisi.»

«Voglio comunque sentire com'è andata. Che ne dici se mi unisco alla teleconferenza con le tue altre migliori amiche?»

È proprio quando fa così che adoro Cami, perché dà per scontato che io la consideri mia amica almeno quanto Megan e Beth. E ha ragione.

«Sono troppo stanca per chiamarle. Perché non le sentiamo

insieme su FaceTime domani? Io ti offro un caffè e tu mi racconti le marachelle che hai combinato con Parker durante le vacanze…»

«Marachelle? Quali marachelle? Non ho combinato proprio niente con quel ragazzo», ribatte Cami piccata, facendomi scoppiare a ridere.

«Allora quel giorno che sono venuta nella tua stanza non era tua la lingua infilata nella sua gola?»

«Commettiamo tutti degli errori, Teresa. Vivi e lascia vivere.»

«Come vuoi, Platone», le concedo sbuffando. «Che ne dici se ti faccio un resoconto parola per parola di come il mio sexy Cole mi ha salvato da quell'insulsa giornalista e in cambio tu mi racconti tutto del giocatore di football di cui non dobbiamo fare il nome?»

«Ignobile amica che non sei altro, bel modo di sfruttare le mie debolezze. Va bene, ci sto, ma in cambio mi devi un sacco di dettagli bollenti su Stone. E intendo di quelli che ti lasciano senza fiato. Ancora meglio se contemplano sedie lanciate dall'altra parte della stanza.»

«Ci penseremo strada facendo.»

«Allora lo voglio anche senza vestiti.»

8

Mi offrirò volontaria più in fretta di quanto Kanye West possa postare e cancellare un tweet

DOPO l'uscita del servizio, le cose sono tornate alla normalità. All'inizio io e Cole abbiamo suscitato un certo interesse e, com'era facile immaginarsi, stando di nuovo sotto ai riflettori mi è venuto un attacco di panico un giorno sì e uno no. Una volta placatosi il polverone però, tutti hanno capito che siamo solo una coppietta noiosa che fa cose da coppietta noiosa e ci hanno lasciato in pace. A un certo punto persino le fan di Cole si sono stancate di essere ignorate e sono passate a pascoli più verdi. Nei mesi successivi alla pubblicazione dell'articolo con i segreti di famiglia che avrebbero dovuto mandare all'aria la campagna elettorale di mio padre, le cose si sono rivoltate contro i suoi avversari. Benché sia un vero stronzo, il signor Caldwell, il suo addetto stampa, ha rigirato la storia a nostro favore e così, da caso disperato affetto da depressione, bulimia e autolesionismo, sono diventata il perfetto esempio del formidabile potere della terapia e del fatto che i genitori dovrebbero preoccuparsi di più della salute mentale dei figli adolescenti e scovare la cura migliore per loro. Ormai è uno dei punti cardine del programma di mio padre, e gli garantisce un certo vantaggio nei sondaggi.

Insomma, come si dice, non tutti i mali vengono per nuocere. Certo, è stata una delle cose più insensibili che potessero farmi, ma sono prontissima a lasciarmi alle spalle la politica.

Il secondo semestre si avvia alla conclusione e, dopo i drammi degli ultimi mesi, in qualche modo io e Cole siamo sopravvissuti al nostro primo anno di università senza altri grossi disastri. Non è stata una passeggiata, ma l'importante è che, nonostante tutto quello che avrebbe potuto andare storto e che per poco non l'ha fatto davvero, siamo rimasti uniti. Abbiamo evitato per un pelo certe situazioni, e a lungo tra noi c'è stato un equilibrio precario, ma posso dire con orgoglio che la nostra storia va ancora alla grande. E con «alla grande» intendo che abbiamo raggiunto la massima stabilità che potremmo mai augurarci nella vita.

Ora sono nella mia stanza al pensionato a scrivere l'ultimo esame da consegnare prima della lunga e gloriosa estate che mi aspetta, quando vengo interrotta dal mio ragazzo, che entra e si lascia cadere sul letto accanto a me. Spengo il computer perché, inutile dirlo, Cole non mi lascerebbe lavorare granché. E poi mi sembra di non vederlo da settimane. Tra gli allenamenti e le partite è stato piuttosto impegnato, per non parlare delle lezioni e degli esami finali che anche lui ha dovuto sostenere. Da quando ho deciso di mia spontanea volontà di entrare nel corpo di ballo e di collaborare occasionalmente con il giornale universitario, la sera ho a malapena il tempo di dormire e di stare al passo con le letture per i corsi, figuriamoci avere degli appuntamenti. Ormai però manca pochissimo alla libertà, a tre fantastici mesi in cui potremo fare quello che ci va. Abbiamo già in programma qualche viaggio, alcuni con gli amici e altri da soli.

«Ehi.» Mi sdraio accanto a lui, che mi prende subito tra le braccia. Con la testa appoggiata sul suo petto, ho l'impressione che mi annusi i capelli, profumati di shampoo alla fragola, ed è plausibile, dato che quell'odore lo rilassa. Almeno così dice.

«Non vedo l'ora che questo semestre finisca», borbotta con voce assonnata. È comprensibile che sia così stanco, visto che si impegna molto più di me. È perennemente spossato, ma in questi giorni mi pare ancora più sfinito e dolorante del solito a causa di uno scontro brutale in campo, o così mi ha detto. Non mi parla molto del football e io non gli faccio domande. Nel poco tempo libero che passiamo insieme chiacchieriamo fino a crollare. O meglio, siamo entrambi talmente esausti che mormoriamo giusto qualche frase, ci diamo un bacio maldestro e ci addormentiamo, di solito con me avvinghiata al suo petto.

È una bella immagine, ma preferirei essere in grado di sostenere un'intera conversazione prima di appisolarci.

Ripeto: non vedo l'ora che arrivi l'estate.

«Raccontami qualcosa. Ho fissato lo schermo del computer così a lungo che mi si è annebbiata la vista.» Mi sfrego gli occhi esausti. La settimana degli esami finali implica che dormiamo tutti poco e al mattino ci svegliamo prestissimo. Ormai sono più le ore che passiamo in piedi di quelle che passiamo a letto, e la tentazione di accoccolarmi contro di lui, chiudere gli occhi e non pensare all'ultimo esame scritto che devo consegnare è fortissima, ma dobbiamo resistere ancora un po', giusto qualche giorno. Un ultimo sforzo…

«Sto pensando di cambiare facoltà.»

Lo dice come se non fosse nulla di che, ma io sollevo la testa di scatto. Visto che ha ottimi voti in tutti i corsi, e mi pare abbastanza entusiasta di studiare Ingegneria civile, non mi aspettavo proprio una notizia simile. Certo, la sua intenzione è sempre stata di giocare a football, e una laurea sarebbe stata solo un'ulteriore sicurezza, eppure la sua decisione di abbandonare un indirizzo di studi che ama e in cui eccelle mi coglie alla sprovvista.

«Davvero? E cosa vorresti studiare?»

«Ti ricordi il corso di politica che ti ho detto che mi piaceva? Oggi il professore mi ha convocato per parlare del mio esame e ha detto che, per essere uno che studia una materia scientifica, ho scritto delle cose di un certo spessore per… be', penso volesse lanciarmi una frecciatina per il fatto che ho un posto fisso in squadra, ma è stato troppo educato per darmi dello sportivo testa di rapa.»

«Aspetta!» lo interrompo. «Tu non sei assolutamente uno sportivo testa di rapa e se qualcuno pensa anche soltanto che tu lo sia, dovrà vedersela con me. E non sarà piacevole.»

«Calma, tigrottina, nessuno mi ha mai spinto giù dall'altalena al parco giochi.»

«Per forza, se ben ricordo eri sempre tu a spingere gli altri.»

«Solo te, piccola. Non me ne andavo mica in giro a spingere a terra tutte le bambine.»

«Meglio per te.»

Gli strappo una risata e un abbraccio più forte. «Comunque, abbiamo fatto una bella chiacchierata e secondo lui dovrei ripensare alla facoltà che ho scelto. Dice che le mie capacità analitiche sarebbero perfette per una carriera universitaria completamente diversa.»

Tento di nascondere la mia reazione. Per quanto odi ammetterlo, una parte di me è felice che Cole stia prendendo in considerazione altre opzioni. Quando in passato pensava di mollare il football, era solo per il bene della nostra relazione, e non avrei mai potuto vivere in pace con me stessa se gli avessi permesso di andare fino in fondo. Ora invece sta pensando a se stesso e al suo futuro, a cosa gli piacerebbe fare. Il football è sempre stato il suo punto di riferimento, qualcosa in cui è sempre stato bravo. A differenza dei suoi compagni di squadra, però, lui è bravo anche in altre cose, è incredibilmente intelligente e studia più di qualsiasi altra persona io conosca. Quindi se vuole valutare altre possibilità, perché non dovrebbe? La parte più egoista di me si sta già chiedendo come cambierebbero le cose, come sarebbe la vita senza il costante promemoria di avere una storia con qualcuno a un passo dalla celebrità.

«Be', deve averti fatto un certo effetto se stai già pensando seriamente di cambiare indirizzo di studi.»

È assorto nei suoi pensieri e non lo interrompo. Deve rifletterci da solo. Anche se in questo momento avrei voglia di agitare i pom pom e acclamare il professore che potrebbe salvarmi da un'esistenza costantemente sotto esame, mi rifiuto di essere il tipo di ragazza che pensa di poter controllare la vita e le decisioni del compagno.

«Perché non ti prendi l'estate per pensarci seriamente? Non devi decidere per forza in questo istante. Sei ancora al primo anno e, se alla fine deciderai di giocare a football a livello professionistico, allora la facoltà che scegli conta poco…»

«È questo il punto», mi interrompe con voce tanto bassa che lo sento a malapena. «Più tempo passo a giocare, più mi rendo conto che dovrei divertirmi di più. Dovrei provare qualcosa di più oltre a essere sempre esausto o tentare di fare il mio dovere fino alla prossima partita.»

Lo fisso, senza parole. Sì, è meglio lasciarlo rimuginare da solo.

«Devo chiederti una cosa», esordisco con Cami il giorno dopo, mentre studiamo nel caffè del campus. Ha prenotato un volo per tornare a casa sua la settimana prossima e so già che lei e Sarah mi mancheranno un sacco. La mia tranquilla compagna di stanza è stata un dono dal cielo e, se io e Cole non stessimo pensando di andare a vivere insieme, sono certa che resteremmo compagne di stanza anche per il secondo anno. Il contratto d'affitto di Cole è scaduto e lui deve lasciare la casa in cui sta adesso, quindi stiamo pensando di andare in uno degli appartamenti nei nuovi condomini lasciati liberi dai laureandi di quest'anno. È da un po' che vorrei affrontare l'argomento con Cami e Sarah, per capire se anche a loro andrebbe di trasferirsi, ma non ho ancora trovato il momento giusto.

«Non c'è bisogno che tu me lo chieda, Tessa cara. Certo che faccio a cambio di ragazzo con te. Se vuoi che sia io a sopportare quel magnifico esemplare di maschio che è Cole Stone, sappi che mi offrirò volontaria più in fretta di quanto Kanye West possa postare e cancellare un tweet.»

«Devi smetterla di provarci con Cole e di chiamarlo sempre con nome e cognome. È una cosa raccapricciante.»

«Non quanto certi commenti su di lui che leggo online. Non sapevo nemmeno che si potessero fare tutte quelle cose a una persona.» Fa una smorfia e decido di non indagare oltre, perché se qualcosa riesce a scioccare Cami, per noialtri non c'è proprio speranza.

«Per tornare a quello che avevo in mente di chiederti, in una scala da uno a dieci, quanto conto al momento nella gerarchia sociale?»

Diventa seria e riflette per un attimo prima di rispondere. «Be', la settimana scorsa eri arrivata a sei, dopo che qualcuno ha beccato Cole che ti palpeggiava nello spogliatoio e l'ha messo su Snapchat.» Si fa aria con una mano. «Diamine, è stata una cosa bollente, eh? Comunque, in questo momento sei precipitata a tre o magari a due, perché sono tutti presi dagli esami e poi, a essere sinceri, nelle confraternite succedono cose molto più interessanti. Non puoi assolutamente competere con i loro scandali.»

«Quindi, ipoteticamente parlando, se io e Cole fossimo invitati a un gala chic con una copertura mediatica piuttosto grande e dove molto probabilmente farò la figura dell'idiota, non finirò di nuovo su tutti i social network?»

Cami mi fissa sbigottita. «Quanto chic?»

«Abbastanza.» Sono stata ad alcune raccolte fondi organizzate dai miei nonni o dagli amici di mio padre, ma non erano niente in confronto a questa. Dopo mesi di preparativi e una valanga di soldi investiti, l'imminente edizione del gala benefico per finanziare il Saint Mary's Hospital e il Children's Medical Centre si preannuncia la più fruttuosa da molti anni a questa parte.

Soprattutto perché la presidentessa del comitato organizzatore è Cassandra Stone. A quanto ho visto dalla lista degli invitati, ci saranno politici, uomini d'affari miliardari, celebrità e così via. La causa di quest'anno sono i bambini con paralisi cerebrale, e un'attrice locale il cui unico figlio soffre di questo disturbo ha accettato di fare da testimonial. Tutta la città ha unito gli sforzi per raccogliere una bella cifra e io tornerò a casa in aereo con Cole subito dopo l'ultimo esame, per prepararci insieme.

Racconto a Cami tutti i dettagli e lei mette su un'aria offesa. «Voglio andarci anch'io. Se è per contribuire a una buona causa mi comprerò un biglietto. E se mi divertirò, sarà solo un extra.»

«Mi stai dicendo che vorresti venire a casa con me?»

«Ma certo! Qualcuno dovrà pur assicurarsi che non alimenti i pettegolezzi più di quanto tu abbia già fatto quest'anno.»

È il suo modo di farmi capire che non avrebbe nulla in contrario se la invitassi a stare da me per qualche settimana. Non abbiamo mai parlato molto di come vanno le cose a casa sua, a parte il fatto che le due ragazze con cui è venuta all'università, le sue ex amiche, non l'hanno più nemmeno guardata dall'inizio dei corsi. So che è stata male per il senso di abbandono, ma ormai l'ha superato e le voglio troppo bene per trattarla come hanno fatto quelle due, come se si vergognassero di lei.

«Allora fa' le valigie, perché andiamo a casa.»

Cami lancia un urletto e mi abbraccia. Accantoniamo i libri e lei comincia subito a pianificare lo shopping alla ricerca di un perfetto abito da principessa con il giusto mix sensuale ma non volgare. Parole sue, non mie.

Parlando di vestiti, Cassandra mi ha mandato delle foto tra cui scegliere. Conosce la mia taglia e le mie misure ed è stata così gentile da trovarmi qualcosa da mettere perché è consapevole che io avrei a malapena il tempo di alzare la testa dai libri per fare un giro al centro commerciale. Non riesco a scacciare il ricordo dell'ultima volta in cui mi serviva un vestito e il mio caro, dolce Cole è intervenuto e mi ha fatto scoppiare il cuore di gioia. Dopo di che non ho potuto più riprendermi, resistergli e, soprattutto, negare i miei sentimenti per lui. A conquistarmi non è stato il vestito in sé quanto piuttosto l'idea che qualcuno pensasse a me, che ci tenesse abbastanza da uscire allo scoperto e rendersi vulnerabile. Quei giorni mi tornano spesso in mente perché era un periodo completamente diverso, in cui l'unico vero problema che avevamo era la mia difficoltà a capire quello che provavo. Adesso invece, l'unica cosa che non potrebbe andare storta sono proprio i sentimenti che nutriamo l'uno per l'altra.

In preda a un attacco di nostalgia, passo in rassegna le foto mandate da Cassandra. Sembra che il cerchio della vita si stia chiudendo: un altro ballo, un altro vestito, un'altra occasione in cui potrei sentirmi in imbarazzo. Tuttavia sono più che pronta a lasciarmi andare, anche se ciò potrebbe comportare ubriacarmi abbastanza da concedermi qualche atto osceno in luogo pubblico con il mio ragazzo sexy. Ho ben chiare le mie priorità, insomma. È un gala di beneficenza, cavoli. Dovrei tenere a bada gli ormoni. Scaccio dalla mente alcune immagini particolarmente spinte e rispondo alle e-mail di Cassandra con i vestiti che mi piacciono. Ne ordinerei uno da sola, ma preferisco avere prima il suo via libera, dato che sarà la sua serata e non voglio certo farla innervosire con un look sbagliato. So che lei non è come mia madre, anzi, è la donna più lontana da lei che esista, ma con tutte le cose di cui si deve occupare non voglio darle un ulteriore pensiero. Sono più che pronta a tornare a casa, passare un po' di tempo con le persone a me più care e godermi una serata tra buon cibo, buona musica e nessun dramma universitario. Più ci penso, più sono elettrizzata e non vedo l'ora che arrivi quel giorno. Sarà pieno di vecchi ricchi e boriosi venuti solo per sfoggiare il loro portafoglio, questo è vero, ma io sarò con la mia famiglia, per quanto disfunzionale sia.

Sto per spegnere il computer e andare da Cole quando lui entra nella stanza. Con un'espressione cupa e uno sguardo furioso, sbatte la porta alle sue spalle e la prende ripetutamente a calci. Sobbalzo, perché la sua rabbia mi spaventa e non capisco cosa l'abbia causata.

«Cole, cosa stai facendo?» Ho il cuore a mille, ma lui non risponde. Si prende la testa tra le mani e appoggia la fronte alla porta, contro cui sferra altri due forti calci. Mi alzo, lo raggiungo e gli accarezzo la schiena nel tentativo di calmarlo. Anche se non mi permette spesso di vedere questo suo lato, in perenne lotta per tenere a bada la sua rabbia e la sua propensione alla violenza, non sono proprio scioccata. So che in passato ha avuto un sacco di problemi che lo hanno spinto in situazioni pericolose e gli hanno fatto prendere le distanze dalla sua famiglia. Da quando è tornato dalla scuola militare, però, ha tenuto a freno il suo temperamento, che esplode solo quando le cose si mettono davvero male. Per reagire così, dev'essere successo qualcosa di terribile.

«Ehi, che problema c'è? Dimmelo, ti prego.» Continuo ad accarezzargli i muscoli contratti della schiena ma lui freme ancora dalla rabbia. Comincio a spaventarmi sul serio. Non so se voglio davvero sapere cosa l'abbia fatto imbestialire tanto.

Impreca a denti stretti, poi si gira verso di me con espressione angosciata. «Non torneremo a casa questo fine settimana.»

«Cosa? Perché dici così?» La mia mente parte in quarta, in cerca del motivo dietro questo suo strano comportamento. Lo guardo attentamente per capire se sia ubriaco. Tra l'idea di cambiare facoltà e questa scenata, forse la pressione comincia a farsi sentire su di lui.

«Vuoi dirmi cos'è successo? Perché non andremo a casa?»

Digrigna i denti. «Perché non possiamo. Andremo da qualche altra parte. Tieni, prendi la mia carta di credito, prenota dei biglietti per un posto qualsiasi. Andiamo in California. Ti piace la spiaggia, no?» Va al computer come se volesse davvero prenotare una vacanza.

«No, fermati! Mi stai facendo paura. Hai preso qualcosa? Ti rendi conto che sembri un pazzo drogato?»

Non mi ascolta nemmeno, concentrato com'è sulla magica vacanza in California. Sto seriamente prendendo in considerazione l'idea di rovesciargli addosso dell'acqua ghiacciata per riscuoterlo dal suo stato confusionale quando il cellulare che ho nella tasca posteriore dei jeans comincia a squillare. Lo prendo e vedo che è mio fratello, ma Cole mi guarda come un falco. Sembra quasi che, se a chiamarmi fosse la persona sbagliata, possa avventarsi su di me e buttare il telefono dalla finestra.

«Chi è?» mi chiede con aria indifferente.

«Cami. Ha bisogno di una mano per decidere come vestirsi per un appuntamento. Vado da lei.»

Senza dargli il tempo di rendersi conto di quanto faccio schifo a dire bugie, esco dalla mia stanza e mi avvio rapida per il corridoio deserto. Travis ormai ha riattaccato, quindi lo richiamo. Mi risponde all'istante.

«Ehi. Ti ho beccato in un brutto momento?»

«Puoi dirlo forte. Cole si comporta in modo strano.»

«Quanto strano?» si informa lui in tono circospetto.

«Non lo so, strano. È venuto nella mia stanza sconvolto e, quando gli ho chiesto che problema c'è, mi ha detto che non possiamo tornare a casa questo fine settimana e adesso sta prenotando un volo per la California. Mi ha fatto venire il mal di testa, Trav. È tutto a posto a casa?»

Si schiarisce la voce e resta in silenzio per un po'. Quando comincia a parlare, vorrei tanto che non l'avesse mai fatto. «La buona notizia è che posso spiegarti come mai il tuo ragazzo si sta comportando così. La cattiva è che probabilmente il motivo non ti piacerà affatto.»

Mi siedo nella piccola sala comune del piano, con un occhio fisso sulla porta della mia stanza. Dunque il comportamento di Cole riguarda qualcosa che è successo a casa. Non è mai una bella cosa. Riesco a malapena a tenere sotto controllo quello che accade qui al campus, non posso occuparmi anche di quello che capita a casa.

«Sei seduta?»

«Sì. Piantala di spaventarmi e dimmi cosa sta succedendo.»

«Papà è finito di nuovo sui giornali. Questa volta senza noi due.»

«Oddio. Quanto è brutta la situazione?»

«Tanto. Senti, non devi odiarlo perché si tratta di cose successe molto tempo fa, ma alcune donne dalla dubbia reputazione hanno rilasciato delle interviste dettagliate su come hanno conosciuto papà.»

«Delle battone?» strillo e poi mi copro la bocca con una mano.

«Ehi, abbassa la voce, ok?»

«Perché cavolo dovrei? Papà ha pagato delle battone e adesso lo sanno tutti!» Tiro le ginocchia contro il petto. «Da quanto va avanti questa storia? E cosa c'entra con Cole?»

«La bomba è esplosa stamattina. È cominciato tutto con un giornalaccio che voleva un'intervista con papà, ma poi il problema si è ingigantito a mano a mano che i giornalisti si accorgevano della notizia. Forse papà ritirerà la candidatura.»

«Be', se non altro si è fatto qualche scopata.»

«Tessa», mi riprende mio fratello. «È stato tanto tempo fa.»

«Quando era sposato?»

«Sì, ma vuoi davvero parlare del numero di uomini che frequentava la mamma?»

Rabbrividisco. «No, grazie. Preferirei una lobotomia. Ma a parte queste immagini mentali sconcertanti e gli articoli che condannano papà, cosa c'entra questa storia con la crisi di nervi di Cole e perché vuole saltare il gala?»

Travis fa un respiro profondo. «Dopo tutto quello che è successo, pensi che siamo ancora invitati?»

«Cosa vuoi dire?»

«Mi ha appena chiamato Cassandra e, credimi, non avrebbe voluto arrivare a tanto ma il comitato le ha fatto pressione a causa di questo scandalo. Non siamo più invitati, specialmente ora che papà sta pensando perfino di dare le dimissioni dalla carica di sindaco prima di essere licenziato.»

«Cazzo.»

Non capisco come mi sento. Dentro di me c'è uno strano vortice di emozioni. Sono imbarazzata perché per l'ennesima volta la mia famiglia verrà bersagliata di critiche, e per di più entro i confini della nostra piccola città. Diventeremo una barzelletta sulla bocca di tutti. L'università mi piace proprio perché è grande e perché in questo piccolo universo la politica non conta assolutamente nulla. Soprattutto, però, sono ferita: per l'ennesima volta io e Cole siamo stati messi in una situazione in cui non dovremmo stare. Di colpo, capisco perché si è comportato a quel modo: non voleva essere lui a dirmi che non sono più invitata alla serata organizzata dalla sua matrigna e a cui non vedevo l'ora di partecipare. Mi piange il cuore, ma una parte malata e contorta di me è contenta, perché se io non ci andrò, non lo farà nemmeno Cole.

«Quindi siamo stati esclusi? C'è altro che dovrei sapere prima di tornare a casa per l'estate? Devo mettermi un sacchetto in testa?»

«Non lo so ancora. Lasciami andare al supermercato, poi ti faccio sapere», risponde Travis in tono ironico. «Se la vecchia Jillian non mi tira addosso dell'acqua santa, dovremmo essere a posto.»

«Com'è che questa storia non ti crea problemi?»

«Ci sono passato. Sono già stato il reietto del paese e ho imparato a fregarmene dell'opinione degli altri. Volevo solo avvisarti perché so che non stavi nella pelle all'idea del gala.

Seriamente però, Tessa, al momento questa gente ha il dente avvelenato e sarebbe meglio stare alla larga...»

Il fatto che ci abbiano messo da parte con tanta facilità mi ferisce molto. Mi sto ancora leccando le ferite quando qualcuno mi strappa il telefono di mano. Alzo lo sguardo e mi trovo davanti Cole, con un'aria incazzatissima.

«Ci penso io a lei, Travis. Non preoccuparti.»

Non voglio prendere parte a una conversazione tra due ragazzi che cercano di proteggermi senza coinvolgermi. Spingo via Cole e torno nella mia stanza, per disdire qualsiasi volo abbia prenotato per la California. Quando mi raggiunge, lo attacco senza pietà.

«Per tua informazione, non ho un bel ricordo del mare visto quello che è successo quando ci siamo andati l'ultima volta.»

E vai con un bel flashback di Erica. Colei che non deve essere nominata non sarà qui, ma la sua presenza occupa l'intera stanza.

«Questo è un colpo basso, Tessie. Lo sai che cercavo solo di proteggerti.»

«Vuoi tirare in ballo ancora questa storia?» urlo al colmo della frustrazione. «Stai cercando di proteggermi e l'unico modo per farlo è tenermi nascoste le cose o mentirmi? Non ricominciamo, per favore. È come se fossimo intrappolati in un vortice: riviviamo in continuazione lo stesso giorno in cui tu fai qualcosa di stupido e poi mi dici che è solo perché vuoi proteggermi. E so anche cosa farai adesso. Quando mi vedi così arrabbiata ti ecciti e tra un attimo mi verrai incontro e mi bacerai fino a stordirmi. Di solito cedo, ma questa volta no, caro mio! Ho mangiato una zuppa di aglio e cipolla a pranzo, quindi peggio per te.»

Si sforza di trattenere un sorriso, e io gli lancio addosso un cuscino. «Delle battone! Mio padre ha pagato delle donne per andare a letto con lui e adesso loro vogliono condividere con il mondo intero i dettagli sconci dei loro incontri. È una cosa disgustosa e uno scherzo più che crudele…»

Sono nel bel mezzo della mia invettiva ma Cole alza una mano, come uno scolaro che chiede il permesso alla maestra.

No, non ci piacciono i giochi di ruolo, grazie tante.

«Posso baciarti adesso? Sei davvero sexy.»

«Tu», dico lanciandogli un altro cuscino e puntandogli un dito contro, «andrai a quel gala. Non sarò così egoista da fare una cosa del genere a Cassandra. Questo bordello riguarda soltanto quel gran casino che è la mia famiglia, e sarò soltanto io a pagarne le conseguenze. Non farai una cosa simile ai tuoi, va bene?» Sono ferita, certo, ma non posso permettere che Cole capisca quanto mi sento umiliata per essere stata ripudiata o quanto avessi voglia di andare al gala insieme a lui. Devo ingoiare il mio orgoglio e superare il fatto che stare in mia compagnia è considerato sconveniente e che la mia presenza potrebbe mettere Cole in imbarazzo.

Indifferente ai miei tentativi di tenerlo a distanza e alla finta minaccia dell'alito di cipolla, mi prende tra le braccia e mi calma con un lungo bacio appassionato.

«Sai una cosa? Io e te siamo un pacchetto unico. Se non vogliono che tu ci vada, non ci andrò nemmeno io.»

Con queste parole, riesce a farmi sciogliere fin nel profondo del mio animo cupo e indurito dal tempo. Non avrò mai un carattere solare e di certo non sono la ragazza giusta per aiutarlo a combattere i suoi demoni, ma lui è la luce che illumina le mie tenebre. E non ho più intenzione di trascinarlo a fondo insieme a me.

«Invece ti metterai il costoso completo sexy da morire che abbiamo comprato insieme e andrai a quel gala.» Apre la bocca per interrompermi, ma io continuo imperterrita. «E io ti aspetterò a casa», aggiungo in tono languido, non del tutto per finta. «Se mi darai retta, ti meriterai una ricompensa, giusto?» Passo un pollice sul suo labbro inferiore carnoso e lui deglutisce a fatica. «Fallo per me, ti prego. Non mettiamo in difficoltà la tua famiglia.»

Mi fissa attentamente per un po', per poi lasciarsi cadere di schiena sul letto. «Sarà meglio che sia una ricompensa coi fiocchi, Pasticcino.»

9

Come un brufolo, aspetta il momento peggiore per spuntare

«PENSI che Travis mi amerebbe comunque se uccidessi vostro padre? Ora che ci penso, visto come si comporta ultimamente, forse potrebbe addirittura amarmi ancora di più», commenta Beth, con espressione seria.

«Già», ribatte Megan in tono secco, «non c'è nulla di più romantico di un omicidio, soprattutto se la vittima è il padre del proprio compagno.»

«Taci, saputella. Comunque ci sto pensando seriamente. Niente più padre, niente più drammi. E niente più drammi significa rendere felici sia la mia migliore amica sia il mio ragazzo. Mi pare che non ci sia nessun lato negativo.»

«Cosa mi dici sul finire in manette? E in prigione? E correre il rischio di spassarsela con Maureen la Mangiapiselli?»

«Meglio Mangiapatate in questo caso, ma va' pure avanti», dico a Megan. «Ho proprio bisogno che qualcuno mi dissuada dal lasciarglielo fare.»

Dire che il ritorno a casa che tanto sognavo si è trasformato in una sorta di quarantena per evitare gli sguardi indiscreti sarebbe un eufemismo. Anche se avere un attimo di pausa non mi dispiace affatto, temo che la claustrofobia che provo non mi faccia un bell'effetto.

Reperto A: volevo che la mia migliore amica uccidesse mio padre.

Be', non voglio per forza vederlo morto, ma forse con un attentato alla sua vita capirebbe di dover prendere decisioni più assennate invece di intrattenere rapporti personali con donne di dubbia reputazione.

«Tessa.» Megan si lascia cadere sul letto accanto a me, distraendomi dal punto sul soffitto che fisso da mezz'ora. Cosa avevo detto? Ormai sono claustrofobica. «Gli dispiace, e so che lo sai perché ha fatto di tutto per fartelo capire. Ha detto che è successo anni fa e non si aspettava che questa storia venisse a galla in quel modo. È imbarazzato e si vergogna da morire, ed è prontissimo a scusarsi pubblicamente e...»

«Lo so, c'ero anch'io quando ha fatto quel discorso, ricordi? Ma ciò non cambia il fatto che non posso più andare al supermercato senza che la gente mi fissi come se potessi infettare i loro figli con la malattia della promiscuità sessuale anche solo respirando vicino a loro.»

Beth fa una smorfia. «Sei andata a letto con un solo uomo, tesoro. Non penso che tu abbia il gene della promiscuità.»

«Già, quello è andato a mio fratello.»

Mi rendo subito conto di aver detto una cattiveria, mi copro la bocca con una mano e scatto a sedere. «Mi dispiace, non volevo dire così.»

Seduta alla mia scrivania, Beth sembra ancora più pallida, cosa quasi impossibile data la sua carnagione di porcellana. Se è ferita, però, non lo dà a vedere. «Tranquilla. Significa che siamo una bella coppia.»

Forse dovrei chiedere a mio fratello se lui e Beth hanno dei problemi.

«Ma, tornando a tuo padre, non riesco a credere che la signora Stone vi abbia cancellato dalla lista degli invitati così, su due piedi. Considerando quello che sa della tua famiglia, avrebbe dovuto tenerti fuori da questa storia.»

Dovrei tenere a bada le tendenze da mamma orso di Beth prima che affondi gli artigli nella moglie dello sceriffo, lo so, ma è bello sapere che qualcuno se la prende tanto per me. Sarà anche infantile, ma è la conferma del fatto che quello che mi sta succedendo è ingiusto e che ormai da troppo tempo sono costretta a vivere all'ombra delle azioni dei miei genitori.

«Mi ha chiamato per scusarsi almeno mille volte. Non è colpa sua. Il consiglio di amministrazione non vuole pubblicità negativa, e io non ho intenzione di rovinare la serata. È per una buona causa e mi sentirei malissimo se ci andassi portandomi dietro tutti i miei drammi.»

«Già, che Dio ce ne scampi se per una volta decidiamo di uscire a divertirci come persone normali senza che i nostri concittadini ci minaccino con i forconi», inveisce Beth. Oltre che per me, questa storia dev'essere una gran rottura anche per lei, e me ne rendo conto solo ora. Visto che l'intera famiglia O'Connell è stata messa al bando, mio fratello non è più un ospite gradito, e di conseguenza, nemmeno Beth andrà al gala. Ho passato giorni e giorni a lamentarmi dei miei problemi e adesso mi sento una gran egoista, perché la mia amica ci sta male almeno quanto me.

«Be', io invece sono contenta di non andarci. Alex non riesce a tornare per il fine settimana e non avrebbe senso andarci senza i ragazzi. Sapete una cosa? Che si fottano! Che si fottano il loro gala elegante e il loro finger food e i loro cocktail che sanno di vomito. Non abbiamo bisogno di tutta quella robaccia.»

È il discorso più passionale che la nostra piccola Megan

tanto posata abbia mai fatto da un sacco di tempo a questa parte, perciò decido di non rovinarle il momento. Possiamo convincerci di quello che vogliamo, ma l'umiliazione resta.

E la cosa peggiore è che ho convinto Cole ad andare. Certo, lui ha cercato di opporsi e io ho fatto i capricci, ma so che per Cassandra è importante avere accanto la famiglia in questo evento per cui ha lavorato sodo. Non sarò certo io la meschina della situazione. Sapere che, proprio come me, Cole resterà bloccato a casa non mi renderà più felice. In fin dei conti, si tratta solo di una serata. Non può fare questa gran differenza.

Almeno penso.

«Oh bene, finalmente avete smesso di piangervi addosso. È il momento giusto per la pizza?»

Energica come al solito, Cami irrompe nella stanza con due pizze enormi in una mano e un sacchetto del supermercato nell'altra. Richiude la porta con un calcio e poi sussurra, con fare cospiratorio: «Dici che tuo padre l'ha sentito? Sbattere così la porta è come dire: Sono arrabbiata, odio il mondo intero e ho voglia di uccidere qualche bambola. Funziona alla grande per ricattare i genitori. Speriamo che l'abbia sentito».

Io e le altre la fissiamo attonite mentre appoggia il bottino sulla mia scrivania e comincia a distribuire piatti di plastica. «Visto che è tutto il giorno che ve ne state qui con il morale sotto i piedi, ho dovuto fidarmi delle recensioni online per trovare i posti migliori, ma penso di aver scelto bene. Ora, per prima cosa ci mangiamo la pizza e il gelato, poi ci inventeremo un piano diabolico per imbucarci al gala, perché nessuno può mettere Baby in un angolo.»

Con la confusione stampata in faccia, Beth mangia la sua fetta di pizza con doppio formaggio. «Ti ho già detto che ti adoro?»

Cami fa un gesto sprezzante con la mano. «Lo pensano tutti, ma poi scoprono che sotto a tutta questa perfezione c'è ancora più perfezione e non sanno più come prendermi. Ma ti credo sulla parola.»

«Cami, cosa sta succedendo? Hai una strana luce negli occhi, mi fai paura. Sei stata via solo venti minuti, che diavolo sei riuscita a combinare?»

«Per fortuna me l'hai chiesto!» Si siede per terra a gambe incrociate e si sfrega le mani. «Allora, mentre ero fuori ho ricevuto la notifica di un tweet dell'agente di Cole...»

«Gran Coglione», sibila Beth. Sono completamente d'accordo con lei, anche se non capisco cosa c'entri con noi.

«...Dicevo, ho ricevuto una notifica e ho avuto la dimostrazione del fatto che quell'uomo venderebbe anche sua nonna se potesse trarne qualche vantaggio. E, visto quello che ha appena fatto, dobbiamo trovare il modo di intrufolarci al gala.»

«Ma...non possiamo. È una pessima idea», balbetta Megan, come sempre la voce della ragione. «Cioè, se Tessa o Travis dovessero presentarsi, la dottoressa Stone potrebbe avere delle grane. L'ospedale ha bisogno di raccogliere un mucchio di soldi stasera, lo so perché faccio volontariato in pediatria da quando avevo quattordici anni. Non... non lo direi se non fosse assolutamente necessario. L'ultima cosa che serve è un dramma.»

Nel sentire il suo tono implorante, ho una stretta al cuore. È una causa davvero importante per lei, che è coinvolta in prima persona nella vita dei bambini per cui verranno raccolti i fondi. Però è anche una buona amica e so che l'unico motivo per cui non parteciperà alla serata sono io.

«Oh.» Cami si smonta all'istante. «Se la metti in questo modo, l'operazione salva-Colessa salta.» È così mogia che sarebbe quasi divertente, se non fosse per quello che ha appena detto.

«Scusa? Salva-cosa?»

Cami si morde un labbro. Aspettiamo tutte con ansia la bomba che sta per sganciare. «Il fatto è che la notifica di cui parlavo era di un tweet di Gran Coglione, sul fatto che Cole si sta preparando per il gala con la sua bella accompagnatrice Stephanie...»

«Eh?» faccio.

«Già», conferma, scuotendo la testa con decisione, «ho avuto anch'io la stessa identica reazione. Cioè, chi cacchio è Stephanie e perché è la bella accompagnatrice di Cole? Ma poi lui ha postato una foto ed eccoli qui, l'uno di fianco all'altra come se fosse la sera del ballo.»

Con mano tremante, prendo il suo cellulare e mi ritrovo davanti una foto ad alta definizione di Cole in smoking con un'appariscente morettina. In quanto donna, il primo istinto che ho è paragonarla a me, e lei è l'esatto contrario: ha i capelli scuri, è più alta del mio metro e settanta, è slanciata nei punti dove io ho delle curve e ha la carnagione olivastra. Indossa un magnifico abito di satin rosso al ginocchio e tiene una mano dalla manicure perfetta sul braccio di Cole, mentre si guardano negli occhi. Non è come le tipiche foto da ballo di fine anno. È come se non sapessero di essere immortalati.

«Chi cazzo è questa?» sibila Beth. Presa dal confronto tra lei e me, non mi ero accorta che le mie amiche si erano accalcate attorno al telefono per vedere a loro volta la foto.

«Non lo so. Ho fatto un po' di stalking ma non lo so ancora. Datemi qualche minuto e proverò a scoprirlo.»

«Oppure», intervengo in tono secco, «posso chiamare Cole e capire cosa sta succedendo. Non mi aveva parlato di un'accompagnatrice.»

In effetti, convincerlo ad andare da solo al gala è stata un'impresa. Ho dovuto persuaderlo e ricattarlo per farlo cedere ed è ancora arrabbiato per come sono stata trattata. Il fatto che adesso, all'improvviso, ci vada con una ragazza, di cui io non so assolutamente nulla, è uno shock.

«Giusto», fa Cami. «Chiamalo.»

Prendo il telefono, ma le mie tre amiche mi osservano con un po' troppa attenzione.

«Ragazze? Posso restare sola mentre chiedo al mio uomo perché cavolo è con la versione adolescente di Cindy Crawford?»

Recepiscono al volo il messaggio. Tessa la Bisbetica sa essere una perfetta stronza.

Dieci minuti dopo, la porta della mia stanza si apre di nuovo, ma questa volta non è per una pizza. Quello che vedo è qualcosa, o meglio qualcuno, di decisamente più delizioso e peccaminoso di una pizza.

Per Cole dovrebbe essere illegale uscire di casa in smoking, specialmente se non è a noleggio ma fatto su misura. Non è giusto che lui sia così bello mentre io indosso i pantaloni della tuta, ma se per risolvere le nostre questioni dovessimo aspettare di essere alla pari, ci toccherebbe aspettare un sacco perché, dopo tutto questo tempo, alcune mie vecchie insicurezze continuano a tornare a galla e a farmi riflettere sul perché un ragazzo con l'aspetto di Cole decida di stare con una come me. Per fortuna, però, ormai gli episodi del genere sono rari. In questo momento, per esempio, l'insicurezza è andata a farsi un giro perché l'unica emozione che provo è la rabbia.

«Avremmo anche potuto parlarne al telefono», gli dico

vedendolo entrare. «Se hai sentito il bisogno di presentarti qui di persona in tutto il tuo fascino, c'è di che preoccuparsi.» Resto seduta sul letto, con la tuta, i capelli legati in qualche modo su un lato della testa e senza nemmeno un accenno di trucco. Averlo qui davanti tutto in ghingheri mi fa ripensare alla ragazza con cui uscirà questa sera, e mi viene voglia di nascondermi sotto le coperte.

«Non c'è niente di cui preoccuparsi, Pasticcino, perché non c'è nessun problema. Volevo parlarti di persona perché voglio che mi guardi negli occhi mentre ti dico che, fino a un'ora fa, non avevo la minima idea di dover andare al gala con qualcuno.»

«Ti avrei creduto anche al telefono. Sei solo melodrammatico.»

«Se è questo che credi, va bene, ma non voglio correre rischi.» Si inginocchia accanto al letto e mi prende una mano. «Ti sto dicendo la verità, lo sai, vero? Non sapevo di dover portare Stephanie al gala, ma lei si è presentata alla mia porta con suo padre, che a quanto pare conta molto per Cassandra, e non ho voluto metterla in difficoltà.»

«Chi è?» Giocherello con i pollici e vengo assalita dai dubbi su Cassandra. Che non sia più tra i miei fan? Negli ultimi tempi in cui Jay e Nicole stavano insieme, Cassandra non approvava che lei stesse sempre intorno a suo figlio, mentre ha aiutato me e Cole a metterci insieme. Se adesso si sta ripetendo il copione, se non mi ritiene più all'altezza di Cole e della sua famiglia, sono davvero nei guai.

«È la figlia di qualcuno che fa parte del consiglio di amministrazione, un pezzo grosso che mette un sacco di soldi nell'ospedale e ha una certa influenza. È un grande appassionato di football e, a quanto pare, anche Stephanie.»

Quel nome comincia a darmi sui nervi.

«Quindi in pratica stai facendo un favore a tua madre?»

«Sì», risponde con una certa enfasi. «Proprio così. Lei ci sta malissimo perché tu non puoi venire e sa che costringermi ad andarci con la figlia del suo collega non migliora certo la situazione. Però è una questione talmente delicata per lei che io...»

«Non devi darmi spiegazioni, lo sai. È solo che... sarebbe stato carino se mi avessi avvisato. Se non fosse stato per il tweet del tuo agente, non l'avrei mai saputo, giusto?»

«Sarei passato a trovarti prima di andare, sai che non avrei mai fatto una cosa del genere. Poi il mio agente è saltato fuori dal nulla e ha cominciato a sparare cazzate sul farsi un po' di pubblicità sfruttando una buona causa. Tutti hanno deciso che era una magnifica opportunità per una foto, così mi sono ritrovato assalito da una massa di gente e ho dovuto mettermi in posa con una ragazza che non avevo mai visto prima.»

«Be', a lei non è dispiaciuto. Questo è certo.»

Sospira. «Fatti più in là.»

«Cosa?»

«Ho detto fatti più in là. Starti così lontano non funziona. Mi ero ripromesso di affrontare la situazione in modo razionale, senza toccarti. Perché, se lo faccio, perderemo tutti e due il controllo e di conseguenza la capacità di pensare in modo razionale.»

«Wow, in fatto di autostima non hai proprio problemi.»

«Saputella.» Si toglie la giacca, mi intrappola in un angolo del letto e si sistema accanto a me.

«Spiegazzerai il tuo costoso abito», gli dico in un tono lamentoso che mi ricorda tantissimo mia madre. Ogni volta che io e mio fratello eravamo costretti a metterci qualcosa di elegante, trovavamo il modo di distruggerlo. Da piccola poi, rompevo sempre le cerniere perché mia madre mi comprava vestiti di una o due taglie più piccoli.

«Non mi interessa», risponde lui con lo stesso tono, e si sistema vicino a me. Mi fa sdraiare e mi abbraccia. «Dunque», esordisce, chino su di me. Odio il fatto che si sia messo il mio profumo preferito per Stephanie. Ok, forse non lo ha messo apposta per lei, ma quella ragazza non dovrebbe comunque annusare il mio uomo. «Se non vuoi che vada, dimmelo e non andrò. Cassandra si sente già abbastanza in colpa e non si opporrà, e i suoi stupidi colleghi del consiglio di amministrazione possono mettersi le buone maniere in quel posto. Se non posso portare al gala la mia ragazza, non ci porterò nessun'altra: era la mia condizione. Non avrebbero dovuto farmi un'imboscata del genere, quindi non dovrebbe essere un problema chiamarmi fuori ora. E se lo fosse, non mi interessa. So che sei ferita, Tessie, e so che eri elettrizzata per questo evento. L'idea che ti abbiano fatto una cosa simile mi fa stare male, quindi non devo niente a nessuno.»

A questo discorso, crollo. La mia rabbia evapora in un istante e mi rendo conto che tutta la giornata è stata ridicola. Scoppio a ridere come una matta, tanto da ritrovarmi con le lacrime che mi rigano le guance. Confuso, Cole mi scuote, indeciso se io stia ridendo o piangendo.

Per tutta risposta, gli prendo il viso tra le mani e lo bacio. Gli ci vuole un attimo per comprendere, ma poi ricambia con quei suoi versi irresistibili, quindi capisco che è con me al cento per cento, che non pensa affatto al milione di cose di cui dovremmo preoccuparci.

Da dolce e romantico, ben presto il bacio si trasforma in una scena vietata ai minori. A questo punto qualcuno bussa forte alla porta, costringendoci a staccarci.

Ci sdraiamo di schiena per riprendere fiato, senza badare

a Beth che ci urla di non toglierci i pantaloni perché al piano di sotto c'è mio padre.

«Deduco che non sei arrabbiata.»

«Porta questa Stephanie dove devi. Lascia che il tuo agente si scateni sui social network, mettiti in posa per i fotografi e parla con le persone giuste. Aiuta tua madre a raccogliere fondi e poi torna da me. Ma se vengo a sapere che l'hai toccata anche solo una volta, sappi che dovrai fare a meno di un'appendice piuttosto importante.»

Lui scoppia a ridere e mi bacia di nuovo, poi scende con le labbra fino all'incavo del collo. «Non voglio alzarmi da questo letto», mormora con quella voce roca alla quale di solito non riesco a resistere. Vorrei tanto farlo restare qui, tenerlo in ostaggio fino a quando la situazione con mio padre sarà tornata alla normalità e potremo farci vedere in pubblico insieme o finché lasceremo la città.

Però non posso. Ho ancora davanti agli occhi l'espressione di Megan mentre parlava dei bambini in ospedale. Non possiamo fare nulla che comprometta la raccolta dei fondi di cui hanno tanto bisogno.

«Devi andare. Non mi piace l'idea che tu debba portarti dietro Miss Perfezione, ma sopravvivrò. Se sono sopravvissuta a una Nicole, una Kimmy e una Erica, posso sopravvivere anche a una Stephanie.»

Sì, ora possiamo scherzarci sopra.

Cole fa una smorfia, ma ha capito che la mia frecciatina era una semplice battuta. «Se ti può aiutare, penso che sia molto più interessata a Jay che a me. Di certo non ha aiutato vedermi fare un salto di due metri ogni volta che mi toccava. Jay invece… be', deve aver rotto con la ragazza con cui usciva, quindi non gli dispiacerebbe trovare un ripiego.»

«Be', se la metti così... Ormai ti ho insegnato come si gioca a Cupido. Pensi di farcela da solo, stasera?»

«Puoi scommetterci», risponde, con un sorriso decisamente lascivo.

Dopo aver praticamente buttato Cole fuori dalla porta, io e le ragazze decidiamo di passare una serata tranquilla a casa a vederci qualche film. Senza contare mio padre e Travis, ci siamo solo noi quattro e facciamo del nostro meglio per fingere di non essere annoiate a morte. Una volta superata la fase depressiva per il mancato invito al gala, mi sono resa conto di tutto il tempo che ho passato rinchiusa in camera, e l'idea dell'ennesima serata casalinga mi fa venire voglia di strapparmi i capelli. Quasi tutti gli abitanti della nostra città sono stati invitati, quindi se mi avventurassi fuori non ci sarebbe molta gente a fissarmi, solo qualche studente del liceo o dell'università che lavora durante l'estate.

«Sapete, adoro Channing Tatum ma...» Megan, il mio angelo della Ivy League, fa il lavoro sporco al posto mio. «È una noia assurda... Una noia mortale. Ho passato tutta la settimana ad aiutare mio padre con le tasse e lui ancora si rifiuta di accettare che non studierò contabilità all'università. Stare qui seduta a fissare uno schermo mi fa venire voglia di tirare qualcosa di pesante contro la tv. Mi dispiace, Tessa, so che dovremmo essere tristi perché ci stiamo perdendo il grande evento del decennio, ma non potremmo fare qualcosa di divertente?»

La fissiamo sbigottite e scoppiamo a ridere. Spegniamo la tv, accantoniamo il gelato e ci alziamo, tutte con la stessa identica idea. Com'è ovvio, però, è Beth ad avere il coraggio di dirlo a voce alta.

«Lo sapevo che c'era un buon motivo per conservare al sicuro la tua carta d'identità falsa. Cami, tu ne hai una, vero?»

«Da quando avevo sedici anni. Piacere, sono Sasha Giroux, ho ventisei anni e lavoro nel settore pubblicitario.» Si sistema i capelli con la mano e fa una smorfia con le labbra.

«Perfetto. Scateniamo il nostro lato sexy, ragazze. Se non possiamo andare a un ballo elegante dove si serve foie gras, andremo in un locale e ci sbronzeremo di cocktail da quattro soldi e noccioline inzuppate di birra.»

Vi confesso che ho un buon presentimento per questa serata. Certo, il mio ragazzo è uscito con una ragazza che va a Harvard (ho controllato su Google) e forse si sta pure divertendo, e magari lei sta facendo colpo sui suoi genitori con la sua famiglia priva di disfunzionalità, ma mi rifiuto di starmene seduta qui a immaginare possibili scenari in cui Gran Coglione droga Cole, porta di nascosto lui e Cindy Junior a Las Vegas e li fa sposare da una sosia di Cher. Una volta in trappola, loro non potranno far altro che aspettare un po' di tempo prima di chiedere l'annullamento, e intanto lui si innamorerà di lei e io potrò correre a piangere soltanto da Jason che, come un brufolo, aspetta il momento peggiore per spuntare.

Adesso capite perché stasera ho bisogno di uscire e prendere una boccata d'aria fresca, vero?

10

È un eufemismo?

«Mi dispiace, agente, ma dev'esserci un errore. La mia ragazza non può aver fatto una cosa simile. Non sa nemmeno come si fa a tirare un pugno.»

«Non perché non abbiamo provato a insegnarglielo. È importante che le donne sappiano difendersi da sole. La mia ragazza, per esempio, avrebbe benissimo potuto farlo.»

«Intendi quella tutta vestita di nero? Non stento a crederci. Ci sono volute due agenti per staccarla dalla sua rivale. Ma non è per lei che dovete preoccuparvi. La ragazza che ha aggredito non sporgerà denuncia. Scommetto che è troppo spaventata anche solo per stare di nuovo nella stessa stanza con lei.»

«Sì, è quella la mia ragazza!» esulta Travis, ma probabilmente qualcuno, immagino Cole, gli dà un pugno perché subito dopo lo sento gemere di dolore.

«Per quanto riguarda la mia ragazza, qual è il problema? Siamo andati al locale e abbiamo visto i nastri della sicurezza. Si capisce chiaramente che è stata provocata. Quelle ragazze l'hanno avvicinata e, a quanto ho capito, hanno cercato di scatenare una lite. Non può pensare sul serio...»

«Capisco cosa vuoi dire e, credimi, nonostante le lacrime e le suppliche dettate dall'alcol della signorina O'Connell, si vede che è una bravissima ragazza che non ha mai preso nemmeno una multa per divieto di sosta.»

«È vero!» strillo dalla cella, agitando le braccia tra le sbarre. «Agente, mi deve credere!» Ho il singhiozzo. «Non volevo romperle il naso né farle quell'occhio nero. Ma lei era così... così meschina», piagnucolo e, con mia grande mortificazione, le lacrime cominciano a rigarmi le guance. Di nuovo!

«Oh, tesoro, vieni qui. Ce l'abbiamo fatta a cacciarla via quella ragazza meschina, non dimenticarlo.» Vengo soffocata da un abbraccio di gruppo. Considerando gli avvenimenti della serata, le mie amiche sono rimaste sorprendentemente calme e composte, persino Megan. Pensavo che essere sbattuta in prigione fosse la cosa peggiore che potesse immaginare, come prendere «A-».

L'amore e il sostegno alla base della nostra amicizia sono la dimostrazione che insieme possiamo superare qualsiasi cosa, anche nella nostra personale versione di *Orange Is The New Black*. Viva la solidarietà femminile!

O magari siamo solo ubriache marce.

Qualcuno comincia a colpire le sbarre della cella, costringendoci a staccarci. «Va bene, fantastiche quattro. Adesso piantatela e raccontate a questi gentiluomini cosa è successo di preciso.» Dietro il corpo massiccio dell'agente Graham scorgo due uomini molto confusi e arrabbiati e una sagoma in attesa più indietro.

«Ma... quello è Jay? Ehi, Jay Jay!» Lo saluto con la mano. «È da un sacco che non ci vediamo!»

Lui alza appena la mano, ma dopo un'occhiata da parte di suo fratello la riabbassa all'istante. Posso solo immaginare che tipo di occhiata fosse, ma doveva essere molto simile a quella che Cole ha rivolto a Bentley quando lui si è innocentemente offerto di mettermi la crema solare sulla schiena.

«Tessa...» esordisce Cole, ma le ragazze lo interrompono con un «Oooohh» collettivo.

«Ti ha chiamato Tessa e non con quell'adorabile soprannome che usa sempre! Sei nei guai, amica», ridacchia Cami, seguita a ruota da tutte. Tutte tranne me.

«Cole.» Mi trema il labbro e, anche se stento a crederci, sento che sto per piangere per la cinquecentesima volta.

«Ehi, Pasticcino, non piangere.» Mi prende le mani attraverso le sbarre. «Andrà tutto a posto. Parleremo con quella ragazza e le faremo ritirare la denuncia. Ma tu devi spiegarmi cosa è successo, ok? Partendo dall'inizio. Come hai fatto a finire in una rissa? E wow, tigrotta», commenta nel vedere le mie nocche ammaccate, «chi ti ha insegnato a tirare pugni?»

«Travis», rispondo stringendomi nelle spalle.

Gli sfugge una parolaccia, e io trasalisco. Accanto a noi, Beth e Travis stanno facendo un discorso simile ma, a quanto pare, il loro sta andando molto peggio del nostro.

«Concentrati, Tessie, concentrati. Cos'è successo?»

«Posso aiutarti io a scoprirlo! Ho registrato tutto. Sai, ho visto un episodio di *CSI* in cui gli amici non...»

«Signorina Sharp, mi dia il telefono, per favore.»

Ho l'impressione che l'agente Graham non gradisca che gli si nascondano delle prove e che si occulti il cellulare nella biancheria intima. E così vedo confiscare l'unico straccio di prova che potrebbe aiutarmi a dimenticare di aver mai vissuto quest'incubo. Spero solo che Megan abbia ripreso la rissa, e non il giro di prostituzione scandaloso, e molto probabilmente illegale, che avveniva all'interno del club. In fin dei conti, un locale in cui lasciano entrare quattro ragazze con carte di identità palesemente false non dev'essere un posto molto rispettabile.

«Quindi finora abbiamo delle minorenni che bevono, dei documenti falsi e un alterco», sibila Travis. «Secondo voi c'era proprio bisogno di fare queste stronzate in questo momento?»

«Ehi, stammi a sentire, caro il mio Dio in terra. Non osare venire qui a farci una predica su come si tiene un comportamento modello. Forse Tessa ricorda meglio di te i tuoi precedenti con la legge.»

Avevo ragione, eccome: fra Travis e Beth c'è decisamente qualche problema.

«Dateci un taglio, ragazzi. Non scanniamoci a vicenda. Basta solo...» Cole inspira a fondo e, d'un tratto, vengo assalita dal senso di colpa. Volevo che la serata trascorresse senza drammi per gli Stone, volevo che il gala fosse un successo e volevo tenerlo ben distante dalla maledizione degli O'Connell. Pensavo che la causa di tutti i nostri problemi fosse mio padre, invece la situazione si è ribaltata e ho rovinato tutto.

Tiro su con il naso. «Mi dispiace. Non volevo che andasse a finire così, lo giuro. Non stavamo facendo niente di male, poi sono arrivate quelle ragazze e una mi conosceva, o almeno conosceva te. Forse... forse non avrei dovuto bere così tanto, ma tra Stephanie e Cassandra che non fa più il tifo per me e tu con lo smoking, non ce l'ho più fatta.»

Alla fine del mio imbarazzante racconto sconnesso, Cole mi ride in faccia. Mi asciugo le lacrime mentre lui mi osserva con un sorriso adorabile.

«Perché stai ridendo? Non dovresti ridere! Quest'anno ho seguito un corso di diritto, va bene? So qual è la pena per...» Comincio a contare i reati sulle dita di una mano, ma mi rendo conto che non mi bastano. Direi che non si mette molto bene per me…

«Non posso andare in prigione, ok? Davvero, non posso. Tra la pubblicità negativa, la gente che pensa che io abbia tendenze suicide e l'ultimo scandalo di mio padre, questo non dovrebbe proprio succedermi perché il mondo non è pronto per altri drammi degli O'Connell.»

«Sono d'accordo», aggiunge Travis, per poi tornare alla gara di sguardi in cagnesco con Beth.

Cole accenna un sorriso e si schiarisce la voce. «Quindi ti dispiace? E prometti di non bere più e di non entrare mai più in un locale con un documento falso fino a che raggiungerai l'età per farlo?»

«Be', stiamo parlando di un periodo di tempo piuttosto lungo», ribatto nervosa. «Posso garantire che non lo farò di proposito, ma tra lei», dico indicando Cami, «e lei», e indico Beth, «non sono sicura di farcela.»

Cole sibila: «Di' all'agente che d'ora in avanti diventerai una cittadina modello, Tessie. Fingi di fare sul serio. Sfrutta tutto quello che ti ricordi del corso di teatro. Al momento non mi sembra troppo convinto».

«Oh, va bene.» Neanche a farlo apposta, il mio labbro ricomincia a tramare proprio mentre mi volto verso l'uomo che ci ha arrestato. «Signor agente…»

«Non riesco a credere che ci abbia lasciato andare così!» strilla Cami dal sedile posteriore, piegata in due dalle risate. Dopo essere finite a un soffio dalla prigione, io ho ormai praticamente smaltito la sbornia, mentre la mia amica ha raggiunto un nuovo livello di ubriachezza, quello che io definisco «la ragazza isterica della confraternita che muore nei film dell'orrore».

Appoggio la testa al finestrino e mi godo l'aria condizionata. Ho caldo, le mani sudate e il cuore a mille. Cole, che ci sta riportando a casa, mi costringe a bere altra acqua. Con l'altra macchina, Travis sta riaccompagnando Beth e Megan. Speriamo che arrivino a destinazione tutti interi. Al momento di salire a bordo con la coppietta impegnata a battibeccare, la povera Megan era terrorizzata.

«Allora, chi devo ringraziare?» chiedo a Cole senza nemmeno guardarlo. Da quando sono tornata in possesso delle mie facoltà mentali, mi sento morire dall'imbarazzo. Dopo avergli promesso di non interferire con la sua serata e averlo costretto ad andare al gala con un'altra ragazza, l'ho fatto correre a un'ora da casa per tirarmi fuori da una cella. Non riesco ancora a crederci.

«Cosa stai dicendo?»

«Non sono così stupida, sai? Malgrado le scelte che ho fatto stasera, posso contare su un certo buonsenso. Quando siete arrivati, la lista dei miei misfatti era infinita e poi, a un tratto, mi hanno fatto uscire senza ripercussioni. Perciò dimmi a chi hai dovuto vendere l'anima o promettere il tuo primogenito.»

«Vuoi dire il nostro primogenito.»

Anche se a queste parole sento le farfalle nello stomaco, decido di ignorarle perché se Cole evita di rispondere alla mia domanda significa che le cose sono messe persino peggio di quanto io possa anche solo immaginare.

«Come siete sdolcinati, ragazzi. Vi adoro!» Cami infila la testa tra i nostri sedili. «Allora, dove andiamo adesso?»

«Tu, Camryn, andrai a casa di Tessa e smaltirai l'alcol con una bella dormita. Poi io porterò la mia ragazza lontano da te, così non prenderà altre decisioni affrettate e potremo parlare come due adulti normali e razionali.»

La mia amica scoppia a ridere. «Cosa? Pensi che sia io a corromperla con la mia influenza? Ma la conosci, la ragazza con cui esci? O meglio, conosci il suo alter ego? Io la chiamo Petunia, come il fiore, perché nessuno si apre come Tessa dopo uno o due shot di tequila.»

«Non ricordarmelo, per favore», gemo.

«Sto solo dicendo che non c'è niente di male a lasciarsi andare e divertirsi un po', una volta ogni tanto», aggiunge alzando le spalle.

«Vi siete fatte arrestare.»

«Oh, su, Stone! Pensavo che tu credessi alla filosofia che non tutti i mali vengono per nuocere.»

Comincio a sentir pulsare le tempie, chiaro sintomo del mal di testa di proporzioni epiche che mi verrà domani, quindi lascio che i due bambini vadano avanti a punzecchiarsi.

Una volta scaricata Cami a casa mia, Cole mi porta da *Rusty*, la tavola calda in cui ho lavorato durante il liceo. Ordina per entrambi cheeseburger, patatine fritte e milkshake. O vuole farmi alzare il livello di colesterolo nel sangue oppure vuole farmi mangiare per annullare gli effetti residui dell'alcol. Mi metto a giocherellare con la saliera e la pepiera sporche in attesa che la vecchia cameriera si allontani a passo lento dopo aver preso le ordinazioni.

«Potevi almeno lasciare che mi cambiassi. Gradirei essere un po' più coperta mentre mi becco una predica.»

Cole mi scruta dalla testa ai piedi, ma senza alcun intento critico né malizioso. Mi guarda come se solo adesso per la prima volta notasse lo striminzito pezzo di stoffa nera in cui Beth mi ha infilato con la forza.

«Questo vestito non è tuo, vero?»

Mi stringo nelle spalle. «Dopo che te ne sei andato, non avevo voglia di starmene seduta a casa in pigiama ad autocommiserarmi. Così abbiamo deciso di uscire e andava tutto bene finché quelle ragazze...» Sento scorrere la rabbia nelle vene al solo pensiero di quel gruppo di universitarie ubriache che hanno portato la definizione di groupie a un nuovo, terribile livello.

«Già, quelle... Be', il video era piuttosto crudo. Non ho capito quello che ti ha detto, però cazzo, Tessie, non vado a prenderla a pugni soltanto perché è una ragazza.»

Solo ora mi rendo conto che stringe con forza il tavolo e gli tremano le mani. E che indossa ancora lo smoking. Poi si toglie la giacca e viene a mettermela sulle spalle. Invece di tornare a sedersi al suo posto però, mi solleva e mi sistema di traverso sulle sue gambe.

«Raccontami il resto, così smetto di immaginarmi il peggio.»

Giocherello con un bottone della sua camicia e appoggio la testa sulla sua spalla. Probabilmente puzzo di alcol e di prigione eppure, malgrado il fatto che siamo così vicini, Cole non batte ciglio.

«È stata colpa mia, credo. Chi va a solo un'ora di distanza da casa per sfuggire a certe situazioni? Mi conoscevano, o meglio, avevano sentito parlare della mia famiglia. Ma non era quello il problema, non mi parevano particolarmente interessate alla politica. Però conoscevano te, o almeno una di loro.» Cole si irrigidisce sotto di me e mette le braccia intorno alla mia vita. Ha capito che, qualsiasi cosa io stia per dirgli, non gli piacerà.

«Prima di metterti in testa che tutte le cose brutte che mi capitano sono solo colpa tua, sforzati di fare un passo indietro. Sei una star dello sport a livello universitario, e ormai ti sei fatto un certo nome.» Cambio posizione, nel tentativo di allentare la tensione. «E poi lei ti conosceva fin dai tempi della scuola militare ma… non in senso biblico.»

Perché devo sempre aprire questa boccaccia che mi ritrovo? Appena finisco la frase, il viso di Cole si trasforma in una maschera di rabbia.

«Quello che intendevo è che o veniva a scuola con te o conosceva qualcuno che studiava con te, perché sapeva benissimo chi ero io. Mi si è avvicinata e ha cominciato a sparare cavolate sul fatto che tu stavi molto meglio senza di me. Avrò anche la mia buona dose di insicurezze, ma nessuno oltre a me può permettersi di riempirmi la testa di idee autolesioniste. E ormai ho superato quella fase, non mi faccio più del male da sola e ho lavorato sodo per…» di nuovo, ho la voce rotta dall'emozione «…ho lavorato sodo per non dubitare più di me, per accettare la persona che sono, e nessuno può portarmi via la fiducia in me stessa.»

«Pasticcino», sospira Cole, poi mi solleva il mento con una mano e mi bacia. Un bacio per dimostrarmi che lo accetta, che è consapevole del mio dolore, dei miei sforzi e della mia frustrazione, ma anche della sua frustrazione, perché per certi versi è lui il motivo per cui i demoni nella mia testa continuano a riaffiorare.

«Non so cosa dire», sussurra tra i baci, con le labbra a pochi millimetri dalle mie e senza staccare le braccia da me, cullandomi contro il suo corpo, «se non che sono contento che mi tieni al tuo fianco.»

«Piantala. Non è questo che dobbiamo fare, non dobbiamo colpevolizzarci. L'unica cosa che mi dispiace è di aver usato la violenza. Avrei dovuto rimanere indifferente, ma sembrava che lei… ehm…»

«Cosa?» mi chiede dopo un attimo di esitazione, come

se l'informazione che gli sto nascondendo fosse una bomba a orologeria innescata. E forse è davvero così.

«Sembrava che conoscesse bene i tuoi gusti sessuali.» Arrossisco dalla testa ai piedi a velocità allarmante, tanto che, per un minuto, anche lui pare esterrefatto.

«Cosa vorrebbe dire?»

Mi schiarisco la voce. «Era piuttosto sicura che una ragazza qualsiasi come me non potesse mantenere vivo a lungo il tuo interesse, dato che hai una passione segreta per...» rispondo a voce bassa per non farmi sentire, perché i dipendenti sono tutti sui sessant'anni e non voglio scandalizzarli. Già sono convinti che io e la mia famiglia siamo al servizio di Satana, non diamogli un motivo in più per chiamare un prete.

«Ho una passione segreta per cosa? Pasticcino, questa è una delle conversazioni più strane che io abbia mai avuto, compresa quella con nonna Stone che tentava di parlarmi di sesso. Ha usato grafici e tabelle. Mi ci è voluto un anno per riprendermi.»

«Sssh! Non dire la parola con la esse qui dentro.»

«Cosa? Sesso? Che male c'è a dire sesso?»

Gli do una pacca sul petto. «Potresti ascoltarmi per una volta? E se volessi far credere alla gente che lavora qui che mi stia conservando per il matrimonio? Non credi che potrebbe essere d'aiuto alla mia reputazione?»

Alza gli occhi al cielo. «Be', non ti sei conservata per il matrimonio e non mi sembra che porti una lettera scarlatta.»

«Hai ragione, questa conversazione è decisamente strana. Comunque, quello che stavo dicendo è che secondo quella ragazza ti piaceva», chiudo gli occhi e lo dico tutto d'un fiato, «il sadomaso, rubavi le manette a tuo padre e gestivi un club segreto alla scuola militare.»

Ho strizzato gli occhi con tale forza che, quando li riapro, per un attimo riesco solo a sentire i rumori che provengono dalla cucina. Io e Cole ci fissiamo a vicenda. Ovviamente sono mortificata. Se dovesse ammettere che è vero, non sarò più in grado di guardarlo nello stesso modo.

«Manette?»

Annuisco.

«Un club sadomaso segreto?»

Annuisco di nuovo.

Devo aspettare una mezz'ora buona prima che smetta di ridere. Per ripicca mi mangio anche quello che aveva ordinato per sé.

Alla fine non torno a casa perché, nonostante le mie riserve, Cole insiste che resti da lui. Temo che Cassandra e lo sceriffo Stone non mi vogliano da loro, ma lui le definisce tutte cavolate e mi trascina dentro. Quando finalmente ha smesso di ridere, mi ha detto che non è assolutamente attratto da quel genere di cose, ma ha aggiunto che, se io volessi, sarebbe disposto a sperimentarle.

Sono ancora tutta rossa e, se non la smette con le allusioni, probabilmente il mio viso resterà per sempre di questo colore.

In casa, vengo investita dal profumo di dolci appena sfornati. Qualcuno sta spadellando in cucina ma, con mio gran sollievo, non vedo in giro nessuno. Mi vergogno troppo per affrontare i genitori di Cole, in particolare adesso che so che sono stati loro a chiedere un favore e far uscire me e le mie amiche senza scontare nemmeno un giorno di prigione. Dovremo fare diverse ore di lavori socialmente utili, e mi va benissimo. Ho bisogno di tenere la mente occupata se voglio evitare una morte precoce per il troppo rimuginare.

«Merda. Ho lasciato il portafoglio in macchina.» Cole si

dà una pacca sulla tasca posteriore dei pantaloni. Nonostante abbia dovuto mettersi sulle mie tracce e venire a salvarmi, è bello da togliere il fiato, come sempre. Un uomo che sa come si indossa un completo emana sempre un fascino che manda in estasi ogni donna del pianeta.

«Va' di sopra, io arrivo tra un minuto. E sgraffignerò qualsiasi cosa stiano preparando in cucina, perché hai dei cuoricini al posto degli occhi.»

«Sento il profumo del cioccolato, Cole. È come se mi parlasse.»

Gli strappo una risata. «Va bene, *Barefoot Contessa*. Farò qualche indagine e ti servirò tra un minuto.»

«Oddio, conosci quel programma tv di cucina? Sappi che è una pessima battuta con il mio nome. Chissà perché non ci ho mai pensato prima però.»

Mi dà un bacio in fronte e torna alla macchina. Sto per salire al piano di sopra quando Jay mi viene incontro uscendo dalla cucina, con in mano un piatto di leccornie.

«Vuoi dei biscotti?»

So che non dovrei essere imbarazzata se il tipo per cui avevo una cotta, barra fratellastro del mio attuale ragazzo, è stato costretto a tirarmi fuori di prigione, però è così che mi sento. Il mio rapporto con Jay è complicato, nel senso che lui rappresenta tutto ciò che una volta non andava in me. Anche se Cole pensa di essere lui a rievocare le mie insicurezze, non è nulla in confronto alla persona che ero quando mi piaceva Jay. Guardarlo adesso mi riempie di rimorsi per essere stata tanto dura con me stessa, per essermi sempre paragonata a ragazze come Nicole, per aver tentato di essere quella che non ero. Non voglio che mi veda toccare il fondo e tornare in quelle pessime condizioni.

Tuttavia, nel suo comportamento non c'è traccia di disprezzo né di pietà, è il solito Jay distaccato e inetto di sempre. Al momento però indosso praticamente solo la giacca abbottonata di Cole, quindi non posso certo dire di sentirmi a mio agio.

«Sai fare i biscotti?» Le mie mani sono attratte da quelle delizie.

«Io no, ma Stephanie sì. Dice che è il suo modo preferito di scaricare lo stress.»

«Aspetta, la Stephanie che è uscita con Cole?»

Arrossisce e distoglie lo sguardo. Un punto a suo favore. «Sì, lei. Quando l'hai chiamato, lui l'ha praticamente scaricata. Si è comportato da vero coglione, lei non conosceva nessuno e io ho dovuto...»

«Capisco, è stato molto gentile da parte tua, Jay. Ma allora cosa ci facevi alla stazione di polizia?»

«Dopo aver raccontato a Stephanie cosa stava succedendo, le ho presentato un paio di persone con cui parlare, poi ho seguito Travis e Cole. Mi ha detto mio padre di farlo, per essere sicuri che lui non facesse nulla di avventato.»

Non riuscirò più a guardare in faccia lo sceriffo Stone. Mai più.

«Bene.» Segue un attimo di silenzio, poi riprendo a parlare. «Quindi Stephanie... è qui adesso?»

Lui annuisce e io reprimo un gemito. «Penso di piacerle.»

È adorabile. Se non fosse la cosa più imbarazzante del mondo, in questo momento gli strizzerei le guance.

«O magari tendi sempre a pensare di piacere alle ragazze che invece sono attratte da me.» Cole ci raggiunge a passo tranquillo e mi mette un braccio intorno alla vita con fare possessivo. Non avrebbe potuto essere più ovvio nemmeno se mi avesse fatto la pipì addosso per marcare il territorio.

Gli do una leggera gomitata, o forse non troppo leggera

perché gli sfugge un gemito. «Be', questa Stephanie di Harvard sembra proprio una tipa a posto! E comunque non dovresti perdere tempo qui con noi. Va' ad aiutarla a infornare i biscotti.»

«È un eufemismo?»

«No, razza di pervertito. Non vedi che ha in mano un piatto pieno di biscotti?»

«Che adesso passerò a Tessa senza andarle neanche minimamente vicino.» Jay lancia un'occhiata nervosa al fratello, praticamente butta il piatto tra le mie mani e si allontana in tutta fretta.

«Lo hai per caso minacciato?» chiedo in tono sommesso. Spero davvero che i loro genitori non siano qui ad assistere mentre la loro casa viene distrutta dai figli che litigano per me.

«No», risponde Cole tossicchiando.

Lo fulmino con lo sguardo fino a quando cede.

«Ok, va bene, forse l'ho minacciato. Ma non è una novità. Gli ho solo dato un piccolo promemoria un paio d'ore fa perché mi sembrava un po' troppo felice quando ha saputo che al gala avrei portato Stephanie e non te. È uno stronzo opportunista.»

«Ma perché gli hai parlato così, adesso? Sta facendo i biscotti con Stephanie!» esclamo esasperata.

«Come ho detto, è uno stronzo opportunista.»

«Basta! Mi arrendo.» La mia esasperazione aumenta ulteriormente, e mi incammino su per le scale a passo pesante, con Cole alle calcagna che mi mette una mano alla base della schiena e mi sussurra all'orecchio.

«Anche se non sono il tipo da corde e frustini, sono più che disponibile se vuoi trovare un modo salutare di sfogare tutta questa aggressività.» Il suo fiato caldo mi solletica la nuca.

«Magnifico.» Stringo i denti per non lasciarmi influenzare

dal suo tono mellifluo. Mi giro verso di lui e, con la voce più sexy che riesco a fare, proseguo: «Sono proprio dell'umore per una lunga, lunga, lunga notte di...» vedo sobbalzare il suo pomo d'Adamo, «chiacchiere. Parliamo un po' delle nostre emozioni e dei nostri sentimenti, così potrai entrare in contatto con il tuo lato più femminile. Cosa ne dici, tesoro, ti eccita l'idea di qualche bell'elenco?»

Mi afferra e mi carica su una spalla, e io non riesco a trattenere un sorriso. Forse stanotte non parleremo affatto.

La mattina seguente sono la prima a scendere al piano di sotto. Con addosso una maglietta e dei boxer di Cole, spero davvero di non incontrare un altro Stone perché non sono ancora completamente a mio agio a passare la mattina dopo a casa dei genitori del mio ragazzo. La testa mi fa male da morire e, anche se Cole mi ha costretto a prendere un'aspirina con dell'acqua prima di addormentarmi, mi sono svegliata con l'emicrania del secolo e la gola secca. Mi verso un bicchierone di acqua fredda e inizio a berlo, ma me ne rovescio metà sulla maglietta quando mi ritrovo Cassandra alle spalle, e per poco non mi viene un infarto. Per fortuna è una dottoressa.

«Oh, mi dispiace, Tessa. Non volevo spaventarti.»

Tra i colpi di tosse per l'acqua che mi è andata di traverso, le rispondo a fatica. «Tranquilla, è tutto a posto. È solo che oggi sono un po' troppo nervosa.» Tampono il davanti della maglietta con della carta assorbente mentre lei mi osserva preoccupata.

«Hai i postumi di una sbronza?» mi chiede. Vorrei solo scomparire, sciogliermi in una pozza sul pavimento di marmo e non rivivere mai più questo momento.

«Un po'», mormoro.

Mi sorride, ma non con gli occhi. «Prendi delle uova dal frigo, così prepariamo il miglior rimedio del mondo dopo una bella sbornia.»

Ci mettiamo al lavoro in silenzio e ho un tuffo al cuore. Anche se è gentile con me, questa non è la Cassandra che ormai considero praticamente una madre. Lei ha sempre fatto il tifo per me, è sempre stata dalla mia parte anche quando non avevo idea dei sentimenti che provavo per Cole. Ha avuto un ruolo fondamentale nel farci mettere insieme e restare uniti e non sopporto la sensazione che stia per tagliare i ponti con me.

Usciamo in veranda per fare colazione e tento di scusarmi per la notte scorsa, ma lei fa un gesto sprezzante con la mano.

«James e io», dice riferendosi al marito, «abbiamo scoperto cosa è successo, cosa ti hanno fatto quelle ragazze. Non ti biasimo, anche perché sarebbe ipocrita da parte mia. Ho avuto anch'io le mie liti con delle groupie ubriache. Non è questo il problema, ma sono certa che ti sei accorta anche tu che un problema c'è.»

Il cibo che ho in bocca mi pare diventato segatura e, in preda a una nausea violenta, allontano il piatto.

«Sì, me ne sono accorta, Cassandra, e mi dispiace moltissimo per tutti i guai che ho causato a te e alla tua famiglia. Il gala era un evento davvero importante e non riesco nemmeno a dirti quanto mi sia sentita in imbarazzo sapendo che i membri del consiglio di amministrazione preferivano che io non partecipassi. Non avrei mai voluto che le questioni della mia famiglia si ripercuotessero in questo modo sulla vostra.»

Mette una mano sulla mia, per rassicurarmi. «Ti prego, Tessa, non c'è bisogno che tu me lo dica. Non ti punirei mai per gli errori dei tuoi genitori. Siamo adulti, quindi non ho intenzione di farti una predica né di giudicare nessuno. Non sono affari miei.»

«Ma?»

Fa un respiro profondo. «Ma spero che tu riesca a vedere le cose dal mio punto di vista di madre preoccupata, prima di arrabbiarti troppo.»

Sento un peso sul petto, come se qualcuno ci avesse messo sopra un'ancora, e ho un groppo in gola.

«Quando voi due vi siete messi insieme, io ho sostenuto la vostra relazione per motivi non del tutto disinteressati. Una parte di me pensava che, se finalmente Cole avesse avuto la ragazza dei suoi sogni, la mia famiglia sarebbe diventata più forte. Pensavo che sarebbe andato più d'accordo con suo padre perché non ti avrebbe più tormentato in continuazione, e lui e Jason sarebbero tornati amici.»

«Invece non è andata così.»

«Non sto dando la colpa a te. Quei ragazzi hanno i loro problemi e devono risolverli da soli. A preoccuparmi davvero è Cole e il fatto che, anche adesso che state insieme, non mi sembra affatto felice.»

Mi sento come se mi avessero afferrato il cuore e lo stessero stritolando. Sono sbalordita, e sopraffatta dalla pressione che mi ha messo addosso.

«Pensi che non sia felice con me?» chiedo con un filo di voce.

Scuote la testa. «Penso che la sua felicità sia legata alla tua. È felice solo quando lo sei anche tu, è triste quando lo sei tu e soffre quando soffri tu.»

«E la cosa è reciproca», insisto. «Per me è lo stesso. Perché dovrebbe essere un problema?»

«Perché non è normale», mi spiega, in tono amichevole ma deciso. «Il primo anno di università dovrebbe essere pieno di avventure divertenti, scatenate e spaventose. Dovrebbe essere un'opportunità per scoprire chi siete davvero. Finora da voi ho sentito solo gli stessi drammi che vi portate dietro dal liceo. Tu fai fatica a gestire il ruolo di Cole e lui si odia per questo. Abbiamo scoperto che ieri ha licenziato il suo agente. Si sente in colpa per averti trascinato sotto i riflettori perché sa che è l'ultima cosa di cui hai bisogno.»

«Ma, Cassandra, gli ho detto un'infinità di volte che non è colpa sua. Le mie insicurezze, i drammi della mia famiglia sono problemi miei. Non voglio che lui soffra per me.»

«Ma lui soffre ugualmente, e sai anche tu che non ti darà ascolto. Il legame che vi unisce è troppo profondo e in questo momento non fa bene a nessuno dei due. Speravo di non dover fare questa chiacchierata con te, ma dopo ieri... Tessa, per favore, non prenderla nel modo sbagliato, ma credo che al momento tu non stia rendendo felice Cole. È troppo ossessionato dall'idea di assicurarsi che tu non soffra per mettere se stesso al primo posto, e ho paura che con il tempo possa prendersela con te per questo.»

Mi sforzo di respirare a fondo, ma non serve a niente. Non ci riesco e ho il fiato corto, come se i miei polmoni fossero bloccati. Mi aggrappo al tavolo e faccio del mio meglio per tenere a bada l'attacco di ansia in arrivo, ma è tutto inutile. Sento un sibilo nelle orecchie e chiudo gli occhi per oppormi al disperato bisogno di piangere.

«Mamma, che diavolo le hai fatto?»

Ecco il mio salvatore, il mio eroe che si preoccupa sempre per me, che arriva sempre a trarmi in salvo.

11

Se esistesse l'Oscar come miglior tergiversatrice, io sarei Meryl Streep

L'ISTINTO mi dice di scappare, di correre al sicuro nella mia stanza e rannicchiarmi sotto le lenzuola confortevoli fingendo che gli ultimi dieci minuti non siano mai esistiti. Ma non è l'opzione migliore, non quando Cole pare sul punto di uccidere qualcuno, e la donna in pericolo è la cosa più vicina a una madre che lui abbia. Devo sistemare le cose, e subito, perché le parole di Cassandra continuano a risuonarmi nella mente. Forse però ci resteranno per sempre perché, che lei lo volesse o meno, dentro di me è cambiato qualcosa. Se la sua intenzione era di farmi mettere in dubbio tutta la mia vita, ci è riuscita. Dentro di me sento un turbine di emozioni, ma so che non devo essere avventata. Qualsiasi cosa io stia pensando, qualunque istinto di sopravvivenza io provi, in questo momento lo devo ignorare perché non posso e non voglio rovinare il rapporto tra Cole e sua madre.

Mi alzo dal tavolo ignorando l'espressione mortificata e stanca di Cassandra e raggiungo Cole, che mi scruta come se cercasse una prova fisica del danno che mi è stato inferto. Chissà se il dolore che si prova nel profondo si vede anche dall'esterno. È buffo che a lasciare le cicatrici visibili per tutta la vita siano le ferite superficiali, quelle di cui ti dimentichi dopo uno o due giorni, mentre il dolore vero e terribile che ti assilla per sempre non lo vede nessuno, nemmeno tu. Se dovessi immaginare come appare la mia anima in questo istante, a giudicare dalla sofferenza che provo direi che è come se qualcuno l'avesse cosparsa di benzina e le avesse dato fuoco.

«È tutto a posto, stavamo solo parlando.» Lo prendo per mano e lui mi lancia un'occhiata incredula, quasi chiedendosi come oso mentirgli.

«Stai piangendo», mi fa notare in tono brusco. Non me ne sono resa conto, ma ho le guance rigate di lacrime, e lui le asciuga con il pollice. «Non ci credo che stavate solo parlando.» Fulmina Cassandra con lo sguardo e io gli prendo il viso tra le mani, costringendolo a guardare me.

«Non arrabbiarti, non stavamo…»

«Forse tu e Tessa dovreste parlarne in privato.» Cassandra ci raggiunge e mi guarda comprensiva. Non è una cattiva persona e so che il suo problema non sono io. È solo un genitore che si preoccupa per il figlio, e dal suo punto di vista io e Cole non siamo una bella coppia. Sta proteggendo la sua famiglia, e lo capisco, ma a bruciarmi è la facilità con cui ha provato a sbarazzarsi di me. Forse sono presuntuosa, ma gli Stone mi hanno sempre trattato come una di famiglia, ed è dura sentirsi dire che almeno in parte il motivo delle loro difficoltà sono io e che devo allontanarmi da loro perché così possono salvare il loro rapporto.

«Dimmi cosa le hai detto.»

Fermamente convinta della sua posizione, nonostante il tono di Cole da far gelare il sangue nelle vene, Cassandra non batte ciglio.

«Le ho detto quello che ieri ho detto anche a te quando

abbiamo scoperto che avevi licenziato il tuo agente e quando abbiamo parlato dell'altra… questione. Penso che in questo momento della vostra vita nessuno di voi due dovrebbe essere tanto preso da un'altra persona. Forse voi non ve ne accorgete, ma noi sì. Questa situazione non rende felice nessuno, e mi piacerebbe che mio figlio lo fosse, e anche tu, Tessa, che tu ci creda o no. Non ci guadagno niente a fare la cattiva, ma voglio il meglio per tutti e due, e a volte è preferibile fare un passo indietro al momento giusto piuttosto che pentirsi delle proprie scelte quando è troppo tardi.»

Con quella oscura profezia, se ne va, chiudendosi la porta della veranda alle spalle e lasciandoci a discutere da soli.

Mi stacco dalle mani di Cole e mi allontano da lui. Mi accorgo di tremare e mi stringo con le braccia.

«Tu lo sapevi?»

Lui sussulta, ma rimane in silenzio.

«Da… da quanto la pensa così? Non riesco a credere che tu mi abbia lasciato girare per casa sua sapendo che non mi vuole nemmeno vedere. Mi sento così stupida… Per me era come una grande riunione di famiglia, invece per tutto il tempo lei aveva in mente di dirmi che… che io e te dobbiamo…»

Con in gola un groppo delle dimensioni di una pallina da golf, non riesco a finire la frase. Vedendomi in quelle condizioni, Cole mi abbraccia e mi tira contro il suo petto.

«Ascolta. La mia famiglia sei tu, più di ogni altra persona al mondo.» Faccio per interromperlo, ma lui prosegue. «Tu mi conosci sul serio, Tessie. Conosci quelle parti di me che ho il terrore di mostrare agli altri. Cassandra, mio padre e Jay sono importanti per me, ma con nessuno di loro mi sono mai mostrato…» fa un respiro profondo «…vulnerabile. A lungo ho pensato di essere io l'unica persona su cui poter contare, di non avere nessun altro oltre a me stesso. I miei genitori hanno fatto del loro meglio per volermi bene anche quando non gliene davo alcun motivo, ma la paura di essere rifiutato non mi ha mai abbandonato. Sono un gran casino... ero un casino», si corregge subito, nel vedere che sto per contraddirlo, «e so che con loro non sarò mai capace di aprirmi completamente, perché quando lo faccio le cose si mettono male in questa casa, e l'ho visto con i miei occhi.»

«Cole», sussurro. Mi piange il cuore per lui.

«Mentre con te non ho mai dovuto nascondere niente. Mi hai visto al mio peggio, quando ho toccato il fondo, eppure sei tornata da me, cazzo. Ti rendi conto di cosa significa per me?» Ora il suo tono è come una supplica. «Se dopo quello che ti ha detto Cassandra hai anche solo un'ombra di dubbio su di noi, sappi che al mondo non ci sarà mai un'altra persona che amerò quanto amo te, a cui affiderò la mia vita. Ho sempre pensato di essere l'unico su cui poter contare, ma tu mi hai fatto capire che non devo sempre avere il controllo su tutto e che ci sono anche altre persone a prendersi cura di me. Che ci sei tu.»

A questo punto si aprono le cateratte e non riesco più a trattenere le lacrime. Mi stringo a lui e cedo ai singhiozzi, perché c'è pur sempre un limite alle emozioni che una ragazza può sopportare. Non penserò adesso al futuro e non prenderò decisioni. Non abbiamo un piano B, ma quello che so è che, se il panico che leggo negli occhi di Cole rispecchia ciò che provo io, allora spetta a me dare la priorità alla nostra relazione rispetto a tutto il resto. Avrò anche perso il sostegno di una donna che pensavo mi volesse bene, ma la persona più importante della mia vita è qui di fronte a me, a pezzi, e non posso permettere a nessuno di intromettersi in quello che abbiamo. Lo devo a Cole. Non sono tenuta a spiegare il nostro rapporto agli altri. Che ci giudichino pure. A contare sono i nostri sentimenti, il nostro amore e l'intenso legame che ci ha sempre unito.

«Non darle retta», mi implora Cole.

E, per il momento, decido di ignorare ogni parte di me che muore dalla voglia di rivangare i vecchi demoni e gli scheletri nell'armadio che ogni singolo giorno mi spingono a dubitare di me, perché se nella mia vita c'è mai stata una verità assoluta, è che amo questo ragazzo più di me stessa.

Non sono una donna dai molti talenti, anzi non ne ho proprio nessuno. Faccio schifo a disegnare, dopo una o due settimane tutti i miei insegnanti di musica hanno abbandonato l'idea di portare alla luce l'innato talento musicale che secondo loro avevo e, se fossi stata interessata a uno sport qualunque, di certo non mi avrebbero soprannominato Tessie la Cicciona. Dunque di talenti artistici non se ne parla proprio. Certo, so ballare e scrivere decentemente, ma sapete cos'altro mi viene bene? Anzi, benissimo?

Tergiversare. Se esistesse l'Oscar come miglior tergiversatrice, io sarei Meryl Streep.

Se devo concentrarmi su qualcosa, potete scommettere tutti i vostri risparmi che la eviterò fino a quando non avrò nessunissima altra opzione. Perciò quando la matrigna del tuo ragazzo ti sbrana e poi ti butta via come una gomma da masticare senza più sapore, l'unica possibilità che ti resta è fingere che non sia mai accaduto. Una volta scappata da casa Stone come se fosse in fiamme, non ci sono più tornata. Senza offesa per Cassandra, ma credo che non riuscirò mai più a guardarla con gli stessi occhi. Avrà anche avuto a cuore l'interesse di Cole, ma la sua imboscata non mi è piaciuta per niente.

È stata scorretta ad accusarmi, come se fossi io l'unico motivo dei problemi della sua famiglia. Per quanto mi piaccia colpevolizzarmi, c'è pur sempre un limite. Chiusa in casa a crogiolarmi nel dolore però, a pochi minuti da quella di Cole, non riesco a evitare di ripensare a ogni singola cosa che lei mi ha detto. Non poteva essere altrimenti. Non si sgancia una bomba del genere su una ragazza come me aspettandosi che diventi subito un lontano ricordo. Sono il tipo che adora rimuginare sulle cose, che se ne sta seduta a pensare e ripensare, con gli ingranaggi che girano in maniera così vorticosa che mi potrebbe scoppiare la testa.

E allora tergiversare è un rimedio perfetto. Se non ci penso, se fingo che non sia mai successo, posso continuare a torturarmi.

Purtroppo, però, quando hai praticamente sempre intorno la persona al centro del problema, c'è un limite a quello che puoi negare. Al momento, Cole e io sediamo a tavola con mio padre, Travis e Beth. Sembriamo un perfetto quadretto uscito da un racconto di Edgar Allan Poe. Cami sarebbe stata l'Oscar Wilde della situazione, ma è partita per incontrare alcuni amici del liceo. Chissà perché papà ha insistito tanto per cenare insieme, visto che tutti avremmo preferito che non l'avesse fatto. L'atmosfera è carica di tensione e siamo a disagio. La rabbia che Travis e io coviamo nei confronti di nostro padre è palpabile. Non ne possiamo più dell'imbarazzo che abbiamo dovuto affrontare a causa sua negli ultimi tempi. A lungo abbiamo mostrato la facciata della famiglia unita, ma più i giornalisti scavano nel suo passato, più il nostro legame si sgretola. Per non parlare del fatto che, da come si comportano, sembra che mio fratello e Beth non sopportino nemmeno di stare nella stessa stanza. Quando lui le chiede se vuole altro vino, lei gli salta alla giugulare. Non sono ancora riuscita a chiederle che diavolo di problema abbiano e mi sento terribilmente egoista. Sono passati due giorni da quando tutto è andato a rotoli con Cassandra ma, ogni volta che chiudo gli occhi o lascio correre i pensieri, la mia mente torna in automatico a quella conversazione.

«Ehi, mi passi il pollo?» mi chiede Cole dandomi una leggera gomitata. Mi rendo conto di essermi isolata per gran parte della cena. Il tempo passa in un silenzio soffocante e, nell'istante in cui finiamo di mangiare, tutti saltiamo su dalle sedie. Beth non dormirà qui e, dato che lei e Travis hanno preso in affitto un appartamento prima di andare all'università e che lei ha venduto la casa della madre per pagarsi gli studi, l'unica alternativa che ha è stare da Megan.

Quando annuncia che se ne andrà, Travis non tenta nemmeno di fermarla, e io ne approfitto per seguirla fuori.

«Stai bene?»

«Sì. E tu?» risponde evitando il mio sguardo. «C'era un po' di tensione tra te e Cole.»

«Bel tentativo, ma non stiamo parlando di me. Stiamo parlando del perché tu e mio fratello sembrate sul punto di farvi fuori a vicenda. Non date un'immagine idilliaca dell'amore…»

«Già, e mi sembra passata un'eternità da quando era così», conferma con un sospiro. A prescindere da tutti i drammi con il mio ragazzo, non ci sono giustificazioni che tengano per il fatto di essere una pessima amica.

«Forza, dobbiamo andarcene subito da questa casa. Prendo la borsa.»

Lei annuisce, con aria sollevata. Forse in tutto questo tempo aveva bisogno di qualcuno con cui sfogarsi, e io non ci sono mai stata per lei.

Cole capisce subito che sto andando da qualche parte.

Dovrei essere contenta che sia così intuitivo, ma in questo momento è impossibile. Dopo la chiacchierata con Cassandra, siamo stati molto impacciati e non abbiamo passato del tempo insieme davvero. Quando siamo soli, siamo tesi e distanti e non sappiamo cosa dire. Ci stiamo sforzando di superare l'accaduto, di ignorare il fatto che le nostre famiglie pensano che non dovremmo stare insieme, e cerchiamo di vederci spesso proprio per far capire loro come la pensiamo.

Da quando la nostra relazione non si basa più su di noi ma sul dimostrare che tutti gli altri si sbagliano?

«Vai da qualche parte?»

Sta aiutando mio padre a sparecchiare, ma papà si allontana senza dire nulla per lasciarci un po' di privacy.

«Sì. Beth ha bisogno di parlare con qualcuno.»

Cole tenta di nascondere la delusione, ma io so leggere dentro di lui, e vedermi prendere le distanze in questo modo è una tortura. Quando lo guardo, però, rivedo Cassandra e mi tornano in mente le parole con cui mi ha ferito e su cui non ho ancora riflettuto per bene.

«Ok. Sai quando rientrerai? Mio padre ha bisogno di me per delle faccende, ma se mi mandi un messaggio quando sarai a casa posso tornare da te.»

«Senti, si sta facendo tardi e con Beth potrebbe andare per le lunghe. Mi sembra turbata e ultimamente non sono stata una buona amica. Magari mi fermo con lei da Megan per stanotte. Perché non ci vediamo domani?»

Si rabbuia all'istante, facendomi sentire la persona peggiore del mondo. A volte l'istinto di sopravvivenza è un bastardo. Cole fa per dirmi qualcosa, probabilmente di non lasciarmi andare o di tirare la testa fuori dalla sabbia e affrontare i problemi da persona matura.

Ma lui non sa che sono una campionessa nel tergiversare.

Quindi, prima che mi faccia sentire abbastanza in colpa da restare con lui, lo oltrepasso ed esco.

Sono rimasta a bocca aperta, e il mio gelato si sta sciogliendo sul tavolo. La cameriera dell'altra sera mi guarda in cagnesco perché toccherà a lei pulire questo casino ma, dopo la bomba che Beth ha sganciato, non potrebbe fregarmene di meno del gelato alla fragola. E che bomba, ragazzi.

«Cosa?» strillo e subito dopo mi accascio sulla sedia perché gli altri clienti ci fissano e Beth mi rivolge un'occhiata così fredda da far venire i geloni.

«Per favore, Tessa! Vuoi che lo scoprano proprio tutti? Insieme alle loro nonne? Sapevo che era una cattiva idea.»

«Mi dispiace. Non mi aspettavo che dicessi... be', quello. Non mi capacito che sia la prima volta che me ne parli.»

«Siamo stati bravi a fingere che andasse tutto bene, ma ormai sono al punto in cui non riesco nemmeno a guardarlo senza stare male. È da un po' che le cose non vanno più tra noi.»

«Mi dispiace così tanto... Forse non dovrei prendere le parti di nessuno, ma Travis è proprio un idiota.»

«Non è un'espressione abbastanza colorita, ma le tue orecchie da brava ragazza potrebbero prendere fuoco se ti ripetessi gli appellativi che gli ho affibbiato», sbuffa e con la cannuccia toglie la panna montata dal suo milkshake.

Rabbrividisco al pensiero di una lite tra due persone tanto cocciute. «E lui non si è scusato? Nemmeno una volta?»

«Ha provato a parlarmi, a migliorare la situazione, ma non gli ho mai sentito pronunciare le parole 'mi dispiace'. Le sue scuse ci farebbero un gran bene, mi dimostrerebbero che si vergogna del modo in cui si è comportato e di quello che ha detto, ma lui non ci arriva. Non capisce nemmeno perché sono così arrabbiata.»

O forse, essendo mio fratello, sta soltanto evitando il vero problema. Quando ci sentiamo messi alle strette, interrompere ogni comunicazione e isolarci da tutti è la nostra specialità.

«Ma tu adesso stai bene? Mi dispiace, non riesco neanche a immaginare quello che hai passato.»

Si stringe nelle spalle, come se tutta questa storia la lasciasse indifferente, ma nemmeno Beth è tanto forte. Quello che mi ha appena raccontato basta e avanza per lasciare il segno per un sacco di tempo.

«All'inizio, quando mi sono accorta di avere un ritardo, non sono andata nel panico. Non ero per niente terrorizzata all'idea di essere incinta», mi spiega con calma. «Cioè, sarebbe stato più che comprensibile farsela sotto dalla paura visto che sono al primo anno di università, non ho un soldo e ho una storia con un ragazzo che si sta ancora rimettendo in piedi. Non siamo neanche lontanamente pronti a fare i genitori, e un bambino sarebbe la cosa peggiore che potrebbe capitarci in questo momento, eppure ero felice.»

«Sei la persona più coraggiosa che conosca. Ci vuole ben altro che una gravidanza indesiderata per buttarti giù. Scommetto che saresti una mamma fantastica.»

Sorride mesta. «L'unica cosa che mi preoccupava era la reazione di Travis. Pensavo che si sarebbe spaventato ma allo stesso tempo sarebbe stato contento. Avremmo potuto farcela, ci saremmo impegnati entrambi e avremmo fatto funzionare le cose. Io avrei lasciato gli studi, li avrei ripresi più avanti e avrei cercato un lavoro, mentre lui avrebbe fatto qualche turno in più al locale, invece...»

Resto pazientemente in attesa del seguito. Da un lato non

vorrei sapere nulla del gran casino che ha combinato mio fratello, ma dall'altro voglio essere presente per la mia amica.

«Quando ha visto il test di gravidanza, ha perso la testa. Di brutto. Se avessi visto l'attacco di panico che gli è venuto... Sembrava un'altra persona. Ha impiegato un po' a calmarsi, mentre io tentavo di farlo respirare. Poi ha cominciato a urlare, non contro di me però, perché credo si fosse addirittura dimenticato che ero lì con lui. In quel momento l'ho guardato e la prima cosa che ho pensato è che speravo di non essere incinta. Ho pregato, praticamente per la prima volta in vita mia. Perché, visto come si erano messe le cose, sarei diventata una ragazza madre. Travis si stava comportando in modo inaffidabile e meschino, come tutti gli uomini che si portava a casa mia madre.»

Una lacrima solitaria scende lungo la sua guancia, e io comincio a escogitare un centinaio di modi diversi per uccidere mio fratello.

«Il suo desiderio è stato esaudito comunque, e anche il mio. Non ero incinta. Mentre aspettavo il risultato del test sono arrivata al punto di desiderare di non essermi mai messa con Travis. In quei minuti l'ho odiato per quanto era disgustato all'idea di avere un figlio. Di avere un figlio con me. E quando il test è risultato negativo, è stato come se lo avessero rianimato, te lo giuro.»

Non voglio essere io a farli lasciare e la loro storia è affare loro, ma il fatto che Beth stia ancora con mio fratello e che si comportino entrambi come se tutto fosse normale non è da loro. La Beth che conosco io lo avrebbe cacciato di casa subito dopo il risultato del test.

«Ti stai chiedendo perché sto ancora con lui, vero? Un comportamento del genere è un ovvio segnale che lui sia un coglione. Non esiste campanello d'allarme più forte e chiaro, ma il fatto è che», inspira a fondo, «Travis è un bravo ragazzo, uno dei migliori che ci siano. E, fidati, io ne ho incontrati di stronzi. Lui non è come loro e la cosa mi confonde un sacco. Non mi sarei mai aspettata una reazione simile da lui, e adesso voglio scoprirne il motivo. Come mai la possibilità che io fossi incinta l'ha fatto reagire in quel modo orribile? Ormai le cose tra noi non sono più le stesse e, per quanto lui si sforzi, non torneranno mai come prima. Lo amo e voglio che tra noi funzioni, ma dobbiamo andare avanti e chiarire diverse cose.»

«Hai provato a dirgli quello che vuoi? Perché io vedo solo molta rabbia, da entrambe le parti. Gli hai detto, con calma, quello che hai appena detto a me?»

Se fossimo in un quiz televisivo, sarei circondata da enormi frecce puntate verso di me con scritto sopra IPOCRITA. Stavolta ho toccato il fondo: le sto dando un consiglio che, malgrado la mia situazione attuale, non seguirei mai.

«Se la smettessimo di litigare anche solo per mezzo secondo, magari potremmo parlare, ma al momento siamo molto arrabbiati. Io non sopporto di stargli vicino e lui reagisce di conseguenza. Forse ci serve del tempo. Ci ho pensato parecchio e ho capito che non posso passare qui tutta l'estate. Sarebbe la fine, per noi e per il nostro rapporto. Uno di questi giorni ci diremo qualcosa di cui ci pentiremo, e così sarà tutto finito.»

Queste parole mi pungono un po' troppo sul vivo. Non glielo lascio intendere, perché non ha certo bisogno dei miei problemi oltre ai suoi, ma ogni cosa che ha detto mi rimbomba nella testa. La sua situazione mi sembra lo specchio della mia. Forse lei soffre di più, anzi, è ovvio che sia così, ma le nostre storie con gli uomini che amiamo sono sul punto di andare in frantumi. L'unica differenza è che lei sta facendo qualcosa a riguardo.

«Vuoi andartene? E dove?»

«Ho dei conoscenti a Boston, dei vecchi amici di mia madre», dice con noncuranza. «Ci sono già stata. È un bel posto per schiarirsi le idee.»

«Oh.»

«Non so ancora quando partirò, devo ancora parlarne con Travis. Non la prenderà bene, ma ho bisogno di stare da sola.»

«Ma certo.»

«Grazie per avermi ascoltato, Tessa. So che ti ho messo in una posizione difficile, ma sono felice di essermi tolta un peso.»

«E io sono felice di esserti utile. Andrà tutto bene, lo sai, vero? Se c'è una persona che so per certo che rimetterà insieme la sua vita e non mollerà mai, sei proprio tu.»

Annuisce, senza trattenere qualche lacrima. «Già, non scordarti che sono una guerriera.»

Quella notte non riesco a dormire e, quando la mattina dopo sento bussare piano alla porta, sarei disposta a uccidere per un caffè. Con gli occhi assonnati ed esausta, apro la porta e mi trovo davanti il viso sorridente di Cole. Nel vedere che come pigiama uso la sua maglietta da football, il suo sorriso si fa ancora più grande.

Chissenefrega se siamo troppo attaccati. Il mondo è talmente pieno di odio e negatività che, se penso al rapporto tra i miei genitori, ai problemi che Beth e Travis stanno affrontando e, stranamente, a Nicole e a quanto ha dovuto lottare per essere amata, mi rendo conto che è importante tenersi stretto il vero amore una volta che l'hai trovato.

Sono maturata così tanto che quasi quasi non mi dispiace più neanche per la somma assurda che sono costretta a sborsare per la retta dell'università.

«Ehi», sorrido a mia volta. «Non ti aspettavo così presto.» Apro del tutto la porta per lasciarlo entrare ma lui rimane sulla soglia, con aria adorabile e raggiante mentre io sembro un armadietto della palestra pieno di vestiti sudati. E probabilmente ho anche lo stesso odore.

Magnifico.

«Ho pensato che il momento migliore per farti un'imboscata fosse quando il tuo cervello gira al minimo.»

«Quindi a un'ora qualsiasi prima di pranzo?»

Sorride. «I trucchi del mestiere. In merito a questo, di sotto ci aspettano caffè e bagel. Perché non ti fai una doccia, ti vesti, facciamo colazione e poi usciamo?»

«È forse un modo gentile di dirmi che puzzo?»

«No, è il mio modo di farti togliere questa maglietta perché più te la vedo addosso, più mi viene voglia di richiudere la porta e restare qui per ore.»

Mi mordo l'interno della guancia e mi ritiro in camera. «Arrivo tra poco.»

Dopo essermi vestita, scendo di sotto e trovo mio padre e Cole che chiacchierano davanti a un caffè. Vedere che si prende cura della mia famiglia oltre che di me mi scalda il cuore. La maggior parte degli uomini se ne frega dei genitori o dei fratelli della propria ragazza, invece lui c'è sempre stato per me, passo dopo passo. Un altro elemento da tenere presente prima di decidere di gettare tutto al vento.

«Ciao, Tess. Non volevo rubartelo ma avevo bisogno di un parere.»

«A proposito di cosa?» Bevo un sorso di nettare degli dèi alla caffeina e adocchio il mio bagel al formaggio.

«È venuto il momento di dire addio alla politica. Anche se è stato bello essere sindaco, non vale certo tutti i guai che ho causato a voi ragazzi. Che diamine, mi sono lasciato coinvolgere così tanto solo perché vostra madre ha insistito. È chiaro che non sono bravo in questo campo. Mi è già costato il matrimonio e per poco anche la mia nuova relazione.»

Danielle, l'attuale fidanzata di mio padre, è stata un punto di riferimento durante questo casino. Chiunque altro sarebbe scappato a gambe levate, ma lei conosce benissimo tutti i particolari della faccenda e gli è rimasta accanto sempre, anche quando Travis e io abbiamo preso le distanze da lui.

«Ho fatto qualche investimento perciò a livello finanziario dovremmo essere a posto, spero...»

«Papà, non è una questione di soldi. Non lo è mai stata e spero che tu non sia stato infelice per tutto questo tempo solo per quello.»

«Avevo i miei motivi, ma sono contento che mi appoggi», dice con aria sollevata. «Ora devo solo parlare con Travis e con tuo nonno. Augurami buona fortuna.»

Gli do un bacio sulla guancia e lui va a fare le sue importanti telefonate.

«Sei bravo a dare consigli, eh?» Guardo Cole, che ha un sorriso da un orecchio all'altro. Ho ancora ben presente la situazione incasinata con Cassandra e, come quel suono fastidioso che ogni tanto si sente alla radio, le sue parole si rifiutano di uscirmi dalla mente. Ma combatterò fino alla fine.

«Be', ho pensato che, se volevo far tornare in carreggiata il nostro rapporto, dovevo fare alcuni cambiamenti. Questo è solo l'inizio. Non permetterò che tra noi tutto vada a rotoli così facilmente.»

Il cuore mi martella nel petto. «Ma sei consapevole del fatto che quanto è successo con Cassandra rischia di cambiare quello che c'è tra noi?»

«È convinta di avere ragione», dice rabbuiandosi. «Tessie, io voglio lottare per noi, vorrei gridarle che ha sbagliato di grosso attaccandoti a quel modo, ma tu devi capire che è mia madre. O, almeno, è la cosa più vicina a una madre che io abbia. Non posso...»

«Non ti sto chiedendo di rovinare il rapporto che hai con lei. È l'ultima cosa che voglio! Ma non ti rendi conto di quello che ha fatto? Da quel momento non faccio altro che chiedermi se sei felice oppure no. Non se sei felice con me, ma se forse con tutti i miei problemi ti ho privato della possibilità di avere una vita normale e senza drammi.»

«E pensi che la mia vita prima di te lo fosse? Normale e senza drammi?»

«Ma non voglio che la nostra relazione sia condizionata da tutto! Desidero che tu sia felice e in questo momento sto attentissima a non influenzarti con nulla che riguardi me, la mia famiglia o le mie stupide insicurezze.»

«Non è così che funziona!» esclama, quasi urlando. «Ci siamo dentro tutti e due. Non me ne frega un cazzo di quello che ti ha detto Cassandra. Non devi nascondermi nessuna parte di te. Per quanto le cose possano mettersi male, io ci sarò sempre per te.»

«Ma non ne hai abbastanza? Non sei stanco di tutte le brutte situazioni in cui andiamo sempre a finire? Non preferiresti stare con una ragazza come quelle con cui escono i tuoi amici? Spontanea, estroversa, spensierata, insomma, un raggio di sole del cavolo. Una ragazza che abbia il coraggio di mettersi la tua maglia e venire alle tue partite? Io non sono così, Cole. C'è qualcosa che non va in me. Non pensi di meritarti una pausa?»

«Solo il fatto che tu me lo domandi… mi fa venire il dubbio che tu non mi abbia mai creduto quando ti dico quanto ti amo. Se hai intenzione di permettere che anche le cose più insignificanti si mettano tra di noi, allora forse è meglio se ti lascio un po' di spazio per pensare a quello che vuoi davvero e a chi vuoi davvero. Perché se stai cercando una scusa per liberarti di me, io non te ne darò mai nemmeno una. Se ti serve del tempo per chiarire qualsiasi cosa ti stia passando per la testa, allora va bene, prenditi del tempo. Ma sappi che io ti aspetterò. Cassandra sarà anche il motivo per cui ci troviamo in questo casino, ma non venire a dirmi che non pensavi già tutte quelle cose.»

«Se sei così convinto che Cassandra abbia in qualche modo psicanalizzato l'uragano che covava nella mia testa, sei liberissimo di pensarlo. Non vuoi rovinare il rapporto che hai con lei? Non farlo. Ma sai una cosa? Penso proprio che accetterò lo spazio di cui parli. Mi servirebbe proprio per riprendermi dal trauma che mi ha causato tua madre!»

Ormai stiamo gridando entrambi così forte che il cane dei vicini si mette ad abbaiare. Ciò significa che anche mio padre e mio fratello hanno sentito tutto.

Ecco perché, quando Cole se ne va senza dire una parola, mi sento al tempo stesso sollevata e distrutta.

12

Chiamalo pure come vuoi. Un errore colossale?

«UNA scoperta di se stessi, una ricerca interiore, una strada per entrare in contatto con il vero io...»

«Perché non la chiami con il suo nome, cioè una gran cazzata?» Cami mi toglie il computer di mano e si butta sul mio letto. «Capisco che si debba lasciare spazio e tempo alle amiche quando affrontano una brutta rottura, però...»

«Ma noi non abbiamo rotto!» Continuo a ripeterlo a chiunque mi chieda come mai ho l'aspetto perenne di una a cui hanno risucchiato ogni briciolo di gioia e di allegria. Giusto per farvi capire, paragonata a me, Mercoledì Addams sembra il ritratto della felicità, un vero e proprio raggio di sole.

«Chiamalo pure come vuoi, ma perché non usi la mia espressione preferita? Un errore colossale? Enorme, delle dimensioni del Canada, per intenderci.»

Con un gemito, le lancio un cuscino. «Ho capito, va bene? Ti sei spiegata perfettamente. La mia parte preferita è stata quando sei venuta davanti alla mia porta alle cinque del mattino e per un'ora hai sparato a tutto volume *Sorry Seems to Be the Hardest Word.*»

«Be', un po' di Elton John nella tua vita non ti farebbe male, non dico altro.»

«Non sono così stupida: mi rendo conto anch'io che le cose ci sono sfuggite un tantino di mano, l'altro giorno, ma...»

«Sfuggite di mano? Vi ho sentito fin dalla mia stanza e, fidati, ho dovuto resistere all'impulso di scendere e prenderti a pugni sulle tette. Diverse volte.»

«Sembra doloroso.»

«Lo sarebbe stato! Ho una gran voglia di scuoterti, infilarti in un tritadocumenti e poi rimetterti insieme. Se avessi saputo quale livello avevano raggiunto i vostri problemi, sarei intervenuta molto prima.»

«Cosa vuoi dire?» A un tratto mi sento a disagio. Nella settimana e mezzo da quando è qui, Cami ha visto molti aspetti della mia vita famigliare, e nessuno che mi metta in buona luce. Non era certo mia intenzione costringerla ad assistere mentre la mia famiglia e la mia relazione si sgretolavano. Sapevo che a casa sua le cose non andavano benissimo e per questo l'ho fatta venire da me per qualche settimana perché vedesse il mio mondo. Come avrei potuto immaginare che sarebbe andato tutto a scatafascio?

Così come non avevo previsto di mostrarle un nuovo lato di me. Ha già assistito alle mie numerose crisi nervose all'università, ma per certi versi quelle erano contenute. Dovevo comunque andare a lezione e avevo altri impegni che non potevo ignorare. Qui invece è facilissimo ricadere nella routine dell'autocommiserazione e del dolore.

«Ok, te lo dico e basta.»

«No, ti prego. Con tutti i consigli per il mio bene che mi hanno dato questa settimana sono a posto per tutta la vita.»

«Ma per favore... Non ho intenzione di dirti delle assurdità come quel mostro di matrigna, con cui non sono affatto d'accordo. Gli adulti pensano di sapere tutto, eh? Be', ti dirò una cosa: in questo momento quella donna deve sentirsi una merda. Se credeva che Cole fosse infelice prima, quando stava con te, mi piacerebbe vedere cosa gliene pare da quando avete litigato.»

Non provo nessun senso di vittoria, e non ho certo voglia di gongolare. Cosa ci guadagno io da tutta questa situazione? Due giorni dopo la nostra lite sono crollata e ho dovuto raccontare la verità a Cami, che non la smetteva di assillarmi. È impossibile nascondere qualcosa a una persona che vive con te, a meno che quella persona non sia ottusa come mio padre o assorbita dal proprio inferno personale come Travis. Beth se n'è andata senza drammi, con un semplice messaggio. Adesso lui è a pezzi, ma io ho troppa paura ad avvicinarlo perché temo che prenderei le parti di qualcuno, e non sarebbero le sue.

Sì, al momento siamo proprio un'allegra famigliola.

«Ma torniamo al punto. Ho l'impressione che tutti ti trattino con i guanti. Ti stanno intorno come se fossi fatta di vetro e potessi andare in frantumi da un momento all'altro. E tu non fai niente per cambiare l'immagine che hanno di te, o comunque non abbastanza per far passare il messaggio che non hai bisogno di essere costantemente coccolata. Non so di preciso cosa tu abbia dovuto passare per giustificare tutte queste attenzioni, ma...»

«Niente di così traumatico, credimi, o almeno è quello che mi piace pensare. Al liceo la mia ex migliore amica è diventata la mia peggior nemica e si divertiva a bullizzarmi in modo pesante, in particolare per il mio peso, e da questo sono nati i problemi con il mio corpo. Mi odiava, mi ha soffiato il ragazzo per cui avevo una cotta da tutta la vita e mi ha fatto quasi molestare da uno dei suoi amichetti.

Aggiungici i problemi con mia madre, un fratello alcolizzato e tutta una serie di Yolande, e ti farai un'idea generale.»

Mi fissa sbalordita. «Cazzo!»

«C'è di peggio, lo so. Il mondo è un posto terribile e ogni giorno alle persone capitano cose tremende. Sono una ricca ragazza problematica da manuale, non trovi? Poverina, non sopporta di essere presa in giro dai compagni. I drammi del liceo? Devi superarli, ormai sei all'università. Chissenefrega se per diciannove anni hai vissuto solo di insicurezze: lasciati tutto alle spalle, come è giusto che sia. Non permettere che il passato influenzi le tue relazioni attuali. L'ho capito, sai. Me lo sono ripetuto un milione di volte, eppure...»

«Tessa, mi dispiace. Non volevo essere indelicata. Non sminuirei mai quello che hai dovuto affrontare.»

Accantono le sue scuse con un gesto della mano. Non sono offesa né arrabbiata con lei. «Hai ragione. Le persone che amo, la mia famiglia, i miei amici si muovono in punta di piedi con me. Hanno paura di dire la cosa sbagliata al momento sbagliato, e io non faccio nulla per cambiare le cose. Forse è per questo che lo scontro con Cassandra mi ha turbata tanto.»

«Se vuoi sapere come la penso, la matrigna di Cole si sbaglia e forse è troppo convinta di quello che vuole per lui per vedere la situazione da una prospettiva diversa. Secondo me, per esempio, voi due siete perfetti insieme, se solo vi lasciassero stare nella vostra bolla. Non c'è nulla che non vada in voi due come coppia, e quando siete insieme si sentono i cori degli angeli e l'aria si riempie di cuoricini. A complicare le cose sono tutti gli altri fattori.»

Riesce quasi a strapparmi una risata. «E cosa ci suggerisci? Di andare a vivere su un'isola deserta?»

«Se c'è campo per il cellulare e una spa per quando

verrò a trovarvi, mi sembra una bella idea. Sul serio però, Tessa, non riesco a credere di dovertelo dire. Quello che hai è fantastico. Ti rendi conto di quanto sei fortunata ad aver trovato l'anima gemella? Se io incontrassi il ragazzo in grado di toccare le corde del mio cuore, non lo lascerei più. Pensa a tutti gli appuntamenti a cui vado con un ragazzo dopo l'altro, nel tentativo di entrare in sintonia con qualcuno. È questo che vuoi? Vuoi uscire con un ragazzo per cui provi la metà di quello che provi per Cole solo per avere la vita facile, oppure vuoi stare con Cole e affrontare tutto a testa alta? Perché il punto è proprio questo. E, quando avrai la risposta, saprai cosa fare. Tutte queste cazzate non sono niente se pensi di aver trovato il vero amore.»

«Wow.» Per la prima volta, la nebbia nella mia mente si dirada, vedo ogni cosa in alta definizione e finalmente capisco quello che Cami sta tentando di dirmi. In passato, in molti hanno provato a spiegarmelo, Megan, Beth, Travis e mio padre ma, chissà come, nei momenti difficili riesco sempre a dimenticarmene e a ripiegare su quello che conosco bene: la sicurezza di isolarsi dal mondo. È facile fare di tutto per salvare se stessi, anche se ciò significa prendere le distanze dall'unica persona che ti rende felice. Certo, Cassandra mi ha detto delle cose orribili, mi ci vorrà un po' per superarle, mi metterò di nuovo in discussione ed è un vero peccato, ma in fin dei conti lei non sa cosa c'è effettivamente tra me e Cole, o almeno non lo sa bene quanto noi. Tutte queste stupidaggini sul fatto che non siamo fatti l'uno per l'altra, che il nostro legame è nocivo, malato... Perché nessuno capisce che Cole è la cosa più pura che io abbia mai avuto in vita mia?

«Ho intenzione di abbracciarti e ti avviso che potrei anche soffocarti», dico a Cami. Non sto più nella pelle all'idea di uscire dal letto e correre da Cole, malgrado il rischio di incappare in Cassandra.

«Ci mancherebbe.»

È un bellissimo momento tra amiche, fino a quando lei scoppia a ridere a crepapelle. «Jay Jay. Avevi una cotta per Jay Jay? Come fai a pensare che sia anche solo lontanamente attraente? La vernice secca ha più personalità di lui!»

«Adesso lo so.»

Si asciuga le lacrime. «Tornando alle Yolande di cui parlavi, c'è qualcosa che devo sapere?»

E così le racconto tutta la sordida storia. Se le abilità voodoo di Cami funzionano, da qualche parte nel mondo Erica sta soffrendo molto.

Impiego altri due giorni per togliere la testa dalla sabbia. Due giorni di silenzio radio da parte di Cole. Non è affatto da lui, perché ogni volta che litighiamo è il primo a farsi avanti e a scusarsi, anche quando non è colpa sua. Io sono maggiormente ostinata e ora più che mai apprezzo la sua gentilezza, la sua insistenza nel far funzionare le cose tra noi e il suo entusiasmo. Con l'aiuto di Cami, mi sono finalmente tolta la tuta e mi sono messa in ghingheri. Indosso il vestito estivo giallo chiaro con gli inserti in pizzo che a Cole piace tanto, nella speranza che mostrare la scollatura mi aiuti a riconquistarlo. Quando ripenso alle cose che gli ho detto l'altra mattina mi sento male. Magari potrei dare la colpa agli ormoni, così probabilmente non vorrà saperne di più.

A passo un po' troppo allegro e con i capelli arricciati per l'occasione che mi rimbalzano sulle spalle, mi avvio verso casa di Cole. Arrivata alla porta, tendo una mano sudata verso il campanello. Se dovesse aprire Cassandra, sarebbe un inizio piuttosto imbarazzante per l'Operazione Pasticcino, come l'ha chiamata Cami. Se guardo in fondo alla strada, mi pare di vederla sulla mia veranda, ad agitare pom pom immaginari.

Faccio un bel respiro e suono il campanello. Aspetto pazientemente tre minuti buoni prima che arrivi Jay a torso nudo. Meglio di Cassandra, cominciamo alla grande!

«Ciao», dico, raggiante, ignorando il fatto che sia sudato e con il fiato corto. Forse l'ho interrotto mentre si allenava da solo… o con Stephanie.

«Oh, ciao, Tessa. Scusa, stavo…» si interrompe, indicando l'interno con un pollice. «Ti spiace aspettare un attimo mentre vado a mettermi una maglietta?»

«Va' pure», dico, sforzandomi di reprimere un sorriso. Non so di preciso cosa gli abbia detto Cole, ma adoro questa versione di Jay che pare terrorizzato da me.

Noto però che non mi invita a entrare e, data l'ostilità palpabile nell'aria, non ho intenzione di fare come a casa mia.

Dopo essersi rivestito, torna di corsa e si chiude la porta alle spalle. Sembra ancora più a disagio del solito con me e ho la brutta sensazione che, qualsiasi cosa stia per dirmi, non mi piacerà. Jason Stone mi ha sempre dato cattive notizie.

«Immagino che Cole non sia in casa.»

Lui abbassa la testa e dà un calcio a un sassolino. «No. Se n'è andato ieri sera.»

Ho un tuffo al cuore.

«Cosa vuol dire che se n'è andato? Dove?»

«Vorrei potertelo dire e giuro che ieri sera volevo venire a chiamarti quando la situazione ha cominciato a sfuggirci di mano, ma lui mi ha fatto promettere che avrei aspettato che fosse partito prima di avvisarti. L'ho fatto, e oggi non sapevo come dirtelo...»

«Per l'amor del cielo, Jay, vuoi spiegarmi cos'è successo ieri sera?» lo imploro, trattenendomi a stento dal gridare.

«Ha litigato con la mamma. Stavamo cenando e lei ha fatto un commento su di te, sul fatto che forse era una buona idea per voi due stare separati per un po' e lui è... esploso. Non l'avevo mai visto reagire così. A essere sinceri, però, mi aspettavo qualcosa del genere, considerate tutte le frecciatine della mamma sul prendervi una pausa. Le avevo detto di darci un taglio...»

«E lui se n'è andato? Ha litigato con Cassandra e se n'è andato?»

«Be', c'è dell'altro...»

«Oh, no.» So dove sta per andare a parare.

«Oh, sì. Sai com'è quando litigano, quei due. Mi hanno mandato via, ma ho sentito che le cose hanno preso una pessima piega.»

Eccome se lo so. Sia Cole sia lo sceriffo Stone hanno un bel caratterino e, per quanto si vogliano bene, quando padre e figlio non sono d'accordo le cose si mettono male.

«Scommetto che non ha preso bene il fatto che Cole abbia mancato di rispetto a Cassandra.»

«Se può esserti di aiuto, nemmeno a papà, cioè a James, è piaciuto quello che stava facendo la mamma. Le ha detto un sacco di volte di non mettersi in mezzo, ma quando hanno cominciato a litigare lui è dovuto intervenire e ha detto a Cole delle cose che non avrebbe dovuto dire. Ora si sente in colpa, e la mamma non smette di piangere. Non sanno dove sia Cole e nemmeno io. Abbiamo già sentito nonna Stone, ma non è andato da lei.»

Inspira, espira. Inspira, espira. Tra tutte le persone del

mondo, non metterti a piangere proprio davanti a Jason Stone. Abbi almeno un po' di dignità, Tessa. Mi faccio forza con qualche altro respiro e tento di assimilare la notizia che il mio ragazzo è scappato di casa senza una parola.

«Hai idea di dove potrebbe essere?»

«Stavo per venire a chiedertelo.» Pare deluso, proprio come me.

«Dammi un secondo per pensare. Non so cosa dire», balbetto. «Non riesco a credere che tua madre abbia fatto una cosa simile.»

Devo riconoscergli che non prende le difese di quella donna, forse perché sa che se osasse farlo gli darei una ginocchiata dove so io.

«Senti, io resterò qui», mi dice. «Se dovesse venirti in mente un posto dove può essere andato, fammelo sapere. Ha il cellulare spento e gli ho lasciato dei messaggi in segreteria, ma sono l'ultima persona con cui vorrà parlare.»

Scuoto la testa, in un gesto che esprime tutta la mia tristezza, tanto che il cane dei vicini, che non ha smesso un attimo di abbaiare, mi guarda con compassione.

«Ti sbagli, Jay. Quella persona sono io.»

Continuo a provare a chiamarlo. Prima o poi dovrà pur accendere il telefono. È incosciente ma non irresponsabile, e saprà che a casa ci sono un sacco di persone preoccupate per lui. In particolare io, i suoi genitori e magari Jay, e proprio per noi dovrebbe sbrigarsi a rendersi raggiungibile.

«Non riesco a credere che si stia comportando così!»

«Già, perché Dio ce ne scampi se per una volta a fare i capricci è lui. Si dev'essere dimenticato che nel vostro rapporto i capricci sono una tua esclusiva», Cami trasuda sarcasmo da tutti i pori mentre prepara la cena spostandosi qua e là per la cucina. Al momento, sono ridotta a uno straccio patetico e sono troppo nervosa per aiutarla, mio padre è depresso dopo aver deciso di abbandonare la politica e Travis non esce dalla sua stanza da giorni. Ecco perché la mia amica ha deciso che ci serve un bel pasto casalingo per rimetterci in pista, ed è tutta la sera che sta ai fornelli. Io però sono distrutta al punto da non notare nemmeno il profumo delizioso del suo sugo con le polpette.

«Adesso ti dirò come la penso, e credo davvero che in questa città ci sia un gran bisogno del tocco magico di Cami Hughes.»

«Oh, sì, ti prego, grande saggia, dimmi come fare per ritrovare il mio ragazzo.»

«Punto primo: non cercarlo. Inizialmente ero dell'idea che dovessi correre tra le sue braccia e dichiarargli il tuo amore eterno, ma ora che se n'è andato direi che gli serve del tempo per leccarsi le ferite. Immagina di trovarti al suo posto: tu gli hai spezzato il cuore e le cose a casa non gli vanno tanto bene. Se vuole scappare, perché non lasciarglielo fare? Non sei l'unica a poterti permettere questo lusso, sai? Anche se di solito tu ti rifugi nella tua testa, e tirartene fuori è una gran rottura di scatole. Forse anche lui ha bisogno di tempo.»

«No.»

«No?»

«Sì, no.»

«Alt, mi stai confondendo. Sì o no? Gli diamo un po' di spazio oppure no?»

«Noi non faremo proprio un bel niente, io< farò qualcosa. Scoprirò dov'è, mi metterò in ginocchio e...»

«Ehi, calma signorina, niente scene vietate ai minori. Tuo padre è nella stanza accanto.»

Alzo gli occhi al cielo. «...e mi scuserò, razza di pervertita. L'hai detto tu stessa: in questa relazione ci siamo Cole e io, sta a noi impegnarci per farla funzionare, e col cavolo che lo lascerò solo adesso, a torturarsi con pensieri e idee assurdi. Ha lavorato sodo per diventare una persona diversa. Lui non vive nel passato come faccio io, però ho paura che, se facciamo troppa pressione su di lui, si rintanerà in quella zona oscura in cui pensa che nessuno lo accetterà per quello che è, perché non vale abbastanza. Non posso permettere che accada, non a lui. Lui è la cosa più bella della mia vita, e di me. Se ricadrà nelle tenebre, non so se sarò in grado di farlo emergere di nuovo, come ha fatto lui per me.»

«Sono sicura che lo faresti e, se dovesse succedere, so che ci riuscirai. Per quel che vale, però, anche se non conosco Cole da molto tempo, so che è forte. E posso dirlo perché ho visto che si prende cura di te, che il suo pensiero costante è renderti felice. Ci vuole una forza speciale per essere tanto altruista. E poi, brava: hai superato il test! Sono contenta che non gli lascerai un po' di spazio, perché al momento non ne ha affatto bisogno.»

«Mi farai piangere di nuovo.»

«Ti prego, no!» esclama colpendomi con una spatola. «Non dovresti aver già esaurito le lacrime di tutta una vita? Come fa il tuo corpo a produrne ancora?» Esasperata, rovescia un bel po' di formaggio grattugiato nell'impasto delle polpette. «Aspetta di assaggiare queste e ti assicuro che non piangerai più, a parte qualche lacrima di gioia, s'intende.»

Ah, se fosse tutto così semplice!

* * *

Spero di essere sulla buona strada chiamando Landon, uno dei migliori amici di Cole della scuola militare. Studia in un'università vicino alla nostra, quindi a volte nel fine settimana escono insieme. Anche se Alex, il ragazzo di Megan, è il migliore amico d'infanzia di Cole, tra lui, Lan, Seth e Jameson c'è un legame diverso, di quelli che si creano solo quando si fanno esercitazioni e allenamenti insieme alle sei del mattino. Ho la sensazione che Cole sia da Lan, quindi faccio il suo numero con un certo ottimismo. Una volta siamo andati a trovarlo e, nonostante i flashback di Kimmy che mi invadono la mente, sorrido tra me. Se Lan vive ancora in quella zona, mi ci vorranno un paio d'ore per raggiungerlo. Se parto ora, potrei arrivare per le…

«Pronto?»

«Lan? Ehi, come stai? Sono io, Tessa.»

Nell'immaginare il mio romantico ricongiungimento con Cole mi sono distratta e ora non so cosa dire. Non sono brava a fare quattro chiacchiere, quindi forse dovrei andare dritta al punto e chiedergli se Cole è da lui oppure no.

Ma parlare sarebbe inutile perché, a giudicare dal volume della musica in sottofondo, Lan dev'essere in un locale. Allontano il telefono dall'orecchio e mi sforzo di sovrastare il rumore.

«Mi senti?»

«Aspetta un attimo. Esco», grida, e un minuto dopo la musica svanisce.

Mi attengo al piano: salto i convenevoli e gli chiedo se ha visto Cole. Quando risponde di sì, sento un tuffo al cuore. «È qui, ma sinceramente non credo che dovresti venire subito per incontrarlo.»

Sto impazzendo, perché sono stufa di tutta questa gente che mi dice cosa fare, specialmente quando si tratta di Cole. «È con te adesso, vero? Abbiamo avuto una piccola lite, ed è ferito per qualcosa che è successo a casa sua. Prenditi cura di lui, per favore. Io arrivo il prima possibile.»

Lui geme; non è un granché come risposta. «Aspetta, Tessa. Ti giuro che sarò il primo a tentare di farvi risolvere le cose, ma ha bisogno di tempo per sbollire la rabbia. Saprai anche tu che è incazzato.»

«Quindi ti ha raccontato tutto?»

«Ho sentito la versione riassunta e annebbiata dall'alcol, ma sì, me l'ha detto e, se vuoi un consiglio di cuore, lascialo stare per qualche giorno, ok?»

Sto per dirgli dove può mettersi il suo consiglio di cuore quando la mia attenzione viene attratta da una voce ubriaca in sottofondo. La riconoscerei ovunque.

«È ubriaco perso, vero?»

«Già.»

Chiudo gli occhi e faccio un respiro profondo, felice di essere sola.

«Me lo passi, per favore?»

«Non penso sia una buona idea. È completamente fuori di sé.»

«Lasciami parlare con lui, non ho molto da dirgli. Ho solo bisogno di sapere se sta bene.»

Gli ci vuole un po' prima di riuscire a dare il telefono a Cole. Sento che gli dice che sono io e, quando Cole ribatte che non vuole parlarmi, il mio cuore va in mille pezzi. Lo scambio di battute tra loro prosegue per un po', poi il tono di Cole si fa sempre più forte e aggressivo. Sono invasa da un dolore profondo, come non mi succedeva da tempo. Non vuole parlarmi, non vuole dirmi neanche una parola. Sento una porta che sbatte, poi la voce dispiaciuta e imbarazzata di Lan.

«Sono desolato che tu abbia sentito tutto.»

«Non preoccuparti, probabilmente domattina se ne sarà dimenticato. E non voglio che tu glielo ricordi. Prenditi cura di lui però, ti prego. Non sta bene. Parlerò con suo padre e risolveremo ogni cosa.»

«Come vuoi, Tessa. Fammi sapere quando sarai pronta a venire a trovarlo, ma non domani perché quando è in doposbornia è uno stronzo.»

Nonostante le lacrime, riesce a strapparmi un risolino.

«Quindi andiamo?»

«Certo che andiamo.»

«Ma Lan ha detto di lasciar passare un po' di tempo e di non...»

«Prima che le cose mi sfuggissero di mano e mi dessi praticamente la zappa sui piedi, Cole mi ha detto che non si sarebbe mai arreso per noi e che mi avrebbe aspettato per sempre. Adesso tocca a me risolvere questo casino.»

«Era ora!» esulta Cami.

«Quindi pensi che faccia bene?»

«Penso che finalmente sei tu a tirare fuori gli attributi e a lottare, invece di essere sempre la ragazza per cui lottare. Da' un po' di tregua a Cole, magari dopo tutto questo tempo ha bisogno di essere conquistato. L'hai mai fatto? Lo hai mai conquistato?»

Ripenso alla nostra storia, a quello che abbiamo passato, e mi rendo conto che è sempre stato Cole a travolgermi. È stato lui a provocare tutta la magia e i gesti plateali, a corrermi dietro, a farmi innamorare di lui, a tenerci insieme.

Essergli grata perché mi vuole amare sarebbe una cosa da malati, e infatti la sconvolgente sensazione che provo ora non è gratitudine, ma un misto di amore, riconoscenza e consapevolezza di quanto sono fortunata ad averlo trovato.

Mi metto d'accordo con Lan tramite messaggi e parlo con mio padre. In questi giorni mi aiuta moltissimo, ma forse dipende dal suo senso di colpa. Mi ci vuole un giorno e mezzo per organizzare tutto, poi parto. Ora è il mio turno di fare un grande gesto, di correre dietro al mio uomo e fargli una corte spietata, che lui mi voglia o no.

13

Attraente, bollente e conturbante, l'ABC della sventura

Appena mettiamo piede nell'appartamento, Cami si concede un fischio. «Ho deciso: mi trasferirò qui e non me ne andrò mai più.» Lascia cadere le valigie in mezzo all'open space al pianoterra, allarga le braccia e inizia a girare come una trottola. «È magnifico.»

Ha proprio ragione. È saltato fuori che il padre di Lan possiede l'intero palazzo, e ciò ha reso le cose molto più facili per il piano che ho ideato. Questo appartamento è simile a quello di Lan, con stupendi pavimenti di parquet, pareti color panna e finestre che occupano una parete intera. L'arredamento è piuttosto neutro, in attesa che il prossimo proprietario lo personalizzi. Per essere un appartamento ammobiliato, però, siamo state molto fortunate. È enorme, specialmente le tre camere da letto. A mano a mano che lo esploriamo, scopriamo che c'è la cucina dei sogni di Cami, con un piano da lavoro in stile rustico industriale ed elettrodomestici all'avanguardia. La lascio a sbavare e salgo di sopra, nella camera da letto padronale che occupa tutto il piano. È dominata da un letto gigante con la testiera imbottita e, come di sotto, prevalgono le tinte panna e bianche e c'è il parquet.

Anche qui c'è una finestra grande quanto la parete e, con la luce che entra dall'esterno, sembra di trovarsi in un sogno. È il genere di appartamento che ho in mente quando penso di andare a vivere con Cole e, per una frazione di secondo, mi immagino la vita dopo l'università, quando e se torneremo più vicino a casa. Adesso però non è il momento di pensare al futuro, se ne avremo uno. Nonostante tutta la spavalderia che mi ha fatto guidare fin qui, ho una paura folle. Forse stavolta ho fatto e detto troppo. Forse la mia più grande paura, cioè che un giorno le mie insicurezze allontanino Cole da me, sta diventando realtà. C'è un limite al bagaglio personale che un ragazzo può sopportare, e il mio basterebbe a riempire l'aeroporto di Los Angeles. Due volte.

Scaccio i pensieri negativi ed esco dalla camera da letto dei miei sogni. Penserò in seguito ai dettagli, per esempio il mio appartamento perfetto con la mia stanza perfetta in una città perfetta. Ora devo concentrarmi sul quadro generale della situazione, come il fatto che potrei aver respinto un po' eccessivamente il mio ragazzo.

«Ok, è ufficiale: voglio vivere qui! Facciamo finta di non sapere che non potrei mai permettermelo, posso sempre metterlo su Instagram, su Twitter, insomma fotografarlo e sognarmelo!»

Prende il telefono e, ben presto, viene risucchiata nel vortice dei social network.

Io invece non mi sento subito a casa come lei, perché sapere che Cole è due piani più sotto, ignaro della mia presenza, mi rende nervosissima. Sono eccitata, certo, ma non ho la più pallida idea di come reagirà. Forse gli serve più tempo per stare da solo, ma è proprio per questo che il mio piano è geniale.

«Allora, qual è la prima mossa? Incontriamo il sexy

delinquente spedito alla scuola militare o andiamo prima a prendere da mangiare?»

«Piantala di chiamarlo così, non è un delinquente. La gente va alla scuola militare per un sacco di motivi non per forza legati alla propensione al crimine.»

«Però non hai negato il fatto che sia sexy. Allora è così? Quanto è sexy? In una scala dagli One Direction a Chris Hemsworth, di quanto stiamo parlando?»

«Direi almeno come Chris Evans.»

«Sì!» esclama battendo le mani. «Adoro Chris.»

Le cose tra lei e Parker, un compagno di squadra di Cole, si sono decisamente raffreddate da quando Cami si è resa conto che lui ci provava allo stesso tempo anche con altre ragazze. Non l'ha tradita apertamente, ma non si è neanche scusato e alla fine lei ha capito di dover rompere. Non mentirò: la prospettiva che la mia amica si metta con Lan mi piace un sacco. Conoscendoli, sarebbero una coppia divertentissima. Ma considerando l'attuale casino della mia vita sentimentale, non ho nessuna intenzione di mettermi a giocare a Cupido.

Suona il campanello e Cami inizia a saltellare per l'eccitazione. «Dici che è Chris? Cioè Lan? Sembro bella in modo naturale, ma sfacciato e spontaneo? Come se fossi pronta per sfilare in passerella ma anche per fare una gita?»

«Quindi che aspetto dovresti avere?»

«Come spalla fai davvero pietà. Dimmi solo che sto bene e va' a prendere quel bel giovanotto.»

In effetti sta davvero bene, con il body nero e i pantaloncini a vita alta che le mettono in risalto il fisico sottile e le curve. Se Lan è sul mercato, sta per vincere alla lotteria.

Controllo dallo spioncino ed eccolo lì, carico di borse del supermercato. Apro la porta ma non ho neppure il tempo di salutarlo, perché mi travolge con un abbraccio piuttosto impacciato, viste le mani occupate da tutti quei sacchetti riutilizzabili.

«Sono davvero contento di vederti.»

Con un certo imbarazzo, do una pacca su una borsa. «Anch'io, Lan. Wow, non sapevo di mancarti tanto. E nemmeno di piacerti tanto.»

Si ritrae, con un gran sorriso e i capelli scuri che gli ricadono sulla fronte e gli danno un'aria adorabile. È un metro e ottanta di vero splendore e di un fascino dissoluto. Tra i folti capelli scuri, gli occhi verdi che mi ipnotizzano ogni volta che li guardo e il fisico slanciato da nuotatore, è proprio un bell'esemplare di maschio. Riesco praticamente a sentire Cami in estasi alle mie spalle.

«Mi piaci un sacco, Tessa, ma l'abbraccio era per il dolcissimo sollievo di non dover più fare da babysitter a Cole.» Mi supera e va a sbattere contro Cami.

O meglio, entra in collisione con lei. Incontrarla per la prima volta è come fare un frontale con un camion e poi essere colpito da una macchina su entrambi i lati. Non è certo una cosa tranquilla.

«Uh, ciao, amica di Tessa di cui mi piacerebbe tanto conoscere il nome. Sono Lan.» Le porge una mano e lei fa un passo avanti. Lo squadra dalla testa ai piedi, mi guarda e alza i pollici. «Penso che noi due andremo molto d'accordo.»

Mentre Lan e Cami flirtano alla grande, comincio a sistemare le provviste che Lan ci ha gentilmente portato. Cole deve avergli parlato della mia ossessione per la Nutella e i Kit Kat, perché trovo diversi barattoli e tre pacchi di mini Kit Kat. Oh mamma…

«Allora, qual è il piano? Vuoi scendere a trovarlo?» mi chiede Lan, mentre mi dà una mano.

«Non lo so. Dici che dovrei? Come sta?»

Lui si gratta la nuca, con aria imbarazzata. «Direi che sarebbe meglio lasciarlo dormire per smaltire la sbornia e provare più tardi.»

«Ancora? Ma non avevi buttato via tutti i liquori e nascosto la sua carta d'identità falsa?»

«Deve aver trovato un altro modo di mettere le mani su un po' di alcol, perché quando sono rientrato ieri sera era ubriaco perso. Di nuovo.»

«Dimmi, Petunia, com'è Cole quando beve?» si informa Cami.

«È... complicato. A seconda della situazione, può diventare emotivo o molto emotivo.»

«Quindi è un sentimentale. Niente che non possiamo gestire.»

«Cos'hai in mente, biondina?»

«Quel nomignolo non funziona quando ci sono due bionde nella stanza, ma bel tentativo.»

Sconfitto, Lan abbandona per un po' le avances.

«Senti, la mia amica non è venuta qui per starsene seduta con le mani in mano ad aspettare. Allo stesso tempo però dobbiamo fare molta attenzione, perché deve trovare il modo di far funzionare le cose. Se continua a rivangare il passato e a permettere che si metta in mezzo, non c'è molto che si possa fare, ma se ha intenzione di provarci, allora lo farà per bene una volta per tutte», spiega una Cami esagitata, gesticolando fin troppo.

«Sono d'accordo. Pensaci, Tessa: chi è l'unico a soffrire davvero per questo continuo tira e molla? Certo, tu lo fai per proteggerti, ma a subirne le conseguenze è solo Cole. Non pensi che abbia già abbastanza problemi in famiglia? Si fida di te ed è convinto che lo appoggerai sempre perché sei la sua ragazza, ed è brutto che non siate in grado di lasciarvi finalmente alle spalle tutti questi inutili drammi.»

«Sentite un po' questo bel ragazzo. Per essere così carino, ti facevo molto più cavernicolo.»

«Avete finito o devo lasciarvi soli?»

«Sì», rispondono all'unisono, ma Cami aggiunge subito: «Sì abbiamo finito, e non sì dovresti lasciarci soli. Non ce n'è affatto bisogno».

«Come vuoi, biondina. Scusa comunque, Tessa. Va' avanti.»

«Bene, perché il primo passo per riprendere il controllo della mia relazione è zittire tutte le voci che mi assillano la mente quando si tratta di Cole. Rispetto la vostra opinione e vi sono grata per il vostro aiuto, ma questo casino l'ho fatto io e spetta a me risolverlo. Alle mie condizioni.»

«Ma certo.»

«Hai ragione, mi dispiace. Mi sono lasciato trascinare», si scusa Lan. «Perché adesso voi due non vi sistemate e io torno a darvi un'occhiata più tardi? Probabilmente Cole non si è nemmeno accorto che sono uscito, ma potrebbe insospettirsi se non rientro.»

«Grazie mille per l'aiuto, Lan. Lo apprezzo molto.»

«Non c'è problema», dice facendomi l'occhiolino. «È bello vederlo con la ragazza a cui ha fatto la corte per tutti quegli anni. Sarà interessante appurare come lo corteggerai tu adesso.»

«Ho imparato dal migliore, perciò ho qualche asso nella manica.»

Spero solo che funzionino.

* * *

Vedo Cole per la prima volta il giorno dopo che Cami e io siamo arrivate. Mi ci è voluta una giornata intera per calmare i nervi e per convincermi che non gli sto troppo addosso. Forse, in una relazione, a volte bisogna lasciare un po' di spazio al proprio partner e noi non l'abbiamo mai fatto. Credo che in parte il fatto di conoscersi così bene renda difficile creare un legame analogo con un'altra persona. Se contiamo poi che siamo andati all'università insieme, lontano dai nostri amici e dalle nostre famiglie, ecco spiegato perché potevamo davvero contare solo l'uno sull'altra. Certo, l'università ci ha fatto avvicinare più che mai, quindi è comprensibile che il concetto di «spazio» e di tutto ciò che comporta in una relazione mi metta un po' in ansia.

Vuole viaggiare per tutta l'estate con i ragazzi in Sud America? Nessun problema! Se mi dice che vuole spazio, allora sarà meglio avvisare la Nestlé, perché finirò le loro scorte di Kit Kat.

Ecco perché, appena lo vedo nel parcheggio, mentre scende dalla macchina e si incammina verso l'ingresso del palazzo, decido di intercettarlo. Forse Cami avrebbe pianificato l'incontro un po' meglio per assicurarsi che le cose andassero lisce e mi avrebbe fatto curare di più il mio aspetto, ma i dettagli sono una follia. Cole mi ha visto truccata e agghindata con vestiti minuscoli e, ancora più spesso, con i capelli arruffati di prima mattina e il pigiama di Scooby-Doo. L'idea di provare a fare colpo su di lui mi sembra ridicola.

«Cole», lo chiamo, ma non mi sente. Forse perché all'improvviso la voce ha deciso di abbandonarmi. Con il nervosismo alle stelle, mi esce a malapena uno squittio. Forse, un po' di rossetto mi sarebbe stato d'aiuto.

«Cole», ripeto un po' più forte. Lo stavo aspettando sui gradini dell'ingresso e ora viene dritto verso di me. Cominciano a tremarmi le mani mentre valuto se urlare, ma questa volta mi ha sentito. Alza la testa e strizza gli occhi, come se non fosse certo che sono davvero io.

Nel vederlo lì in piedi a tre metri da me, a fissarmi senza muovere nemmeno un muscolo, come se non osasse neanche respirare, nella mia mente si fa largo una miriade di scenari. Per fortuna sto lavorando sulle mie insicurezze, altrimenti sarebbe una situazione decisamente imbarazzante.

«Tessie? Cosa... come... quando sei arrivata?»

Con passo un po' impacciato, mi corre incontro e, d'un tratto, eccolo vicino a me. Il resto non conta più niente. Sono di nuovo nel mio posto preferito al mondo, travolta dal suo profumo e circondata dal suo calore.

«Ciao», gli dico con voce più dolce e bassa. Ora che sono qui con lui, ho difficoltà a formulare vere e proprie frasi. Ci sono moltissime cose che devo dirgli e per cui devo scusarmi, ma sono così sollevata di essere accanto a lui che ho il cervello in pappa. Non è normale che sia così nervosa, specialmente non dopo più di un anno che ci frequentiamo, ma con Cole è così. Nonostante tutto il tempo trascorso insieme, quando sto con lui mi vengono ancora i brividi lungo la schiena. È dura però se ripenso all'episodio di appena qualche giorno fa, quando si è rifiutato di prendere il telefono e di parlarmi mentre io aspettavo in linea. Tuttavia, posso capire la sua rabbia. Il litigio con la sua famiglia deve aver peggiorato ulteriormente le cose per lui.

Il suo sguardo è caloroso e i suoi occhi blu sono quasi velati e iridescenti al sole del pomeriggio. Non si rade da qualche giorno e questo accenno di barba mi piace subito. Mi osserva come se morisse di fame.

«Cosa ci fai qui?» Tra noi c'è ancora una certa distanza e faccio un passo avanti.

«Te ne sei andato. Dovevo assicurarmi che ovunque ti fossi cacciato non stessi combinando troppi guai.»

Sembra divertito, ed è un vero sollievo. Ho passato tutta la notte a immaginarmi fin troppi scenari e nessuno andava a finire bene per me.

«E sarebbe l'unico motivo per cui sei venuta? Per tenermi sotto controllo?»

«Be', adesso che sono sicura che sei tutto intero, senza occhi neri né ferite visibili e il palazzo è ancora in piedi, posso cancellarlo dalla lista. Ma ci sono anche altri motivi.»

«E sarebbero?» Avanza verso di me, fino a fermarsi tanto vicino che devo mettergli una mano sul petto per lasciare una minima distanza tra noi. Più si avvicina, più tendo a perdere il filo del ragionamento.

«Ho pensato un po' e...»

«Non va mai a finire bene per me quando lo fai.»

«Ho detto che ho pensato un po', non che ho pensato molto. Allora, stavo dicendo, ho pensato un po' e mi sono resa conto che l'ultima volta che ci siamo visti sono stata ingiusta con te.» Deglutisco. «Finisco sempre per proiettare le mie insicurezze e le mie paure peggiori su di te e poi mi aspetto che tu sia una specie di supereroe, che sopporti ogni cosa e ti vada sempre tutto bene, che non ti lasci mai toccare da niente. Non è mai stata mia intenzione comportarmi a quel modo e mi dispiace se nell'ultimo anno è girato tutto intorno a me, se non sono stata una buona ragazza per te. Lo so che mi lamento un sacco, è tipico della mia famiglia. Dio, se sentissi mia madre dopo un incontro del suo club del libro, sembra quasi un sacrilegio se a qualcuno non piace abbastanza Mr Rochester. Comunque, il punto, o almeno uno dei punti, è che mi dispiace. Non avrei dovuto dirti quelle cose e non le pensavo affatto. È solo che… e con questo non voglio metterti in una situazione scomoda costringendoti a prendere le parti di qualcuno, però quando ho sentito le parole di Cassandra è stato come se qualcuno avesse dato voce alle mie paure più grandi. Non sto facendo la vittima, ma sentirsi dire che la persona che ami è infelice per causa tua è una cosa che ti ferisce nel profondo…»

«Smettila, Tessie! Mi spezzi il cuore.» Mi prende per le spalle e mi tira contro il suo petto. «Non mi devi nessuna spiegazione, mai. Non l'hai ancora capito? Lo so cosa sta succedendo in quella tua testolina, sempre intenta a pensare, a fare domande, a dubitare. L'ultima persona con cui dovrai mai scusarti sono io ed è una tortura sentirti parlare così, perché so che stai male e che dirmi queste cose non è stato facile. Però sappi che qualsiasi cosa accada, anche se le cose dovessero mettersi male, io non andrò da nessuna parte. Mi hai capito?»

Annuisco e, con un certo imbarazzo, mi rendo conto che mi bruciano gli occhi. Cole si accorge che sto piangendo, ma non dice nulla. Mi mette un braccio intorno alle spalle, mi tira contro il suo fianco e mi guida verso l'ingresso del palazzo. È stato molto più facile di quanto pensassi.

«Non vuoi sentire l'intera storia? Come ho fatto a trovarti, quando sono arrivata, se ho intenzione di restare, e la risposta è sì, insomma tutto?...»

«Ho la sensazione che me lo dirai comunque. Però ho una domanda da farti: dove sono le tue valigie? Forse Lan le ha già portate su? È per questo che faceva tanto il misterioso? Eravate in combutta per tutto questo tempo?»

«Diciamo di sì», confermo con una smorfia. «Ma le mie valigie non sono da Lan.»

Ci fermiamo in mezzo all'ingresso. «E dove sono?»

«In una stanza due piani più su, con Cami.»

Cole si gira verso di me e mi trafigge con lo sguardo. «Cosa?»

«Mi hai sentito. Io, ehm... penso che sia una buona idea vivere separati per un po'. Lan ci lascia usare l'altro appartamento dato che è libero e ho pensato che stare qui in città, lontano dai drammi di casa, potrebbe farci bene.»

«Ma possiamo stare nello stesso appartamento. Da Lan c'è un sacco di spazio.»

«Sì, ma è proprio questo il punto: nelle prossime settimane non condivideremo ogni spazio.»

È confuso. «Sei venuta fin qui per rompere con me, Pasticcino? È questo che stai facendo?»

«No!» strillo, costringendo gli adorabili condomini di passaggio a fermarsi e fissarci. Cole allora mi prende per mano e mi porta all'ascensore, dove aspettiamo pazientemente davanti alla porta. E con pazientemente intendo che la tensione che emana dal suo corpo è palpabile.

Una volta nella cabina, preme il bottone del piano di Lan e mi blocca in un angolo. «Allora, cosa stavi dicendo?»

«Stavo dicendo che ogni volta noi passiamo da zero a cento all'ora e non ci fa bene. O litighiamo o facciamo pace, non abbiamo una via di mezzo. Da quando siamo all'università o va tutto bene o va tutto male. O io mi preoccupo che un branco di cheerleader possa rapirti e ficcarti in una Mini Cooper...»

Alza gli occhi al cielo. «Non ci sto in una Mini.»

«Oppure, come dicevo, ci dimentichiamo bellamente di risolvere il problema di turno e riprendiamo a fingere che non ci sia nulla che non vada nella nostra situazione.»

«Quello che dici non ha senso, Tessie. Pensavo volessi

buttarti ogni cosa alle spalle e ricominciare, no? Tornare come prima, prima dell'università.»

«Ma è questo il punto! Ci aspettano ancora tre anni di studi e non possiamo passarli a ripetere sempre le stesse cose. O almeno io non posso, perché mi sono autosabotata talmente tanto che mi basta e mi avanza per il resto della mia vita. E ti prometto che ho chiuso con i dubbi e le debolezze. Però hai anche tu dei problemi da risolvere, lo sai, e decisioni importanti da prendere che riguardano la tua vita. Con tutti i miei drammi sempre in primo piano, non abbiamo mai davvero parlato di te.»

Apre la bocca per protestare, ma non glielo permetto. «Non osare dirmi che non ho ragione. La metà delle volte cancelli altri impegni per stare con me perché io ti ho fatto credere che siamo costretti a passare tutto il tempo libero insieme. Ne ho parlato con Lan, sai? So benissimo che non esci con i tuoi amici quanto dovresti e, anche se mi dovrò sforzare per non crollare sotto una montagna di sensi di colpa, le cose devono cambiare. Nella nostra relazione dobbiamo avere la priorità tutti e due, non solo io. E devi smetterla di trattarmi come se potessi rompermi.»

Alla fine dell'invettiva sono ormai senza fiato e siamo arrivati al piano di Lan. Non l'avevo programmato, ma quando Cole mi fa entrare in casa non riesco a oppormi. Richiude la porta e mi ci preme contro con il suo corpo. «Quindi, correggimi se sbaglio, vorresti che ti trattassi con modi più bruschi? È di questo che parli?» commenta con un sorriso attraente, bollente e conturbante, l'ABC della sventura.

«Datti una calmata, pervertito. Stiamo parlando di cose serie.»

Con un braccio sopra la mia testa, preme la parte bassa del

corpo contro di me. «Sono serissimo, fidati. Stavi dicendo che sono troppo delicato con te?»

«Non in quel senso.» Ho le guance in fiamme e lui ridacchia.

«Be', è quella l'impressione che mi hai dato. Prima tutti quei discorsi sul sadomaso e sui sex club e adesso non vuoi più che sia delicato con te. A quanto vedo, la risposta a tutti i nostri problemi è semplicissima.»

A queste parole, con un movimento improvviso mi ritrovo sollevata in aria. Mi dimeno per non cadere, infine gli metto le braccia intorno al collo. «Cosa… cosa stai facendo?»

«Parli troppo. Conosco un altro modo per risolvere i nostri problemi.»

Si avvia a passo rapido verso quella che immagino sia la sia camera e mi deposita sul letto. Si chiude la porta alle spalle, si mette ai piedi del letto e comincia a slacciarsi la camicia.

«Alt, fermati! Non è ancora il momento di toglierci i vestiti.»

«Sul serio? Ti starei anche a sentire, ma oggi fa davvero caldo e bisogna pur fare quel che si deve.»

Incrocio le braccia sul petto per proteggere la mia maglietta logora. «Ho detto che dobbiamo parlare. Puoi benissimo farlo con la camicia addosso.»

Mi rivolge un'occhiata tanto sensuale che una ragazza meno determinata di me si sarebbe subito tolta le mutandine. «Possiamo parlare dopo. Mi sei mancata un sacco, Tessie, e dobbiamo familiarizzare di nuovo con i nostri corpi.»

Rimango spiazzata e finalmente ho un'illuminazione. Lo osservo attentamente e, malgrado la stanza in penombra, mi rendo conto di quanto sia irrequieto. Il suo sguardo annebbiato che prima mi pareva tenero adesso mi fa suonare un campanello d'allarme e i suoi passi scoordinati sono un chiaro segnale. È stato bravo a nascondermelo finora ma…

«Sei ubriaco, vero?»

Alza gli occhi al cielo. «Ti ha chiesto Lan di parlarmi? Gli ho già detto che me ne andrò tra uno o due giorni.» La frustrazione che emana dal suo corpo è palpabile. In questo istante mi rendo conto che sta facendo la cosa che secondo lui funziona meglio: evitare di parlare del vero problema distraendomi con l'intimità fisica.

Adocchio il vaso sul comodino e valuto se lanciarglielo addosso, ma è di vetro e ha l'aria un po' troppo costosa perché io possa ripagarlo.

«Non c'è bisogno che Lan mi dica niente! Sono la tua ragazza, ci tengo a te e nessuno deve dirmi cosa fare. Ti ho appena visto scendere dalla tua auto! Hai guidato dopo aver bevuto? Ma cosa diavolo pensavi di fare?»

«Vuoi litigare adesso? Perché non sono dell'umore. Sbaglio o volevi ricominciare?» mi chiede in tono sprezzante.

«Ricominciare facendo sesso e dimenticandoci del perché siamo finiti in questa situazione? No, non era questo che avevo in mente. Lo vedo che stai soffrendo, Cole, quindi ti prego, se sono stata io a ridurti così, dimmelo. Incolpami, dimmi che sono stata io a farti del male. Parla con i tuoi genitori di quello che ti hanno detto e di come ti ha fatto sentire. È così che si risolvono i problemi, non bevendo.»

Nel parlare, mi sono rannicchiata in un angolo del letto, stringendomi con le braccia, mentre Cole si è allontanato e adesso è in piedi vicino alla porta, con espressione indecifrabile. Per la prima volta, non ho assolutamente idea di cosa gli stia passando per la testa.

«Prima che io me ne andassi, mi hai detto che non ti era piaciuto che Cassandra ti avesse psicanalizzato. Ora capisco perché è così fastidioso e gradirei molto se non cercassi di fare la stessa cosa con me.»

«Cole, non voglio fare di tutta questa storia qualcosa che non è. Non capisci quello che stai facendo? Vuoi fare sesso invece di parlarne, ti sei ubriacato chissà dove in pieno giorno e so che non rispondi alle telefonate dei tuoi genitori...»

«Cazzo, Tessie! È per questo che me ne sono andato. Volevo stare da solo senza che tu mi giudicassi. Non sto avendo una crisi di nervi quindi non preoccuparti, non è una ricaduta. È solo che...» sembra stanco, almeno quanto me, «mi serve soltanto un po' di tempo per calmarmi senza che qualcuno mi tenga costantemente d'occhio. Forse dopotutto è meglio che tu stia con Cami.»

Ahi.

«Ahi», fa Cami, aggiungendo altro gelato nella mia coppetta.

«Infatti.»

«Che stronzo! Tu tenti di aiutarlo e lui prima prova a farsi una semplice scopata e poi in pratica ti dice di andare al diavolo. Non so se sono ancora una sua fan.»

Fisso con aria tetra il mio gelato alla fragola mezzo sciolto. Dire che non è stato un gran successo sarebbe un eufemismo.

Ho fallito.

Ho toppato.

Sono caduta di faccia su una merdosa tonnellata di merda di cane.

Giusto per intenderci, la mia nave è affondata più in fretta del *Titanic*.

Mi sono spiegata?

«E allora perché ho la sensazione che te lo aspettassi? Non

ti vedo affranta né raggomitolata per terra. Avevo comprato qualcosina per l'evenienza e anche una mazza da baseball, in caso fossi stata costretta a picchiare qualcuno.»

«Lan ti ha portato a fare spese?» chiedo, per evitare l'argomento.

«Sì, e devo dire che sono colpita che non si sia comportato come i soliti ragazzi che vengono al centro commerciale con me. Sai, dicono che vanno a mangiare qualcosa e *puf!* non si fanno più vedere.»

«Esiste davvero un tipo che l'ha fatto?» Vorrei tanto scovarlo e ucciderlo facendogli più male possibile.

«Ben più di uno. Sai, tendo a lasciarmi prendere la mano. E non compro le solite cose da ragazza. A far incavolare è soprattutto il tempo che passo a prendere cianfrusaglie che probabilmente non userò mai in tutta la mia vita. L'Ikea è l'anticamera del paradiso, per me. Non andrò in chiesa tutte le domeniche, ma se vedessi l'Ikea della mia città... Moriresti!»

Scoppio a ridere e, nonostante le circostanze, mi immagino Cami in un negozio del genere e la facilità con cui possa lasciarsi trascinare in un vortice per ore.

«Bene, ora che mi sembri di umore migliore, raccontami cosa ti passa per la testa.»

Raddrizzo la schiena, perché lo stress di questa giornata mi sta devastando i muscoli. Ripensando al comportamento freddo di Cole nei miei confronti, vengo investita dal dolore. Non che mi aspettassi di essere accolta a braccia aperte, ma è stato così... diverso dal solito che non so come muovermi. Poi però, mentre uscivo in lacrime dal suo appartamento, ho incontrato Lan, che mi ha aiutato a calmarmi davanti a una tazza di caffè. E mi ha anche detto una cosa che ho sempre saputo e che ora spiego a Cami.

«Questo è il suo tipico piano di riserva: isolarsi da tutti.

Mentre mi aspettavo che fosse sempre disponibile per me e che mi aiutasse ad affrontare le mie paure, mi sono dimenticata che anche lui ha i suoi problemi e, quando cominciano a pesargli troppo, fa esattamente come me e allontana le persone a cui tiene di più.»

«Congratulazioni, avete vinto il primo premio come coppia più problematica! Cosa facciamo adesso?»

«Aspetterò per capire fino a che punto ha intenzione di isolarsi. A quanto ho visto, probabilmente dovrò incassare ancora qualche colpo al cuore prima che capisca che non ho intenzione di andare da nessuna parte. Prima di tutto però deve smettere di bere, perché così complica soltanto la situazione più del dovuto e uno di questi giorni starà male. Comincerò con le piccole cose, per sondare se è pronto a parlare senza essere sotto gli effetti dell'alcol. Con quello che ha passato mio fratello, lo sa che non transigo sull'argomento.»

«Quindi, in pratica, vuoi fare Cole meglio di Cole?»

«Qualsiasi cosa voglia dire, sì, è quello che farò.»

«E ti sta bene l'idea che potresti soffrire? Siamo venute qui convinte che avrebbe ceduto alla tua corte e invece ti ha preso a male parole e, a quanto mi hai raccontato, ci è pure andato giù pesante. In fondo», conclude stringendosi nelle spalle, «ti sei appena ripresa. Quello che ti dirà potrebbe scatenare una reazione anche da parte tua.»

«È un rischio che sono più che disposta a correre, perché so che lui farebbe lo stesso per me.»

14

Le guerre non si vincono mica con l'alito del mattino

La mattina seguente mi sveglio con una rinnovata energia. Ieri è stato un disastro? Be', posso riprovarci oggi. Dio solo sa quanto Cole abbia insistito solo per farmi aprire, per farmi accettare il fatto che un ragazzo come lui mi amasse e che, a differenza di molte altre persone di cui mi ero fidata, lui non mi avrebbe abbandonato nel momento del bisogno. Trattandosi di Cole, però, non sto solo ricambiando il favore, come se glielo dovessi e basta. Lo faccio perché lo amo e perché sono convinta che, una volta superata questa crisi, saremo più forti.

Di ottimo umore, fischiettando tento di preparare la colazione. Poiché non potrei mai ripagare i danni se dessi fuoco all'appartamento, mi limito a pane tostato e caffè. Come se fosse stata attratta dal profumo, Cami fa capolino dalla sua stanza sfregandosi gli occhi.

«Buongiorno. Hai fatto tardi?» Quando sono andata a letto, ieri sera, lei e Lan erano in soggiorno, e non so fino a che ora lui si sia trattenuto.

«Non è come pensi. Sì, è rimasto per un po', ma abbiamo solo parlato», dice con espressione di sfida. «Comunque, mi sembri decisamente allegra per essere una il cui ragazzo si è trasformato in uno stronzo da un giorno all'altro.»

A riprova del mio buonumore, non cedo alla tristezza. «Non pensi sia giusto che per una volta sia lui ad avere il diritto di comportarsi così? Non dico che mi vada bene, perché non sono il tipo che si lascia trattare male da un ragazzo, ma nella nostra relazione Cole è sempre stato quello forte. Non sia mai che per una volta si concede una giornata no. Sai, quando le cose brutte si accumulano l'una dopo l'altra e non riesci a sfogarti, alla fine…»

«…non ce la fai più e nella tua mente scatta qualcosa e in automatico decide di chiudersi, facendoti rintanare in te stesso?»

«Dimenticavo che sto parlando con una futura psicologa», replico ridendo. «Ma sì, una cosa del genere. Troppo a lungo gli ho lasciato credere di dover essere la mia roccia, e non sono riuscita a fare lo stesso per lui. Sai che sta pensando di abbandonare il football? È una decisione importantissima, e ne abbiamo a malapena parlato.»

Cami pare sorpresa, ma non fa commenti. Facciamo colazione, poi le illustro il mio piano per la giornata. È un sollievo sapere che mi sostiene fermamente. Mi aspettavo che mi dicesse che è un'idea stupida, che sono troppo avventata e impulsiva, invece secondo lei potrebbe funzionare, e chi sono io per contraddirla?

Soprattutto visto che è la presidentessa del comitato «È un piano talmente folle che potrebbe funzionare».

Armata di un enorme sacco nero per la spazzatura, scendo nell'appartamento di Lan. Non senza alcune occhiate curiose da parte degli altri condomini, che probabilmente si chiedono se l'amministratore abbia assunto una donna delle pulizie senza comunicarlo a loro. Li supero con un sorriso.

«I sacchi della spazzatura non bastano mai», commento agitandone uno a mo' di bandiera in direzione di un'anziana signora, che mi scruta come se sospettasse che lo voglia usare per nasconderci un cadavere.

Busso alla porta di Lan e lui mi fa entrare subito. «Allora andrai davvero fino in fondo», commenta, un tantino nel panico. «Lo stai facendo sul serio...»

«Calmati, Landon. È una settimana che beve, quindi non penso di dover già temere per la mia vita.»

«Sì, ma è messo male. Davvero male.»

Raddrizzo la schiena per fargli capire quanto sono determinata. «Hai mai sentito la storia di mio fratello?»

Abbassa lo sguardo, imbarazzato. «Forse Cole me l'ha accennata una o due volte.»

«Allora saprai che la situazione di Cole, per quanto spiacevole, non è neanche lontanamente grave come quella di Travis. Lui era ubriaco ogni singolo giorno per così tanto tempo che a un certo punto ho smesso di contare i giorni. E proprio quando speravo che avesse smesso, che fosse tornato il mio fratellone responsabile che poteva tenere insieme i pezzi della mia famiglia, lui mi ha deluso. Ma lo sai alla fine cosa ha funzionato?»

Mi guarda con aria di scuse. «Mi dispiace, non volevo insinuare che...»

«Una conversazione, una semplice conversazione diretta e sincera, Lan. Ecco cosa ci vuole. Non sto certo dicendo di aver curato mio fratello con le mie magiche doti dialettiche, ha dovuto comunque lavorare sodo su se stesso, ma quel discorso gli è servito per cominciare il suo percorso. Quindi per quanto la situazione di Cole ti sembri brutta o lui possa reagire in modo terribile, so come affrontare una sbornia che dura da una settimana.»

Nel suo sorriso si leggono tutto il suo affetto e la sua gentilezza. «Lo so che sai come fare, Tessa, ti credo. Perciò adesso mi tolgo dai piedi ma, se hai bisogno di me, mi trovi due piani più su.» Mi fa l'occhiolino e, proprio mentre sta uscendo, gli faccio una domanda importantissima.

«Quanto ti arrabbieresti se buttassi via ogni goccia di alcol che hai in casa?» chiedo, mostrandogli il sacco per cadaveri.

La sua espressione mi spezza il cuore, quindi gli assicuro che lo ripagherò di tutto.

Do il via alla mia missione dal locale più importante e più infestato: la stanza di Cole. Ci piombo dentro e la mia prima reazione sarebbe di scappare fuori per la puzza di alcol. Ma devo tenere duro, quindi scosto le tende e apro le finestre per cambiare l'aria. La luce del sole illumina il letto e Cole si ritrae, coprendosi il viso con il piumone.

«Ehi, Damon Salvatore, è ora di alzarsi!»

Tra i lamenti, borbotta qualcosa, ma nessuna parolaccia. Se non altro non ha dimenticato le buone maniere.

Mentre lui tenta di sottrarsi al sole mattutino, inizio a frugare tra le sue cose facendo un gran chiasso e riempio il sacco di lattine di birra e bottiglie mezze vuote di liquori dai nomi a me sconosciuti. Una volta perlustrati tutti i posti più ovvi, vado alla ricerca delle scorte segrete. Frugo nell'armadio, dove recupero altro bottino, e rovescio per terra il contenuto dei cassetti, dove trovo il vero e proprio tesoro. Un errore da principianti. Anche un bambino avrebbe trovato dei nascondigli migliori.

«Cosa stai facendo?» Cole è sveglio ed è appoggiato alla testiera del letto a torso nudo, in tutta la sua gloria. Ha i capelli arruffati, i muscoli che si gonfiano a ogni movimento e la tartaruga in bella mostra. Non è giusto che qualcuno con un doposbornia simile sia così bello.

«Buongiorno anche a te, tesoro. Non badare a me, faccio solo un po' di pulizia.»

Richiudo la porta con un po' troppa forza e solo allora lui si rende conto di quello che sto facendo. Cerca all'istante di alzarsi dal letto ma si muove lentamente e a scatti, a riprova degli effetti collaterali dell'ennesima notte di bevute.

«Fermati!»

«Neanche per sogno.» Tenta di strapparmi il sacco di mano, ma io stringo i denti e lo tengo premuto contro il mio corpo. Ce lo contendiamo per un po', fino a quando lui non si arrende. Un'altra dimostrazione dei danni che può fare l'alcol se un giocatore di football in perfetta forma non riesce a vincere una sorta di tiro alla fune contro una ragazza senza la minima forza nella parte superiore del corpo. E neppure in quella inferiore, per quel che conta.

Furente, Cole resta lì immobile, a fissarmi con le mani sui fianchi. Meriterei un applauso solo perché riesco a non abbassare lo sguardo, dato che come pigiama indossa solo dei boxer aderenti.

«Perché fai così? Non c'è bisogno che mi rimetti in sesto.»

«Perché qualcuno deve pur farlo.»

«Pensavo di avertelo già detto ieri: non mi serve l'aiuto di nessuno. Sto bene.» Se continua a digrignare i denti così, avrà dei danni permanenti alla mascella.

«E io ti dico adesso che potrebbe anche venirmi un'intossicazione da alcol solo a stare in questa stanza.

C'è una puzza terribile qui dentro. O forse sei tu? Per caso puzzi, Stone?»

Mi avvicino e fingo di annusargli il petto. «Sì, sei decisamente tu. Va' a farti una doccia», dico indicando il suo bagno personale.

«Devi andartene.»

«No, quello che devo fare è assicurarmi di avere un fidanzato ancora vivo e vegeto per il secondo anno di università.»

Mi fulmina con gli occhi, come se stesse per dirmi qualcosa, ma io mi metto una mano sul fianco e reggo il suo sguardo. Cole allora se ne va a grandi passi, sbattendo la porta del bagno. Una volta rimasta sola, recupero il suo portafoglio, prendo la carta d'identità falsa e la butto nel sacco.

Intanto che Cole si fa la doccia, ordino la colazione a domicilio dalla caffetteria dietro l'angolo, nella speranza di renderlo più accondiscendente rimpinzandolo con i suoi piatti preferiti. Il sacco della spazzatura è già nel cassonetto e per un attimo mi viene da ridere al pensiero che qualcuno decida di ispezionarlo.

Canticchiando tra me e me, mi metto a fare un po' di ordine nell'appartamento: è ovvio che ci vivano due ragazzi. Sto nascondendo una serie di riviste di cattivo gusto quando mi sento tirare contro un petto caldo. Le riviste mi cadono di mano e finiscono sul pavimento, da dove una bionda tinta con il seno prosperoso al vento mi rivolge uno sguardo sensuale.

«Dimmi che non sono tue.»

«No, a me piace un altro tipo di biondo, ricordi? Preferisco una tonalità calda, baciata dal sole, come i girasoli.»

«Come sei poetico.» È bello stare tra le sue braccia quando è sobrio e mi godo questa sensazione finché posso, perché so benissimo che nell'immediato futuro non gli piacerò più così tanto.

Mi giro e lo osservo con attenzione, per non lasciarmi sfuggire nessun dettaglio come è successo ieri. Mi sembra sveglio, con i capelli bagnati e i vestiti puliti. Il suo sguardo è limpido e contrito.

«Per quanto riguarda ieri, mi dispiace. Non intendevo dire la metà delle cose che ti ho detto.»

«E l'altra metà sì?»

«Non vuoi proprio darmi tregua, eh?» esclama esasperato.

Mi stacco da lui e incrocio le braccia sul petto, a mo' di scudo per il mio cuore in previsione di quello che ci aspetta. «Io voglio solo parlare, sei tu che continui a respingermi. Perché è così difficile per te?»

Sbuffa per l'esasperazione e va ad aprire il frigo, alla disperata ricerca di qualcosa che non troverà.

«Hai buttato anche le scorte di Lan? Non ne sarà affatto contento.»

Richiude lo sportello con un po' troppa forza per i miei gusti.

«Quando gli ho detto che lo ripagherò di tutto non mi è sembrato poi tanto preoccupato.» Cole scuote la testa e scoppia a ridere, senza alcun umorismo però. «Sei proprio venuta a rompermi i coglioni, eh?»

«L'unico motivo per cui sono qui, Cole, è perché ti amo e voglio fare per te quello che tu hai sempre fatto per me. Mi hai costretto ad affrontare i miei problemi a testa alta, anche quando io avrei voluto soltanto rintanarmi a letto e fingere che fossimo gli unici esseri umani al mondo. Ora voglio essere quella persona per te. Perché fai così tanta fatica ad accettarlo?»

Si versa un bicchiere d'acqua e noto che gli trema la mano. Gli passo le due pillole che gli ho portato contro il mal di testa che ovviamente lo tormenta, ma lui non le degna di uno sguardo. Non so quanto riuscirò a trattenermi dal dirgli altre cose che non è pronto a sentire, ecco perché quando mi avvisano che la colazione è arrivata faccio i salti di gioia.

«Perché non mangiamo qualcosa? Ho ordinato i tuoi piatti preferiti alla caffetteria di cui mi hai parlato l'ultima volta che siamo venuti qui.»

Lui si limita a fare spallucce, senza rispondere. Di colpo mi rendo conto che non c'è mai stato tutto questo imbarazzo tra noi. Ci sono state tensione, rabbia, passione e una serie di altre emozioni, ma questa soffocante incertezza di non sapere cosa fare è completamente nuova per me.

Spero che le uova strapazzate siano buone, che diamine.

Ma non lo saprò mai, perché quando risalgo nell'appartamento, Cole è sparito.

Non mi arrenderò. Ripeto, non mi arrenderò.

Per il resto della giornata faccio un continuo avanti e indietro tra l'appartamento di Lan e il mio. Verso sera devo ormai aver fatto impazzire sia lui sia Cami, infatti si offre di portarla fuori a cena. Mi chiedono di unirmi a loro, ma non posso. Sto ancora cercando di capire dove possa essere sgattaiolato Cole e l'ipotesi peggiore è che sia scappato da qualche altra parte dove non io non posso ritrovarlo. Questo pensiero mi assilla, ma mi rassicuro dicendomi che ha lasciato qui tutta la sua roba.

Alla fine decido di accamparmi nel salotto di Lan. Avvolta in una comoda coperta, mi raggomitolo sul grande divano che pare fatto di nuvole (lo giuro!) e mi butto in una maratona di una serie tv su Netflix. A metà della prima stagione partono gli sbadigli e, per resistere alla stanchezza, mi metto a controllare le ultime notifiche su tutti i social network. In pratica, aspetto che Cole mi mandi un messaggio ma, come nelle ultime diecimila volte che ho verificato, non ricevo assolutamente nulla da parte sua. All'inizio della seconda stagione ormai mi si chiudono gli occhi e abbandono l'idea di non addormentarmi. Scommetto che sognerò chi avrà scelto alla fine la protagonista…

Mi sveglio nel rendermi conto che mi sto muovendo, sospesa a mezz'aria. Che io ricordi, ho preso solo un analgesico contro il mal di testa prima di dormire e non capisco perché diamine io abbia le allucinazioni. Poi però mi accorgo che non sono sospesa ma sostenuta da due braccia decisamente robuste e familiari. La mia testa è appoggiata contro un petto che conosco bene e sotto il mio orecchio sento il battito regolare del cuore.

«Cole», mormoro nel sonno.

«Sono qui», mi rassicura lui. «Torna a dormire.» Mi sistema nel suo letto, che ora ha le lenzuola pulite perché le ho cambiate nel pomeriggio, mi copre con il piumone e spegne la luce. Sono troppo stanca per notare che non si sdraia accanto a me, ma prima di andarsene mi dà un bacio sulla fronte. Questo me lo ricordo.

«Sogni d'oro, Pasticcino.»

A questo punto, crollo.

La mattina seguente mi ci vuole un attimo per capire

dove sono. Appena mi rendo conto di essere nel letto di Cole, balzo in piedi e arranco fino al salotto. Eccolo lì, in cucina, intento a fare i pancake.

I pancake!

«Tu», gli punto contro un dito con fare accusatorio, «sta' fermo dove sei intanto che lavo i denti.»

«Già, perché le guerre non si vincono mica con l'alito del mattino», commenta lui, alzando gli occhi al cielo.

«È questo che mi aspetta? Una guerra?»

«Dipende se vuoi davvero complicarti la vita.»

«Sei così enigmatico e diverso dal solito che non so se strozzarti o strozzarti.»

Si stringe di nuovo nelle spalle. Se osa farlo di nuovo, giuro che prendo la padella e gliela spacco in testa.

«E se questo fossi davvero io? Se dopo tutto questo tempo mi fossi stancato di fingere di essere un bravo ragazzo e adesso mi sentissi abbastanza a mio agio con te da fare lo stronzo?»

«In primo luogo, questo non sei per niente tu. Nessuno riuscirebbe a fingere di essere qualcun altro così a lungo e così bene, quindi non ci casco. E poi, se questo stronzo lunatico fa davvero parte di te, allora sono pronta ad accettarlo perché tu hai sopportato un sacco delle mie diverse personalità: Tessa l'Ubriacona, Tessa la Gelosa, Tessa l'Insicura e potrei andare avanti per un bel po'. Quindi mi dispiace deluderti, ma non ho nessuna intenzione di scappare. E ora scusami, vado a rinfrescarmi.»

Dopo una doccia veloce, sono costretta ad affidarmi alla Cami che è in me perché qui da Lan non ho vestiti puliti. Però ho a disposizione una valigia di magliette di Cole, quindi ne scelgo una e me la infilo. Solo una maglietta. Con i capelli ancora bagnati, torno in cucina e con soddisfazione osservo la reazione di Cole. Nel vedermi, per poco gli occhi non gli saltano fuori dalle orbite e lascia bruciare un pancake.

Meta!

«Merda», borbotta lui e corre ad aprire la finestra e a spegnere il rilevatore di fumo. Vedendolo tanto affannato, scoppio a ridere e mi verso del caffè. Mentre me ne sto lì seduta al tavolo, mi rendo conto che da tempo i nostri ruoli sono predefiniti. Di solito è lui a farmi arrossire ma oggi, in questo istante almeno, il potere è nelle mie mani.

«Siediti e mangia. Poi magari potremo parlare.»

Lui mormora qualcosa a denti stretti ma si siede comunque di fronte a me. Nonostante il pancake bruciato, è riuscito a farne una quantità decente e ne spalmo la metà di Nutella, sotto il suo sguardo divertito. «Vuoi un pancake con il tuo barattolo di diabete?»

«Vuoi una porzione di cavoli tuoi con il tuo piatto gigante di giudizi?»

Alza le mani, in segno di resa. «Ehi, ritrai gli artigli, Tessie. Stavo solo scherzando.»

«Forse non sarei così suscettibile se cominciassi a essere sincero con me.»

«Va bene. Cosa vorresti sapere?»

«Dove sei andato ieri sera? Perché quando sono scesa a prendere la colazione sei sgattaiolato fuori?»

«Vuoi la verità?»

«Sì.»

«Me ne sono andato perché ho bisogno ancora di un po' di tempo per fingere di essere qualcun altro. Chiunque altro. E il fatto che tu fossi qui, a saccheggiare l'appartamento e a sbarazzarti di centinaia di dollari di alcol non mi è stato affatto d'aiuto. Allora sono uscito e ho guidato per un po' prima di accorgermi che non avevo più la mia carta d'identità falsa. Ovviamente l'avevi presa tu. Per la cronaca, mi costerà una piccola fortuna farmene fare una nuova della stessa qualità.»

«Oh, poverino, perché non ti trovi un lavoro allora? Ho sentito che i bagnini in città indossano un costume rosso con la scritta GUARDAGNOCCA sul sedere.»

Sbuffa e giocherella con il cibo nel piatto. «Se stai cercando di capire che problema ho, allora non ce n'è solo uno. Non sono venuto qui perché i miei hanno ferito i miei sentimenti o perché non riesco a convincerti che come coppia andiamo benissimo.»

«Non hai bisogno di convincermi. Lo so già.»

«E l'hai capito solo con me fuori dai giochi, quando ho smesso di provarci? Be', sarei dovuto scappare un sacco di tempo fa allora.»

«Sai, non capisco proprio tutta questa amarezza. Cosa mi stai nascondendo?»

«Forse», e dal suo tono è chiaro che qualsiasi cosa stia per dirmi potrebbe annientarmi e mandare all'aria la mia determinazione, «se passassi più tempo ad ascoltarmi invece di rinchiuderti nella tua testa, sapresti benissimo cosa c'è che non va.»

È come se mi avesse dato uno schiaffo, perché il dolore che provo per le sue parole è quasi fisico. Per uno o due minuti buoni resto impietrita, incapace di muovermi.

«Se ero una persona tanto orribile, perché sei rimasto con me?»

«Perché al cuor non si comanda e non possiamo farci niente. Cassandra aveva torto su noi due, sul fatto che tu non mi renda felice. Tu mi rendi felicissimo, Tessie, ma sempre e solo alle tue condizioni. Io mi sforzo di continuo di non fare nulla che possa far riaffiorare i demoni del tuo passato, però forse adesso sono stanco. Tentare di renderti felice e allo stesso tempo di essere felice mi ha sfinito.»

Ha ragione, ovviamente. Ogni parola che esce dalla sua bocca ha senso, ma me ne rendo conto solo ora, a posteriori. D'istinto vorrei esplodere e ferirlo come lui sta facendo con me.

«Cosa vuoi allora? Una vacanza tutto incluso?» chiedo in tono caustico, perché so che la metà delle cose che mi ha rinfacciato le ha dette soltanto per allontanarmi e per non farmi andare più a fondo in ciò che sta realmente accadendo. «Magari un po' di relax in una bella località di mare nel Sud della Francia. Quanto ti ci vorrà di preciso per riprenderti dall'insopportabile fardello di essere il mio ragazzo?»

«Tessa...»

«Zitto.» Voglio trovare le parole giuste per non dirgli qualcosa di terribile. Sarebbe facile insultarlo, andarmene come una furia e tornare di corsa a casa. Ma non è per questo che sono qui e, per quanto mi piacerebbe ferirlo come ha fatto lui con la bomba che ha appena sganciato, devo fare uno sforzo per mostrarmi il più matura possibile.

«Sono qui perché, nonostante quello che mi hai appena detto, per qualche miracolo io ti amo ancora. Quindi ho intenzione di restare e di fare tutto il necessario per far funzionare le cose tra noi. Quando sarai pronto a smetterla di fare il somaro ogni volta che tento di parlarti, sai dove trovarmi.»

O, almeno, tento di essere matura.

Una volta tornata nell'appartamento che divido con Cami, mi chiudo in camera mia con il portatile. Nelle due ore successive passo al setaccio ogni social network esistente in cerca di informazioni su Cole. Qualcosa mi dice che proprio qui troverò quello che non mi vuole dire. Un articolo in particolare cattura la mia attenzione e lo salvo tra i preferiti. Poi chiamo Jay e gli chiedo di parlare con Cassandra. Chissà perché non ho chiamato direttamente lei. Forse perché potrebbe benissimo rifiutare una telefonata da parte mia?

Con una certa riluttanza, Jay mi chiede se sono sicura di voler parlare con sua madre perché, a quanto pare, la famiglia Stone non è molto contenta del fatto che Cole continui a non rispondere alle loro chiamate. L'unico motivo per cui lo sceriffo non ha mandato una squadra a cercarlo è che, appena l'ho scoperto, ho subito detto a Jay dove si trova suo fratello. Ho passato troppe notti insonni a chiedermi se Travis fosse vivo quando non rientrava, per far vivere la stessa situazione a qualcun altro. Ma allo sceriffo e a Cassandra non è andata giù che io abbia detto a Jay di lasciare in pace Cole per un po'. In effetti, potrebbe sembrare ipocrita da parte mia dissuadere i suoi genitori dal parlargli quando io gli ho fatto un'imboscata, eppure qualcosa mi dice che Cole desidera stare lontano dai suoi molto più di quanto voglia respingere me.

«Pronto?» Il tono brusco con cui risponde mi provoca all'istante un gran senso di perdita. È davvero ridicolo che io soffra tanto per aver perso una figura materna mentre l'assenza della mia stessa madre mi ha sempre lasciato indifferente.

«Ciao, Cassandra.» Segue una pausa imbarazzata, ma alla fine decido di fare l'adulta e stringere i denti. «Jay ti avrà detto che sono con Cole.»

«Sì, e ci ha anche riferito la tua richiesta di non contattarlo.» Rabbrividisco al disprezzo nella sua voce ma, visto che ormai oggi sono partita in quarta per capire fin dove posso spingermi con gli altri, non mollo e proseguo con questa infelice telefonata.

«Non era una richiesta, più un suggerimento amichevole. Non sta molto bene al momento.»

«E pensi di essere più in grado di noi di assicurarti che stia bene?» Il suo dolore e la sua rabbia sono più che evidenti.

«Assolutamente no, ma dato che con me parla almeno un po' mentre si rifiuta categoricamente di parlare con te o con lo sceriffo, scusa se ho qualche difficoltà a proporvi di venire tutti qui per una bella riunione di famiglia.»

Mi mordo il labbro e mi insulto da sola per essermi spinta troppo in là. Con mia grande sorpresa però, Cassandra non mi risponde a tono ma si limita a sospirare. Ed è un sospiro di dolore e sfinimento.

«Non ti ha raccontato perché abbiamo litigato prima che se ne andasse?»

«Pensavo avesse a che fare con quello che è successo tra noi.» Per quanto mi imbarazzi tirare in ballo l'episodio in cui Cassandra ha fatto a pezzi il mio cuore, non ho altra scelta.

«Contrariamente a quanto credete tu e Jason, il rapporto che ho con l'altro mio figlio non gira solo intorno a te.»

Accidenti, ormai mi odia proprio.

«Se stai cercando di capire per cosa abbia litigato con suo padre, ti suggerisco di scavare un po' più a fondo perché la risposta è ovvia. Sono ancora convinta che per voi sarebbe meglio ricominciare daccapo con qualcuno con cui non condividete tante esperienze, ma penso anche che tu potresti dargli una mano.»

«Cassandra, in questo momento non ho bisogno di indovinelli. Se stai cercando di mettermi alla prova e questo è una specie di quiz su Cole, allora sappi che non ho tempo. Dimmi cos'è successo, per favore.»

«Chiedigli del ginocchio.»

Cosa? Il ginocchio? Non ha alcun senso per me e lo dico a Cassandra. Invece di stare qui a tentare di risolvere i suoi rompicapi, potrei andare da Lan e assicurarmi che Cole non sia scappato di nuovo.

Lei sospira come se fossi ottusa perché voglio qualcosa di più in risposta di una semplice parte del corpo umano. «Sono un dottore, riconosco un problema quando lo vedo, specialmente quando è ovvio. Il ginocchio gli sta dando problemi e forse, se tu ti interessassi un po' di più allo sport a cui lui dedica gran parte della sua vita, sapresti che è combattuto se continuare a giocare oppure no.»

«Questo lo so. So che sta pensando di mollare il football, ma ha una borsa di studio per lo sport… Gli serve tempo per rifletterci.»

«Be', non dovrà pensarci ancora per molto se continuerà a rifiutare di farsi controllare il ginocchio o di curarsi. Suo padre e io gli abbiamo semplicemente suggerito di farsi fare una radiografia. Ma forse l'idea che il football non sia più una possibilità è troppo per lui, soprattutto dato che non ha un piano B.»

Sono senza parole. In testa ho un turbinio di domande e passo al setaccio i ricordi, in cerca di un episodio qualsiasi che avrebbe potuto darmi qualche indizio. E se Cole avesse ragione? Se Cassandra avesse ragione? Davvero sono stata tanto presa dai miei problemi, tanto ostile nei confronti dello sport che ha reso la mia vita un inferno nell'ultimo anno da ignorare qualcosa che avevo davanti agli occhi? Ripenso alle volte in cui Cole accennava a un problema di cui parlare, ma poi cambiava argomento. Ripenso a come ha sempre evitato le domande sul suo futuro e a quanto ormai lo irriti il football.

«Pensi che sia questo il punto? Che pensa di non poter più giocare?»

«A seconda della gravità del problema e delle conseguenze che avrà sul suo stile di gioco, la sua paura potrebbe anche essere fondata.»

Sussulto. «Ma qual è la tua opinione da medico? Che probabilità ci sono?»

«Non posso dire granché senza una radiografia o una visita, ma se guardi qualche video delle sue partite, cosa che suo padre adora fare, vedrai che nel corso dell'ultimo anno i suoi movimenti sono peggiorati. Ho preso appuntamento con il suo allenatore del liceo, per capire se lui fosse a conoscenza dei problemi di Cole al ginocchio.»

«Oddio, ha giocato per tutto questo tempo rischiando di peggiorare la situazione, vero?»

«La mia paura più grande è una lesione del legamento crociato anteriore e, se non si fermerà, rischia di peggiorare le cose…»

«Ho capito. Rischia un danno permanente alla mobilità.»

«È stato uno dei motivi per cui abbiamo litigato, il fatto che non ce ne avesse parlato così da aiutarlo a trovare altre opzioni. Senza la borsa di studio, potrebbe dover andare in un'università meno costosa…»

«E per questo ci hai proposto di prendere strade diverse, perché vuoi che lui cambi università.»

«Non è una questione di soldi, anche se lui vuole pagarsi la retta da solo. Noi lo aiuteremo come potremo ma, per quanto sia prestigiosa, non ho mai pensato che la Brown facesse per lui.»

Chiudo in modo brusco la telefonata e lancio via il cellulare. Per fortuna c'è la moquette, quindi non lo rompo. Mi raggomitolo in posizione fetale, con le ginocchia contro il petto, e le stringo forte con le braccia. Sono un sacco di informazioni da assimilare, su cui riflettere. Mi prenderei a calci da sola per non aver colto i segnali, per aver finto che Cole il Quarterback non esistesse, per essere sempre stata io nella nostra relazione quella che aveva bisogno di essere accudita, quella assorbita dai propri drammi famigliari.

Adesso ho due opzioni: posso restare qui seduta a piangermi addosso per le mie scelte infelici oppure, per una volta in vita mia, posso passare al comando e prendere le decisioni difficili. Ora però sento di avere una determinazione che forse l'anno scorso, o il mese scorso, non avevo. Mentre rielaboro tutto quello che ho appena scoperto, nella mia mente comincia già a prendere forma un piano.

15

Al momento mi sento più come i Jonas Brothers

«TI va di andare a mangiare qualcosa?» domanda Cami, facendo capolino nella mia stanza, un po' esitante. Considerato che sono rimasta rinchiusa tra queste quattro mura per più di un giorno, non posso biasimarla per essere così circospetta. È convinta che mi stia crogiolando nell'autocommiserazione e nella disperazione per i problemi che ho con Cole, ma la cronologia del mio computer può dimostrare che, invece di piangermi addosso, ho fatto delle ricerche. Ragazzi, quante informazioni ho raccolto! Malgrado le sfortunate conversazioni con Cassandra e con Cole, decido di concedermi una pausa, e nel giro di un quarto d'ora sono pronta per uscire.

«Allora», esordisce Cami, che non è il tipo da giri di parole. Anzi, comincio a chiedermi come mai ci abbia messo tanto a decidersi a farmi queste domande. «È il caso che mi racconti cos'è successo ieri? Lan ha detto che quando è rientrato la camera di Cole era un disastro. Be', per usare le sue parole, pareva che fosse passata una tromba d'aria, e Cole aveva tutte le intenzioni di continuare a far danni.»

Non sta a me rivelarle i segreti di Cole, ci penserà lui quando sarà pronto, ma nel frattempo posso ammettere i miei errori. «Ieri ho avuto una specie di epifania. O meglio, la mia testa dura e io ne abbiamo avuto una grazie a Cole.» Davanti all'espressione confusa di Cami, mi spiego meglio. «Perché nessuno mi ha mai detto che sono una fidanzata orribile?»

«Perché non lo sei...»

«Sul serio? Quindi non pensi sia ingiusto che Cole sia sempre stato il mio cavaliere dall'armatura scintillante mentre io facevo vergognare le femministe del mondo intero comportandomi da damigella in difficoltà?»

«Sei un po' troppo dura con te stessa, non ti pare? Cole è protettivo nei tuoi confronti, ma mi sembra comprensibile visto che la tua vita è come una telenovela, e sono sicura che, se dovesse capitargli qualcosa di simile, tu faresti lo stesso per lui.»

Ma gli è già capitato qualcosa di simile! vorrei gridarle. Gli sta ancora capitando, ed è una cosa tanto grossa che potrebbe cambiare la sua vita, ma lui si rifiuta di parlarne con me. Appoggio la testa alla parete dell'ascensore, chiudo gli occhi e ripenso alle parole di Cole. Anche se ieri gli ho urlato contro, lui mi stava solo dicendo la verità. Io non ci sono mai stata per lui, come lui invece è stato presente per me. Lui è così intuitivo che gli basta un'occhiata per capire quando sono turbata o sto male, e fa di tutto per assicurarsi che nessuno mi ferisca. È devastante sapere di averlo deluso, di essermi concentrata così tanto a proteggere me stessa, a cancellare il giocatore di football che è in lui dalla mia mente e dalla mia vita per non perdere la fiducia nella nostra relazione, fino al punto di ignorare qualcosa che avrebbe dovuto apparirmi ovvio.

Arrivate nell'atrio del palazzo sono ancora sotto choc perché non mi accorgo del gruppetto di bei ragazzi altissimi intenti a parlare e sghignazzare tra loro. Una voce in particolare però mi risveglia dalla mia autocommiserazione perché non la sentivo ridere da un sacco di tempo.

«Cielo, o forse dovrei ringraziare Gesù Bambino? Natale è arrivato prima quest'anno.»

Cami fischia di ammirazione e loro si girano. O meglio, non solo loro, ma anche gli altri condomini di passaggio, che ci fulminano con lo sguardo. Le do all'istante una gomitata. «Potresti almeno non spogliare Lan con gli occhi quando siamo in pubblico?»

«Già, come se tu non stessi facendo lo stesso con Cole. Almeno tu sai cosa c'è sotto tutti quei vestiti. Io invece potrei non scoprirlo mai.» Mette il broncio e noto che Cole, Lan, Seth e Jameson, gli altri due amici della scuola militare, sono tutti in ghingheri, pronti per andare da qualche parte.

Io indosso dei jeans e una maglietta bianca.

Prima che io possa rientrare nell'ascensore, i quattro si incamminano verso di noi. Anche dopo aver cercato tutte le informazioni necessarie e ora che conosco il segreto di Cole, non so se sono pronta ad affrontarlo. Mi sento mortificata per essere stata una ragazza tanto orribile nei suoi confronti e non so proprio a che punto ho smesso di prestare attenzione ai segnali del fatto che anche lui si stesse scontrando con i suoi demoni. Lo vedo venire verso di me a passo sicuro e arrossisco. Dopo la nostra ultima conversazione mi sento scottata e un po' insicura. Potete dunque immaginare la mia sorpresa quando lui mi mette un braccio sulle spalle e mi tira contro il suo petto. Resto a fissare il suo viso di profilo, senza arrischiarmi a decifrare quello che gli passa per la testa.

Quando però Seth e Jameson mi salutano, sono costretta a riprendermi da quest'attimo di confusione dovuto a Cole.

«Tessa, che piacere rivederti.»

Mi stacco dal mio ragazzo e li abbraccio. Nell'ultimo anno

ci siamo visti solo in un paio di occasioni e, per l'ennesima volta, vengo invasa dalla vergogna all'idea di non essermi sforzata di più per convincere Cole a lasciarmi sola e a uscire con i suoi amici.

Seth mi trattiene tra le sue braccia un po' troppo a lungo e mi stringe molto più forte rispetto a Jameson. Poi sento qualcuno brontolare in sottofondo e scoppio a ridere. Ecco il mio cavernicolo.

Chiacchieriamo un po' e, con mio gran sollievo, tra me e Cole non c'è alcuna tensione apparente, anche se Cami ci guarda storto perché lui tiene per tutto il tempo una mano alla base della mia schiena. Non so nemmeno io come interpretare questo gesto, ma lascio la mano lì dov'è. I ragazzi ci dicono che stanno andando a una festa e ci propongono di unirci a loro, ma io rifiuto. L'ultima cosa di cui ha bisogno Cole in questo momento è passare altro tempo con me, ed è proprio per questo che non mi aveva parlato dei suoi piani. E poi, dopo i calci nel sedere che ho preso di recente, so quando è meglio lasciarlo andare e quando implorarlo di restare.

«Tu dovresti andare, però», dico a Cami. «Non è giusto che resti chiusa in casa con me per l'intera giornata. Ti divertirai.» E, in modo non troppo sottile, faccio un cenno con la testa in direzione di Lan, che sorride.

«No», protesta lei, «devi venire anche tu! Sei rimasta così tanto in camera tua che ormai soffrirai di claustrofobia. Quando sono venuta a tirarti fuori temevo di trovarti intenta a scarabocchiare sui muri.»

A questo punto capisco ogni cosa. «Era tutto programmato, vero? Tu lo sapevi che dovevano andare a una festa!»

Li scruto tutti e quattro, ma se non altro hanno la decenza di mostrarsi in imbarazzo. Poi guardo Cole. «Lo sapevi che volevano farmi un'imboscata?»

Accenna un mezzo sorriso e ho un tuffo al cuore. «Non fino a quando siete uscite dall'ascensore. Dopo di che ho dovuto stare al gioco.»

Abbasso lo sguardo sulla mia maglietta. «Sono sporca di dentifricio. Non vengo.»

«Possiamo aspettare mentre ti cambi.» Cami incrocia le braccia sul petto, nella tipica posa da donna con una missione da portare a termine.

«No, andate solo voi, davvero. E comunque non mi sento granché.» In effetti non è proprio una bugia: mi sento un po' debole perché non ho mangiato e ho una leggera nausea dopo aver passato tutta la notte sveglia con gli occhi incollati al computer. Andare a una festa è l'ultima cosa che mi va di fare.

«Cos'hai? Stai male?» Cole mi squadra dalla testa ai piedi e poi mi fissa in viso, come se cercasse una traccia fisica di qualsiasi cosa mi disturbi per schiacciarla sotto ai piedi.

Se non altro ci tiene ancora a me.

«No, è solo che a un tratto sono stanchissima. Voi però andate, tanto possiamo vederci domani. Voi sarete in doposbornia e io vi preparerò la colazione, o magari vi ordino qualcosa.» Percepisco benissimo lo sguardo di Cole che mi trapassa un lato del viso, ma non oso girarmi verso di lui.

Sono tutti riluttanti all'idea di lasciarmi a casa, in particolare Cami, che ora si sente tremendamente in colpa, ma le do un rapido abbraccio, faccio qualche allusione più che ovvia a Lan e li spingo fuori dalla porta. Cole è l'ultimo a uscire e, anche se al momento sembra che tra noi ci sia un oceano di distanza, dentro di me so che lui è ancora la cosa più simile a una famiglia che ho e, nel vederlo andarsene senza una parola né un'occhiata, sento un dolore fortissimo al petto.

Lascialo andare, Tessa, lascialo andare. Deve fare i conti con il suo futuro secondo i suoi tempi. Se e quando avrà bi-

sogno di te, tu ci sarai e sarai pronta ad aiutarlo ad andare fino in fondo nel migliore dei modi. Resto a guardarli finché la macchina di Cole si allontana, poi risalgo in casa. Con il mento alzato e la schiena ben dritta, torno nella mia tana per continuare a raccogliere le idee. E, pensando ai quaderni pieni di elenchi puntati e liste, mi scappa un sorriso.

Gli ci vuole un'ora prima di tornare e, con orgoglio, posso dire di non averla passata a controllare l'orologio come un'ossessa e di non avergli mandato neanche un messaggio in un momento di debolezza. A essere sinceri, una volta tornata nell'appartamento ho mangiato gli avanzi del cinese e mi sono rimessa al computer. Nonostante l'ora, in preda alla frenesia ho mandato qualche e-mail e, con mia grande sorpresa, ho subito ricevuto risposta. Una volta letto il contenuto delle e-mail, passo all'ultimo punto sulla mia lista. C'è un motivo se l'ho tenuto per ultimo perché, arrivata a questo compito in particolare, mi rendo conto di quanto fossero vere le parole di Cole. Lui ha sempre dovuto nascondermi una parte di sé e io non ho mai avuto problemi nel lasciarlo fingere. E adesso, mentre guardo i video delle sue partite, che con le mie e-mail dai toni piuttosto forti sono riuscita a farmi mandare, mi vengono le lacrime agli occhi, perché in campo è bellissimo. Già al liceo di rado andavo a vedere le sue partite e all'università, dopo qualche commento meschino e qualche spintone le poche volte che Cami mi ha trascinato allo stadio, ho smesso completamente di andarci.

L'istinto di autoconservazione colpisce ancora.

In questo momento però, con gli occhi incollati allo schermo, mi rendo conto che avrei dovuto sforzarmi di più, che non avrei mai dovuto permettere a tutte le ragazze malvagie e alle persone che mi giudicavano di mettersi tra noi. Mi sono persa un sacco di occasioni e forse ora non potrò più vederlo giocare. Mi mordo il labbro, nel tentativo di non piangere. Adesso devo guardare questi video e capire se il ginocchio di Cole gli sta dando problemi. Ormai ho visto abbastanza filmati di giocatori con una lesione del crociato anteriore da saperla riconoscere. Secondo Cassandra, Cole potrebbe essersi rovinato il ginocchio e, se continuerà a giocare senza le appropriate cure mediche, il problema potrebbe peggiorare.

«Oh, Cole», commento nel vederlo muoversi a scatti, rallentare la corsa, concedersi una smorfia di dolore pensando che nessuno lo stia guardando. A tradirlo non è tanto il corpo quanto la sua espressione. Gli sfioro il viso sullo schermo. Darei qualsiasi cosa per essere stata abbastanza forte da far sì che condividesse tutto quel dolore con me.

«Stai bene?»

Colta alla sprovvista, caccio un urlo, scatto a sedere sul letto e d'istinto chiudo il portatile. Con il cuore a mille, mi accorgo però che sulla porta della mia camera non c'è un assassino armato di ascia, ma solo Cole.

«Sarà meglio che mi avvisi la prossima volta!»

«Non volevo coglierti di sorpresa», dice in tono di scusa.

«Sorpresa? Un mazzo di fiori al mattino è una sorpresa, questa è una sorpresa come il clown che mia madre ha ingaggiato per il mio sesto compleanno. Ho avuto gli incubi per anni.»

Scoppia a ridere. Da tempo non glielo sentivo fare. «Ragazzi, me n'ero quasi dimenticato. Hai passato quasi l'intera giornata nascosta sotto il tavolo.»

«E sono uscita solo quando la parrucca del clown Maurice ha 'accidentalmente' preso fuoco. Non ti ho mai ringraziato.»

Pare in imbarazzo. «Volevo mangiare la torta e tu non la tagliavi perché eri troppo impegnata a nasconderti.»

«Certo, l'hai fatto solo per quello.» Sorrido e lui mi imita. La tensione tra noi sembra sedata, almeno per ora.

Poi però ripenso a ieri e alle parole che avevo bisogno di sentire anche se è stato così difficile accettarle e mi rendo conto che non possiamo gettarci tutto alle spalle con un semplice sorriso. Non possiamo tornare a essere il Cole e la Tessa di prima, perché la nostra storia non è mai stata alla pari e io ho lasciato correre già abbastanza. Cole si accorge che la mia mente ha preso il largo, non per il divertente ricordo del mio sesto compleanno, e si rabbuia in viso.

Indica con il pollice alle proprie spalle. «Ora vado. Prima di sotto mi sembrava che non stessi tanto bene e volevo essere sicuro che non ti mancasse niente», dice con espressione quasi divertita nel vedere il filo delle cuffie intorno al mio collo, il pacco di mini Kit Kat al mio fianco e il barattolo di Nutella sul comodino con un cucchiaio infilato dentro.

Ehi, avevo bisogno di rifornimenti per guardare tutti quei video.

Mi butto. «In realtà, ti va di restare? O magari possiamo andare da qualche parte. Sono un po' stordita dopo essere rimasta in casa così a lungo.»

Mi preparo per un rifiuto, perché non è ancora pronto a passare del tempo con me, eppure adesso è qui e ha abbandonato i suoi amici per venire a controllare come stavo, e mi piace pensare che debba pur contare qualcosa.

Non ha intenzione di aprirsi con me a breve, ormai l'ho capito, quindi devo essere io a continuare a insistere, non perché non voglia concedergli il suo spazio, ma perché in questo momento ha bisogno di qualcuno con cui parlare e io voglio esserci per lui. Non c'è bisogno che mi prenda tra le braccia e mi confessi il suo amore eterno. Se gli serve solo un'amica con cui confidarsi, allora sarò semplicemente un'amica.

Sembra sorpreso della mia offerta ma sono io a restare decisamente scioccata quando mi guarda con un sorriso malizioso e indica la mia maglietta, sporca di Nutella. «Ti do venti minuti per prepararti, poi ti farò mangiare del cibo vero prima che nelle vene cominci a scorrerti della cioccolata.»

«Risparmiati le critiche, amico. La cioccolata mi rende zen.» Gli faccio il segno della pace e lui scoppia a ridere, perché il mio senso dell'umorismo è terribile.

«Amico? È questo che sono per te adesso?»

No, razza di idiota, sei l'amore della mia vita, ma non posso certo dirglielo, quindi lo sbatto fuori dalla mia stanza e mi preparo.

«Cos'è quello?»

«Eh? Questa cosetta? Si chiama vestito.»

«Cosetta? È talmente minuscolo che praticamente non esiste. L'hai trovato nel reparto neonati?»

«Non lo so. È di Cami.»

«Ah, ecco. Non mi stupisco che ti stia così corto.»

«Ehi! Io non sono bassa!»

«Sto solo dicendo che è un po' troppo succinto, non ti pare? Se qualcuno volesse guardarti sotto la gonna non dovrebbe sforzarsi molto.»

Avvampo, ma tento di nasconderlo. «Abbiamo i vestiti in comune e questo è l'unico pulito e non ho intenzione di cambiarmi, quindi fattene una ragione.»

Borbotta qualcosa ma ci incamminiamo comunque verso la sua macchina. Mi aspettava nell'atrio e, quando sono uscita dall'ascensore con questo vestito a portafoglio rosso scuro, quasi bordeaux, che, lo ammetto, mi sta un po' corto, è rimasto a bocca aperta. Per quanto mi faccia piacere sapere di fargli ancora un certo effetto, questa sera non cercherò di sedurlo né di flirtare con lui. Anche se è dura ricordarselo lungo il tragitto, con le sue dita che sfiorano le mie.

Cole mi aiuta a salire sulla sua nuova auto, che si è comprato con l'aiuto dei suoi genitori: una mastodontica Range Rover di seconda mano che mi fa una paura del diavolo. Anch'io guido un SUV, ma questo è imponente, come la persona che lo guida.

Appena mi sono sistemata sul sedile, lo sento gemere. «Sì, ti ho visto sotto la gonna.»

«Almeno hai provato a non guardare?»

«Sarebbe da me? Stai forse cercando di farmi venire una crisi esistenziale, Pasticcino?»

Alzo gli occhi al cielo e lui, ridendo, sale al posto di guida. Non so dove abbia intenzione di andare ma, finché siamo insieme, senza litigare e pronti a discutere in modo civile, potrebbe anche portarmi all'inferno e non avrei nulla da ridire.

«Allora, cos'hai detto agli altri?»

«La stessa cosa che ho detto a te. Che non mi sembrava giusto lasciarti da sola in quello stato.»

«Ma lo sapevi che non stavo male male.»

«Forse è per questo che ero preoccupato. Non sapevo perché ti eri rifiutata di venire con noi, però sapevo di averti fatto arrabbiare l'altro giorno.»

«Non devi sentirti in colpa per quello, Cole. Tutto ciò che hai detto è vero.»

Stringe i denti. «No, invece. Ero arrabbiato per un'altra cosa e mi sono sfogato con te.»

«Non azzardarti a tornare sui tuoi passi, Stone. Per la prima volta da chissà quanto sei stato sincero con me, quindi non osare venire a dirmi che quelle cose non le pensavi, cazzo.»

Mi fissa a bocca aperta, ma lo costringo a concentrarsi sulla strada.

«Dobbiamo parlare di un sacco di cose ed è per questo che sono venuta qui. Non per starti addosso come una ragazza innamorata persa, ma perché voglio parlare. E spero di poterlo fare stasera.»

Deglutisce a fatica, e il suo pomo d'Adamo va su e giù. Poi allenta la presa sul volante e risponde: «Parleremo».

Entra nel parcheggio di un ristorante italiano pieno di auto di lusso e, a giudicare dall'impazienza del parcheggiatore di occuparsi della macchina di Cole, direi che ci aspetta una cena raffinata.

«Non mi hai portato in una tavola calda.»

«Direi proprio di no», ribatte Cole in tono secco, poi mi mette una mano alla base della schiena e mi conduce all'interno del ristorante superlussuoso e superelegante, dove il direttore di sala ci corre praticamente incontro.

«Sei fortunato che mi sia messa un vestito e non i jeans, perché hanno dei buchi dove non dovrebbero.»

Lo sento gemere alle mie spalle mentre ci accompagnano in un angolo tranquillo. Ovviamente è un posto romantico dove la gente viene per il primo appuntamento o un anniversario. Ma dato che non è il nostro caso, e la maggior parte delle voci sul menu mi pare di gran lunga troppo costosa, lancio un'occhiata a Cole. «Non è il mio compleanno.»

«Lo so.»

«E nemmeno il tuo. Perché stiamo per spendere una piccola fortuna in cibo?»

Ma conosco già la risposta: si sente in colpa e una bella cena è il suo modo di scusarsi. Da quando studio all'università ho imparato ad apprezzare i benefici della frugalità e ho elaborato diverse strategie spettacolari per risparmiare. Non mi piace chiedere ai miei più soldi del dovuto, perciò vado solo in ristoranti che propongono un menu per bambini e le crocchette di pollo. Quelle sono sempre a buon mercato. Ci potete scommettere.

«Potresti per favore goderti la cena in santa pace? Se proprio ti manca così tanto, possiamo litigare dopo.»

«Calma, brontolone. Voglio solo farti risparmiare un po'. Che ne dici se paghiamo il conto a metà?»

«Stai forse cercando di minare di proposito la mia mascolinità? Devo umiliarmi per avere il tuo perdono, Tessie? È questo che vuoi?»

«Anche se l'idea non mi dispiace, non sono arrabbiata con te.»

«Scusa?»

«Ho detto che non sono arrabbiata con te! Qualcuno doveva pur dire le cose che mi hai detto e, anche se avrei preferito non arrivare al punto di dovercele gridare contro, sono felice che sia venuto fuori tutto.»

Non pare ancora convinto. «Da come l'ho messa giù sembra che io odi la nostra relazione e non è affatto vero... Dio, non so come spiegarlo, ma forse il motivo per cui non parlo dei miei cavolo di problemi non è perché penso che non ti interessino, ma perché sono egoista.»

«Non devi assumerti la colpa se io sono così presa da me. Non è così che funziona una relazione e mi dispiace averci messo tanto a capirlo.»

Fa per interrompermi, ma nel mentre arriva il cameriere per le ordinazioni. I menu sono rilegati in pelle e non sono indicati i prezzi, quindi immagino che siano spropositati. Non ho nessuna voglia di sborsare una fortuna. Per ovvie ragioni rifiutiamo la lista dei vini e, con gran divertimento di Cole, per poco non aggredisco il cameriere che insiste per farci assaggiare un vino speciale. Non ho più neanche tanta fame e sento lo stomaco sottosopra per il nervosismo, perché non so se tirare in ballo o meno l'argomento ginocchio. Da un lato vorrei procedere un passo alla volta e lavorare sulla nostra relazione, ma dall'altro ho bisogno di fargli sapere che, se vuole parlare con qualcuno, io ci sono. Sta affrontando una cosa grossa e si sta isolando dalle persone che più lo amano. Soffro così tanto per lui che non mi è mai nemmeno venuto in mente di arrabbiarmi perché me l'ha tenuto nascosto per tutto questo tempo.

Ordiniamo entrambi della pasta e, sapendo che ci vorrà un po' prima che arrivi, finalmente possiamo parlare delle cose importanti senza paura di essere interrotti. Comincio io.

«Devo scusarmi per molte cose, a partire dal mio comportamento quando eravamo a casa. Non avrei dovuto permettere alle parole di Cassandra di mettersi tra noi. Però forse ci ha indicato la direzione giusta...»

«No! Non avrebbe mai dovuto intromettersi.»

«Ma se non l'avesse fatto, ora non saremmo qui e l'idea che saresti andato avanti per un pezzo senza dirmi quello che vuoi davvero da me mi terrorizza. Perché, Cole? Perché non mi hai fatto sedere e non mi hai detto che vorresti che io ci fossi per te come tu hai fatto con me? Lo so che dovrebbe essere implicito in una relazione ma, in caso non l'avessi notato, a volte so essere un tantino cieca davanti a quello che ho sotto il naso.»

Sorride. «L'avevo notato e, se ben ricordi, mi sono dato da fare a riguardo quando ti venivo dietro.»

«Giusto!» esclamo battendo una mano sul tavolo. «Mi hai fatto la corte come un pazzo, mi hai fatto aprire gli occhi davanti a cose che per troppo tempo avevo ignorato. Ma allora perché? Perché mi hai lasciato andare in giro come un'idiota mentre eri solo tu a tenere in piedi tutto questo?» e con un dito accenno a noi due.

«Perché ti amo e il mio istinto mi dice di proteggerti, sempre.»

«Ma così sei più mio padre che il mio ragazzo. Non è così che funziona una storia d'amore. Tutti e due dobbiamo dare e ricevere, scendere a compromessi, fare sacrifici. Tutti e due dobbiamo stare sullo stesso piano. Vorrei essere Meg e tu Jack White, ma al momento mi sento più come i Jonas Brothers, io Kevin e tu Nick e Joe.»

Trattiene a stento una risata. Forse avrei dovuto esprimermi in modo un tantino più sofisticato.

«Quindi vuoi essere Cher e io Sonny.»

«Sì, giusto! Hai capito. Io Gabriella e tu Troy.»

«Pasticcino, non siamo neanche bravi a cantare. Forse dovremmo smetterla.»

«Ma hai capito cosa voglio dire? Quello che intendo per stare sullo stesso piano? Dobbiamo dirci tutto ed essere completamente sinceri.»

Con gioia, lo vedo riflettere per un attimo, combattuto. Aspetto che tiri in ballo l'argomento, che vi accenni in qualche modo, invece non lo fa.

«Sarò completamente sincero, te lo prometto.»

Cederà. Ne sono sicura.

Dopo la cena, che Cole si è rifiutato di lasciarmi pagare, prendiamo un gelato a una bancarella nei pressi di Elizabeth Park. In realtà abbiamo parcheggiato vicino al condominio di Lan e siamo venuti fin qui a piedi. Nonostante sia estate, è una serata fresca, per niente afosa né umida. Passeggiamo in silenzio sul sentiero di ciottoli e finiamo il gelato.

Sono così persa nei miei pensieri mentre cerco un modo di tirare fuori l'argomento del football che quasi non mi accorgo che Cole mi sta parlando.

«Il giorno che sono scappato, ho litigato con papà e Cassandra perché voglio pagarmi l'università da solo.»

Mi mordo il labbro e lo lascio proseguire. Lo prendo per mano e lui stringe subito le mie dita, come per trovare conforto.

«Stanno pagando loro tutto quello che non copre la borsa di studio, giusto?»

«Sì. Per loro era importante pagare la retta, sia per me sia per Jay. Non gli ho nemmeno chiesto di aiutarmi per la macchina, ma loro l'hanno fatto lo stesso.»

«Perché gli hai detto che vuoi pensarci da solo?»

«Principalmente perché ero furioso con Cassandra. Non avrebbe dovuto dirti quelle cose o farti un'imboscata quando io non c'ero. Sono stufo della gente che pensa di avere il diritto di interferire nella nostra storia quando invece non sono cazzi loro. Quella è stata l'ultima goccia. Si è messa a parlare dell'università e a dirmi che secondo lei dovrei pensare a cosa voglio fare della mia vita dopo gli studi, oltre al football. Io avevo appena raccontato a papà che vorrei cambiare facoltà e lei ha tirato fuori l'idea di fare Legge. Insisteva così tanto che ho perso le staffe.»

«Mi... mi dispiace.» So che odia litigare con suo padre, specialmente dopo tutto il tempo che hanno impiegato per ricostruire il loro rapporto. «Dev'essere stata dura per lo sceriffo trovarsi in quella posizione e dover prendere le parti di qualcuno.»

«Mi ha sgridato perché avevo mancato di rispetto a

Cassandra e voleva che le chiedessi scusa. L'avrei anche fatto se lei non… se non avesse detto delle cose che non spettava a lei dire, ma a me. Ero stanco della gente che pensa di sapere cosa sia meglio per me e di poter controllare la mia vita. Così ho fatto i bagagli e me ne sono andato.»

Tra quella gente c'ero anch'io, perché pensavo di sapere cosa fosse meglio per noi. Anch'io ho cercato di respingerlo perché pensavo che ci avrebbe aiutato. Solo adesso mi rendo conto di quanto l'ho fatto sentire debole e impotente e mi riprometto di non farlo mai più.

«Ti va di dirmi quello che ha detto Cassandra?»

Mi mette un braccio sulle spalle e mi attira a sé. «Non ora. Ora voglio solo stare con la mia ragazza perché mi è mancata. Mi dispiace per aver fatto lo stronzo con te, Tessie, ma…»

«Adesso siamo più forti, e poi avevi il diritto di comportarti così visto che io ti ho ripagato più che a sufficienza con la stessa moneta. Quando si tratta di isolarsi, sono una vera a e propria regina, quindi perché non dovresti fare lo stesso anche tu?»

«Perché mi sono sentito solo e perché quando mi nascondo dietro un muro le voci nella mia testa mi fanno impazzire.»

A questa risposta, gli butto le braccia al collo e mi stringo a lui. Come se avesse intuito la mia mossa, mi abbraccia all'istante. So che stasera volevo mantenere una certa distanza, ma se lui soffre, che vadano a farsi friggere le regole.

«Non ti sentirai mai più così, non per colpa mia. Se vorrai staccare, cacciarmi via per un po' e stare in santa pace, fallo pure! Ma non ti sentirai solo, mai, perché è una sensazione che conosco fin troppo bene e non voglio che tu la provi. Hai fatto irruzione nella mia vita e mi hai fatto capire quanto mi mancasse una persona, la mia persona, che mi stesse sempre accanto ogni volta che cadevo, che mi offrisse una spalla quando ne avevo bisogno, che mi tenesse stretta la notte e si svegliasse accanto a me al mattino. Non mi ero mai accorta di aver bisogno della sicurezza di essere follemente innamorata di qualcuno, di te, fino a quando mi hai insegnato che, se solo ti avessi lasciato avvicinare, avrei potuto avere tutte quelle cose. Perciò, Cole, ora non sto cercando di ricambiare il favore, sto cercando di dirti che non ti meriti di sentirti solo e che non ti succederà mai. Non finché ci sarò io.»

Abbiamo tutti e due il fiato corto e ci teniamo stretti, come se, staccandoci, temessimo di non ritrovarci più. Ho messo tutte le mie carte in tavola e adesso voglio solo che capisca che non ha bisogno di nascondermi nessuna parte della sua vita. Siamo una coppia e supereremo questa cosa insieme, ma solo se lui si fiderà di me.

Ecco perché ciò che ho in mente di fare è una tortura.

Cole mi prende il viso tra le mani e con i pollici mi sfiora le labbra. Il suo sguardo è intenso e talmente appassionato che potrei quasi prendere fuoco qui su due piedi.

«Sai da quant'è che non ti bacio?» mi chiede in tono roco e io scuoto la testa. Il cervello mi ha abbandonato, gente.

«Mi sento morire. Mi sogno il tuo sapore.» Inclina la testa verso di me e sento il suo respiro sul viso. «Non vedo l'ora di averti nel mio letto stanotte.»

E a questo punto mi viene l'idea forse peggiore di tutta la mia vita. «Cole... io...» Lo afferro per le spalle e lo spingo via. Lui barcolla all'indietro, come se fosse caduto in una specie di trance, ed è così che mi sento anch'io. Senza fiato e con le ossa di gelatina.

«Penso... penso che non dovremmo baciarci né fare altro finché sarà tutto a posto tra noi.»

Spalanca gli occhi così tanto che diventano delle dimensioni di due piattini, e si sistema i pantaloni. «Ma è tutto a posto, Pasticcino. Abbiamo appena rimesso insieme tutti i mattoncini, come nel Lego. Ora stiamo alla grande.»

«Puoi giurarmi che non mi stai nascondendo più niente? Che non hai nessun altro peso che vorresti toglierti dallo stomaco?» Non avrei potuto dargli imbeccata migliore nemmeno se gli avessi aperto io la bocca con tutte e due le mani.

La sua espressione si fa di nuovo combattuta, è quasi comico. Negargli il piacere fisico sarà anche un colpo basso, ma non voglio che questa diventi l'ennesima volta in cui risolviamo i nostri problemi con il sesso.

«Ok», commenta a denti stretti, «in effetti c'è una cosa, ma non sono ancora pronto a parlartene.»

«Bene», replico un po' impacciata. «Quando lo sarai, io sono qui.»

«Oh no, Pasticcino», ribatte, facendosi di nuovo troppo vicino. «Non ho intenzione di aspettare così tanto prima di baciarti. Forse mi ci vorrà un po' prima di confessarti quella cosa, ma non ho né l'autocontrollo né la pazienza necessari per non toccarti.»

«Cosa vorrebbe dire?» domando con un sussulto.

«Vuol dire che i giochi abbiano inizio.»

16

Sembro una versione depravata di Polly Pocket

COLE e io stiamo giocando a una straziante versione di nascondino. Immaginate un innocente gioco per bambini e trasformatelo in una cosa degenerata in cui la posta in gioco è molto più alta che perdere. Perché un bambino normale non vorrebbe farsi prendere, farebbe del proprio meglio per vincere e resistere fino all'ultimo. Io invece? Diciamo che non sto andando alla grande…

Reperto A: ieri sera.

Appena rientrati dopo la nostra passeggiata non troppo innocente al parco, avrei dovuto correre nel mio appartamento, chiudere la porta a chiave e guardare dei video sull'astinenza. Sono stata vergine, senza nemmeno aver mai baciato nessuno, per i primi diciotto anni della mia vita, quindi non dovrebbe essere così difficile resistere a un ragazzo, giusto?

Ma qui sta il mio problema: lui non è un ragazzo qualsiasi, lui è… quel ragazzo, e rifiutarlo è la tortura più tremenda che una persona possa infliggersi. Perciò mi sono lasciata ammaliare e ho accettato di prendere un caffè da lui e, mentre mi sedevo sul sontuoso divano in pelle, ho capito il motivo per cui Lan l'ha tenuto: è così comodo che fa venire voglia di non alzarsi mai più.

E così ho fatto: mi sono messa comoda e mi sono rincuorata pensando all'autocontrollo che mi sono sempre vantata di avere. Non mi sarei lasciata sedurre da Cole finché non mi avesse raccontato del suo ginocchio. Allora, e solo allora, avrei ceduto. Tuttavia, quando ho visto le occhiate ardenti che mi lanciava dalla cucina, mi sono detta che, solo perché non potevo capitolare, non significava che non avrei dovuto divertirmi. Avrei potuto fargli provare la sua stessa medicina. Avrei potuto sfruttare a mio vantaggio tutta la mia sensualità per fargli vuotare il sacco. Prima avrebbe confessato, prima avremmo potuto escogitare un piano. Avevo già tutto pronto: moduli, cifre e un perfetto programma decennale, se solo mi avesse permesso di parlargliene.

E così, mentre mi immaginavo il nostro futuro, non mi sono accorta della tazza di caffè bollente sul tavolino di fronte a me e del figo spaziale che di soppiatto si era seduto accanto a me.

«A cosa pensi?»

Un'occhiata di fuoco, un mezzo sorriso, un braccio fatto scivolare con noncuranza sullo schienale del divano e il corpo inclinato verso il mio… oh mamma: Cole Stone stava sfoderando l'intero repertorio da seduttore. Consapevole di ciò, ho bevuto un sorso troppo grande di caffè e mi sono scottata la gola; mentre tossivo come una pazza, lui ha abbassato il braccio sulla mia schiena e ha iniziato ad accarezzarmi.

«Hai ricominciato a farmi la corte mettendo a rischio la mia vita? Non fa troppo bambino delle elementari?»

«Delle elementari e pure delle medie, ma che importanza ha? Già all'asilo conoscevo dei bei giochetti.»

«Non direi. I tuoi scherzi da bullo non li definirei proprio dei giochetti.»

«Ma così non hai potuto dimenticarmi, ed è questo che conta. Cosa ti è rimasto davvero impresso di Jay con il passare degli anni?» mi ha chiesto con un sorrisetto, e io mi sono concessa un sospiro. Razza di cretino fastidioso, irresistibile ma testardo.

E aveva ragione, ovviamente. Tutti i ricordi di Jay che avevo conservato con cura erano andati perduti. Non erano più nemmeno in qualche angolo recondito della mia mente, dove ancora restava qualche ricordo di Nicole. Invece era come se Jay non fosse mai esistito, perché era arrivato Cole e aveva cancellato tutto ciò che riguardava il ragazzo per cui avevo preso la mia prima cotta.

«Mi brucia ancora la gola. Sei davvero meschino.»

«È caffè, lo sanno tutti che bisogna lasciarlo raffreddare prima di berlo. A ogni modo, vuoi che ti controlli la gola? Magari con la lingua?»

«E tu vuoi dirmi qualsiasi cosa tu mi stia nascondendo?»

La sua espressione allegra si è indurita e l'ho sentito chiudersi. Temevo che mi avrebbe mandato per la mia strada, invece così non è stato. Si è sporto verso di me e mi ha sussurrato all'orecchio: «Non mi piace perdere, Pasticcino. Te lo dirò quando e se sarò pronto. Non ho nessuna intenzione di perdere a questo gioco».

«Non è un gioco, Cole. Ho bisogno di saperlo.»

«Sei tu che l'hai reso un gioco quando hai detto che non ti lascerai toccare fino a che non ti dirò quello che ti nascondo. Quindi adesso giochiamo.»

Ormai ero terrorizzata all'idea della situazione in cui mi ero cacciata. Giocare contro uno specialista? Non sarebbe andata a finire bene, dato che lui sapeva esattamente quali tasti toccare e come farmi cedere.

«Mi stai sottovalutando. Pensi che sarà così semplice vincere per te? Mi consideri tanto debole?» gli ho chiesto con voce più profonda e roca. Ho inclinato il corpo in modo da accentuare la scollatura e il vestito si è sollevato, scoprendo un altro pezzo di coscia. E a Cole non è certo sfuggito.

«Uh», ha commentato e, dal tono tanto rauco, mi sono immaginata senza problemi la sua mente annebbiata dal desiderio. Sì, avevo ancora un certo potere su di lui.

Ho continuato a giocare con il fuoco e gli ho messo una mano su una coscia, per poi risalire sempre più verso l'inguine. «Vediamo chi cede per primo. Ma se vinco io, sputerai il rospo. Capito?»

Ormai aveva le guance rosse e il respiro corto ma, prima che potessi spostare ancora la mano, lui me l'ha presa e mi ha messo a cavalcioni su di sé.

Mi ha afferrato i capelli sulla nuca e mi ha fatto inclinare il viso fino ad avere le labbra a pochi millimetri dalle sue. In quella posizione, mi ci è voluto tutto l'autocontrollo di cui disponevo per non avventarmi sulla sua bocca perché, a essere sinceri, era da troppo tempo che non lo toccavo, e la tentazione era fortissima.

«Puoi farla finita adesso, così non dovremo più sottoporci a questa tortura, Tessa. Baciami. Mi sei mancata tanto…»

Davanti alla sua espressione selvaggia, per poco non ho lasciato perdere la nostra gara, il nostro gioco. Spostandomi su di lui però l'ho visto fare una smorfia, forse di dolore al ginocchio – che per noi restava un argomento tabù – ed è stata una doccia fredda. Lui sarebbe dovuto tornare all'università molto prima di me, per gli allenamenti. Non mi restava molto tempo. Se avesse continuato a fare il testardo e a negare un problema tanto serio, non avrebbe smesso di giocare e si sarebbe potuto rovinare il ginocchio in modo permanente, per non parlare della possibilità di giocare a livello professionistico che sarebbe sfumata. Avrei voluto trascinarlo nell'ospedale più vicino per farlo visitare, ma lui avrebbe perso la testa, si sarebbe infuriato con Cassandra per avermelo detto e con me per aver agito alle sue spalle, e in quel momento un litigio era l'ultima cosa che ci serviva.

E così, anche se avrei voluto prendermi a martellate in testa da sola per quello che stavo per fare, l'ho fatto comunque. Gli ho preso il viso tra le mani e mi sono ritratta, per spiegargli come la pensavo.

«I segreti non ci porteranno nulla di buono e non ho intenzione di correre rischi. Ci siamo battuti tanto per far funzionare le cose e farò tutto il necessario per non rischiare di perdere quello che abbiamo, anche se ciò significa non restare con te stanotte.»

Sono balzata in piedi e sono corsa fuori dall'appartamento come se ne andasse della mia vita. Solo una volta al sicuro nella cabina dell'ascensore, diretta nella mia stanza appena due piani più su, mi sono resa conto che non mi aveva seguito.

Forse aveva voluto lasciarmi vincere.

«Non vincerai mai, cara.»

Il giorno dopo, spiego il mio piano a Cami e alle altre mie migliori amiche, Megan e Beth. Non sanno perché Cole e io ci siamo lanciati in questo gioco, ma a quanto pare non hanno nemmeno bisogno di conoscere il motivo per decidere che non vincerò. Gente di poca fede.

«Anche secondo me, Tess. Non sei mai stata brava a resistergli. È così che ti ha fatto innamorare di lui», commenta

Megan tutta allegra e in sottofondo sento Alex, che la spalleggia con un forte: «Già».

«Ehi, datele un po' di fiducia. Non è mica caduta subito tra le sue braccia quando lui è ricomparso per i corridoi del liceo. L'ha fatto sudare un po', l'ha fatto aspettare e sapete qual è la mia parte preferita? Aveva una cotta per suo fratello! Non c'è niente di meglio per far faticare un uomo che metterlo in competizione con qualcun altro, e l'antagonismo con il fratello è un classico.»

«Grazie, Beth. Tu almeno non sei come Bruto.»

Siamo su FaceTime e vedo che la mia amica ha ripreso un po' di colore. L'ultima volta che abbiamo parlato, alla tavola calda prima che partisse per Boston, aveva un'aria così abbattuta e affranta. Da allora l'ho tenuta sotto controllo, quindi so che, anche se sta meglio, non è ancora pronta per parlare con Travis. Al contrario, mio fratello è devastato, talmente distrutto che per poco non gli ho rivelato dove trovarla. Tuttavia, a riprova del mio esemplare autocontrollo, non ho ceduto. Lui sa che Beth sta bene e che è al sicuro, ma sa anche che le ha spezzato il cuore e che ora lei ha bisogno di tempo.

È passata una settimana e mezzo da quando sono qui e circa tre da quando Beth se n'è andata. È venuto il momento di darle una spintarella verso la direzione giusta. Ma ci penserò dopo.

«Qualsiasi cosa ci sia in gioco, tienilo bene a mente ogni volta che sfodererà con te le sue sexy mosse da cattivo ragazzo, Tess. Comportati come un soldato e difendi le tue mutandine.»

«Difendi le mutandine? E come dovrebbe fare a tenere la merce sotto chiave?»

«Ok, io me ne vado.» Sullo schermo compare Alex.

«Però, Tessa, sappi che non ti sarà tanto difficile vincere. Cole è come creta nelle tue mani.» Mi fa l'occhiolino e se ne va, o almeno credo.

«Ha ragione», concorda Beth, dando un morso alla carota che ha in mano, «quel ragazzo non sa dirti di no. Fallo cadere in ginocchio e rendimi fiera di te.»

«Dobby farà del suo meglio. Sono qui per servirla.»

«Non fare tanto la saputella, cara la mia sfigata. Mettiti qualcosa di attillato, dei tacchi alti e va' dal parrucchiere. Cole non farà nemmeno in tempo a capire cosa l'ha colpito.»

«Oh, ci sono! Potremmo andare a fare shopping. L'altro giorno ho visto un vestito che era la fine del mondo, ma non ho potuto comprarlo perché Lan l'aveva visto per primo e non volevo fargli pensare che lo prendevo per lui.»

Buon Dio, Cami si è gettata in pasto ai lupi.

«Lan? Vuoi dire Lan, l'amico di Cole? Voi due avete una storia?» strilla Beth, mentre Megan è chiaramente seccata perché avrebbe voluto sistemare Cami con suo cugino. Le lascio a discutere gli scandalosi sviluppi e mi faccio forza per la giornata che mi aspetta. Ieri sera me la sono cavata per il rotto della cuffia, ma se voglio fare sul serio devo essere più forte.

Più forte, più dura, più meschina e magari dovrò anche comprare un lucchetto per mettere davvero la merce sotto chiave.

«Vuoi dare una festa? E perché?»

Fermo a ciondolare sulla porta, Lan si stringe nelle spalle e scruta la stanza dietro di me. Resterà deluso, perché Cami è uscita per incontrare alcuni amici che vivono in zona e ha detto che non tornerà prima di avermi trovato il vestito più sexy, più corto, più stretto e più alla Kylie Jenner che esista. Le ci vorrà un bel po' quindi.

«In realtà, l'idea è stata di Cole. Non so cosa tu gli abbia fatto, ma è un uomo nuovo. Non solo non ha toccato la confezione di birre che ho comprato ieri», mi spiega mentre lo fulmino con lo sguardo, «ma stavo per nasconderla quando lui l'ha trovata e non mi ha nemmeno chiesto una lattina. Te lo giuro.»

«Va' avanti», dico mettendomi a braccia conserte.

«Allora, come ti stavo dicendo, il suo umore è molto migliorato rispetto a quando è arrivato, e ha detto che vuole sdebitarsi con me dando una festa a casa mia. Pagherà lui gli alcolici e il cibo, e domani farà le pulizie. Non potevo certo rifiutare.»

«E lo lascerai avvicinare a tutto quell'alcol? Quale parte dell'espressione 'crisi d'astinenza' non capisci, Lan? Non possiamo mettere Cole in una situazione del genere. Ci ricascherà.»

«Non credo.»

Sento un brivido lungo tutta la schiena nel veder comparire sulla porta di casa il mio ragazzo. Appoggia una mano allo stipite e si sporge in avanti, invadendo il mio spazio personale.

«Non devi preoccuparti di niente, Tessie. La cosa più forte che berrò stasera sarà un Gatorade. Ma passiamo alle cose veramente serie: cosa ti metterai?» mi chiede.

A stento mi trattengo dallo sferrargli un pugno nella pancia.

«Non credo sia una buona idea e di certo non approvo questa festicciola, quindi non verrò.»

Stizzita, tento di richiudergli la porta in faccia ma, considerata la loro stazza e dato che pesano quasi cinquanta chili più di me, fallisco miseramente e i due piombano dentro come se fosse casa loro.

Ah, giusto. In effetti è davvero casa di Lan.

«Dai, Tessa. Ci divertiremo e mi assumo personalmente la responsabilità di tenere d'occhio questo ubriacone. Stasera dalla sua bocca non passerà nemmeno una goccia di alcol.»

«Questa vostra mancanza di fiducia potrebbe anche ferirmi, se solo ricordassi cosa ho detto e fatto due giorni fa. Visto che non ci riesco però, non posso difendermi. Perciò denigratemi pure.»

«Quanto sei melodrammatico», sbuffo.

Mi avvio in cucina con loro alle calcagna, come due cuccioli. Sono adorabili. Snocciolano un motivo dopo l'altro per cui dovrei tassativamente esserci alla festa, ma nessuno attira la mia attenzione fino a quando sento una parola. O meglio, un nome.

Kimmy.

«Non è possibile.» Mi giro di scatto verso di loro. «Ci sarà anche lei?» Incenerisco con lo sguardo Lan, che pare un tantino spaventato, e Cole, che invece è trionfante.

«Mi dispiace, ho provato di tutto, ma ho dovuto chiedere a mio padre se potevamo invitare un po' di gente, perché l'ultima volta che ho dato una festa gli è quasi venuto un infarto. E ovviamente lui ha pensato bene di appiopparci Kimmy. È già per strada.»

Purtroppo, Kimmy è la sorellastra di Lan, e già solo questo deprime lui almeno quanto noi. E, cosa più importante, Kimmy ha avuto un'avventura con Cole, e quella ragazza ha decisamente dei problemi di attaccamento.

«Quindi non puoi farci proprio niente? Cacciarla via? Dire alla sicurezza di non farla salire? Magari avvisare qualche struttura del fatto che tende ad avere allucinazioni e a vedere la gente morta?»

Cole trattiene a stento le risate. «Non possiamo farci niente. Poiché questo posto è di suo padre, dobbiamo stare alle sue regole, e lui vuole che Kimmy venga.»

«A quanto vedo quest'idea non ti dispiace poi così tanto. Come mai, Stone? Non vedi l'ora che lei sia qui?» ringhio, avanzando con fare minaccioso verso di lui.

Cole però mi prende per la vita e mi tira a sé. «No, ma non vedo l'ora che tu mi protegga dalla strega cattiva della scuola militare. Dovrai farmi da guardia del corpo da molto, molto vicino.»

Sono sul punto di dirgli che stavolta passo, perché ho capito benissimo cosa ha escogitato: un piano particolarmente elaborato per farmi capitolare. Perché se si parla di Kimmy la Puttanella, Cole sa benissimo che non lo lascerei mai solo con lei. Non perché non mi fidi di lui quando sta con altre ragazze, ma perché quella stronza è pazza e credo che cercherà di sfruttare la situazione.

Insomma, gente, diciamoci la verità: ci siamo già passati e non sono pronta a rivivere lo stesso inferno.

«Bene», cedo, e quasi quasi batto un piede per terra. «Verrò, ma solo perché ci sarà anche Kimmy.»

«Non avrei mai pensato di sentire una frase del genere uscire dalla tua bocca», scherza Lan, ma lo metto subito a tacere con un'occhiata.

«E tu», punto un dito contro il petto muscoloso di Cole, «non pensare neanche per un secondo che non abbia capito cosa stai facendo. Farmi ingelosire non funzionerà. Posso tenerti d'occhio anche da tre metri di distanza.»

Ridacchia. «Chi, io? Non sto facendo niente. Sono del tutto innocente.»

«Come no. La aggiungerò alla lista delle dieci frasi più sincere che abbia mai sentito. Non batterai Bill Clinton con il suo 'Non ho mai avuto rapporti sessuali con quella donna', ma sarai solo una o due posizioni più in basso.»

«Ahi, la tua ragazza è tutta un fuoco oggi!» esulta Lan, ma Cole gli dà un pugno sulla spalla. Forte.

«Allora, ci vediamo stasera?»

Con un sospiro, ammetto la sconfitta. «Sì.»

«E porta anche Camryn! Se non l'hai ancora notato, andiamo piuttosto d'accordo lei e io. È forte», aggiunge Lan stringendosi nelle spalle con aria fintamente distaccata, ma Cole e io non ci caschiamo e ci guardiamo con un sorrisetto subdolo.

«Lo farei anche, ma credo che abbia un appuntamento. In effetti, è andata a incontrare quel tipo e poi lo rivedrà anche stasera. Non riesce a stargli lontana.»

Lan si rabbuia all'istante e assume un'espressione a metà tra la gelosia e la rabbia. Non riesce affatto a nasconderlo e pare piuttosto scocciato. «Chi è?» chiede in tono così cupo che mi preoccupo per il ragazzo immaginario.

«Parker», rispondo con il primo nome che mi viene in mente, senza nemmeno pensare alle conseguenze di mettere in mezzo il compagno di squadra di Cole.

«Oh, sì. Ti ricordi Parker?»

«Quella testa di rapa che mi hai presentato l'ultima volta? Lo sapete, vero, che quello flirta con qualsiasi cosa abbia due tette e una vagina?»

Rabbrividisco. In effetti l'ho scoperto anch'io di recente.

«Cami esce con lui? Non è possibile.»

«Tornerà, ehm... presto», lo rassicuro, con un'occhiata all'orologio. «Dovresti parlarle. Parker è un tipo discutibile, sono d'accordo con te.»

«Giusto», commenta Cole, strascicando la parola. «Forse dovresti convincerla a restare qui.»

Mi lancia un'occhiata scettica, ma so che ha capito il mio gioco. «Lui le piace però, e tanto, quindi dovrai darle un buon motivo per non uscirci.»

«Eccome se glielo darò, che cavolo. Quel ragazzo è un viscido. Camryn dovrebbe stargli alla larga.»

La chiama con il suo nome completo, ed è una cosa talmente tenera che mi viene quasi da piangere.

I due non restano ancora per molto, o almeno Lan, che se ne va a grandi passi come se avesse una missione da compiere, lasciando me e Cole da soli. Lui rimane sulla porta della cucina mentre io mi metto al riparo dietro l'isola, come se ciò potesse darmi la forza di affrontare qualsiasi mossa lui possa sfoderare.

«Hai barato. Kimmy? Sul serio?»

Si infila le mani in tasca e si solleva sui talloni. «Mi crederesti se ti dicessi che non c'entro niente con questa storia? Ho organizzato la festa, questo sì, ma il fatto che venga anche lei è una vera sfortuna.»

«Allora oggi non troverò nessun quadrifoglio.»

«Non ne hai bisogno, Pasticcino. Kimmy non conta niente.»

«L'ultima volta che l'ho vista ti ha quasi staccato le labbra a furia di succhiartele, quindi preferisco non lasciare nulla al caso.»

«Be', se cerca di fare ancora qualcosa del genere puoi sempre scagliarle contro Cami.»

Scoppiamo a ridere tutti e due. Sarebbe proprio un bello spettacolo.

Appena un paio di giorni fa, stare così lontani sarebbe sembrato strano, ma dopo ieri sera è come se avessimo abbattuto il muro che ci separava. Ecco perché, anche se siamo agli angoli opposti della stanza, mi sento vicina a lui come non mi capitava da tempo e mi aggrappo a questo momento come una disperata.

«Dimmi cosa c'è che non va, Cole.»

Serra le labbra, senza più alcuna traccia di allegria sul volto. «Non oggi.»

«Non puoi nascondermelo per sempre. A un certo punto dovremo pur tornare a casa e affrontare i tuoi genitori.»

«Non oggi, Pasticcino. Non oggi.»

Non insisto oltre. La pace che abbiamo siglato è ancora recente e fragile e merita di essere trattata con riguardo.

«Va bene, ma ti avviso: oggi proverò a farti crollare.»

Sul viso gli passa un'espressione da lupo, da predatore. È così sexy che mi tremano le ginocchia. «Non vedo l'ora.»

Uno dei lati positivi nel dare una festa in un palazzo di proprietà di tuo padre è che nessuno può lamentarsi per il rumore. Anche se da Lan non c'è la musica a palla come a un rave, riesco comunque a sentire le vibrazioni fin due piani più su. O meglio, il mio sedere le sente, visto che sono seduta sul pavimento.

Seduta sul pavimento a lasciarmi colpire in faccia da un vestito dopo l'altro mentre Cami svuota il suo armadio.

«Non riesco a credere che tu abbia fatto una cosa simile! Ti sei immischiata, e non lo fai mai. Non sei il tipo a cui piace immischiarsi o giocare a Cupido, Tessa O'Connell. Cosa ti ha spinto a farlo?» sbuffa, senza smettere di passare in rassegna il guardaroba.

«Il mio libro preferito di Jane Austen è *Emma*. Perché credi che non mi piaccia giocare a Cupido?»

«Oh, perché lei era bravissima. Era l'equivalente vittoriano di Tinder», ribatte fremente, poi tira fuori un tubino blu cobalto senza maniche. «Con questo, una cintura e degli anfibi sarebbe come dire: questa è una ragazza di classe ma che dice le cose giuste e potrebbe essere l'esperienza più folle della tua vita.»

«Se riesci a dire così tante cose con un vestito, ti meriti un premio.»

«Oh, puoi starne certa. Aspetta e vedrai. Lan stramazzerà a terra appena mi vedrà. Ma non è questo che mi preoccupa. Sto tentando di decidere cosa sia meglio per te.»

«Potresti chiedere a me, dato che me ne sto qui seduta sommersa dai vestiti.»

«No, probabilmente opteresti per il sacco di farina che c'è in cucina. Lascia fare alla mamma, da brava.»

Alzo gli occhi al cielo e riemergo dalla montagna di abiti. «Ricordati che voglio tutte le parti vitali coperte. Non sono un'esibizionista.»

«Va bene, come vuoi.»

Dirle di Kimmy si è rivelata una delle molte decisioni stupide che ho preso in vita mia.

Per compensare un po' la follia di questa stanza, scrivo a Megan. Lei e Alex stanno venendo qui per la festa e la cosa mi entusiasma un sacco. Tra tutto il volontariato che fa lei e lo stage nella ditta del padre che sta facendo lui, non è facile per loro lasciare la città senza preavviso. Ma per me è stata una vera gioia e un gran sollievo sapere di poter contare su un po' di buonsenso sotto forma dell'unica persona che conosca la cui vita non sta andando in pezzi, e cioè Megan.

Già, perché se cercassi di strappare i capelli a Kimmy, Megan mi fermerebbe. Cami invece resterebbe a guardare e a fare il tifo per me e Beth si butterebbe nella mischia e la prenderebbe a cazzotti al posto mio.

Adoro le mie amiche.

Parlando di amici, c'è un'altra persona che sta venendo qui: Jay. Il gesto di Cole mi ha sorpreso, specialmente considerando gli ultimi sviluppi della loro saga famigliare. Ma a quanto pare Jay non conosce il vero motivo per cui Cassandra e lo sceriffo hanno litigato con Cole e questo è bastato a garantirgli un lasciapassare. Sono felice che venga perché, a prescindere dalle differenze che possono esserci tra i due fratelli, sarà più semplice parlare di Cole con qualcuno della sua famiglia. E poi ho il forte sospetto che Cassandra gli abbia raccontato tutto.

«Ci sono. Ecco il mio outfit alla 'tocca il mio uomo e ti faccio a pezzi con una mannaia'», strilla Cami dall'altra stanza.

«Fantastico, proprio il look dolce e romantico che volevo per stasera», mormoro tra me e me avviandomi verso il mio triste destino.

«Sembro una versione depravata di Polly Pocket.» Non va per niente bene.

«Secondo me stai da favola.»

«Non tentare di far passare della lingerie per dei vestiti veri e propri, quindi zitta.» Megan fa il verso di cucirsi le labbra e riprende ad arricciarsi i capelli.

Andrò a una festa in biancheria intima, di quella che si dovrebbe mettere per andare a letto. E non un pigiama, ma una canottiera di pizzo nero. Sono abbastanza sicura che non si dovrebbe usare per andare in giro a meno che non si debba fare un servizio fotografico per un catalogo di Victoria's Secret.

«Devi stare al passo con le nuove tendenze, Teresa. Ormai indossare la lingerie è come mettersi una maglietta con una gonna a vita alta. E quella canottiera non è per niente troppo osé.»

«Come accessorio pensavo di usare una coperta. Posso?»

Fa una smorfia e mi sforzo di smetterla di infastidirla, visto che mi sta mettendo le ciglia finte e mi trovo in una posizione vulnerabile.

«Sei davvero sexy, anzi, sei bollente. La principessa dei ghiacci finirà incenerita se solo proverà ad avvicinarsi a te.»

Cami ha dato libero sfogo alla sua anima da stalker spiando Kimmy sui social network e ormai è un'esperta. È tutta la sera che cerca di istruirmi su come dovrei comportarmi, dato che le ho detto che quella ragazza tende a fare la sanguisuga appena vede un bel maschio.

«Ha una vera e propria avversione per grassi, carboidrati, zuccheri e praticamente qualsiasi cosa abbia anche solo un minimo di gusto. Tieni Cole vicino al cibo e sarai a posto. È la tipica ragazza che pensa di prendere due chili solo ad annusare qualcosa di unto.»

«Capito.»

«Oh, e dille che le si vede la ricrescita o, peggio ancora, che i suoi capelli sembrano color ottone. È l'incubo peggiore di ogni finta bionda», aggiunge, ravvivando la sua chioma biondo naturale.

«Ma se vuoi darle il colpo di grazia, ti consiglio di chiederle di Chad.»

«Chi è Chad?»

«Chad è il suo ragazzo, che ha appena postato una foto

su Instagram in cui bacia una tizia sulla quarantina che, nonostante l'età, sembra proprio sapere come darci dentro.»

Sono confusa. «Quindi lui la tradisce?»

«Non solo la tradisce, l'ha reso ufficiale su Instagram. Si sbatte la sua ex insegnante e, senti questa, lei è incinta. Chad è molto contento all'idea di diventare papà.»

«Oh, penso che non lo tirerò in ballo. Probabilmente Kimmy ci sta male.»

«Se prova a molestare Cole però, passerò all'artiglieria pesante.»

«Invece non farai una cosa del genere. Non parleremo di Chad.»

Con mia immensa sorpresa, Cole è riuscito a organizzare una serata piuttosto tranquilla. Anche se la musica è alta, l'atmosfera è abbastanza civile. Tra gli invitati c'è un po' di tutto: amici della scuola militare, altri amici di Cole della Brown, altri ancora che Lan ha conosciuto alla sua università e per finire alcuni che non c'entrano niente con gli studi.

E poi c'è Kimmy. È seduta su un divano, in braccio a un ragazzo, e sembra sulla buona strada per una bella sbronza. Con mio gran divertimento, vedo Seth e Jameson non lontano da lei con espressione stoica, come se le facessero la guardia.

«Ricorda, Tessa: dopo la tua capatina in prigione devi tornare nelle grazie dello sceriffo, quindi cerchiamo di non uccidere nessuno.» Megan ha le prove di quando ho colpito a tradimento quella stronza al locale. Me le ha mostrate un paio di volte prima di venire qui, come promemoria del fatto che, se voglio, so come si sferra un bel pugno. E del fatto che probabilmente non avrei abbastanza soldi per ripagare gli interventi estetici di Kimmy se le rovinassi le labbra o il naso rifatti.

«Giusto.» Inspiro a fondo. «Vieni con me, Sharp. Dovrai essere la mia voce della ragione.»

Entro insieme a Megan e Cami e subito ci attiriamo diversi sguardi. Cami gode di parecchia attenzione, è nel suo elemento e chi le sta intorno non riesce a staccarle gli occhi di dosso. Ha trovato il look giusto per ottenere l'effetto che voleva e ne ho la conferma quando vedo di sfuggita Lan, a bocca tanto aperta che la mascella gli tocca praticamente per terra.

Due occhi invece non guardano affatto Cami e me li sento addosso, con una tale intensità che mi eccito all'istante. Quando si tratta di Cole il mio radar non mi tradisce mai e infatti lo vedo, appoggiato al muro lontano dagli altri, con le mani in tasca, intento a divorarmi con gli occhi. Sembra quasi che ci siamo messi d'accordo su come vestirci: anche lui è tutto in nero e ha un'aria talmente peccaminosa che sono costretta a distogliere lo sguardo prima di fare qualcosa di cui mi pentirò. Scruta la canottiera nera che indosso invece di una normale camicetta, prosegue con i pantaloni attillati e scende fino agli stivali neri con il tacco alto. I suoi occhi percorrono il mio corpo almeno cento volte prima che io riesca di nuovo a muovermi.

«Secondo Alex sta molto meglio rispetto a qualche giorno fa. Stai andando alla grande, Tessa. Qualsiasi cosa sia successa, la risolverai», mi rassicura Megan e le sue parole giungono proprio al momento giusto. Cole e io stiamo costruendo qualcosa di importante insieme e non posso permettere che un solo istante di desiderio rovini tutto. E allora, nonostante le sue occhiate sensuali, mi giro e mi allontano nella direzione opposta.

«Jay!» Non sono mai stata tanto sollevata o entusiasta di vederlo e, attualmente, è il miglior diversivo che ho a disposizione. Ecco perché, appena lo trovo intento a chiacchierare con un paio di ragazzi che non conosco, lo trascino via.

«Che bello vederti.» A furia di sorridere mi fanno male le guance. «Non hai portato Stephanie?»

La mia felicità lo prende un tantino alla sprovvista, o forse tanto, ma a suo favore devo dire che si guarda bene dal darmi della pazza. «Lei è... è dovuta tornare a casa.»

«Giusto.» Segue una pausa imbarazzata. «Ti stai divertendo?»

«Direi di sì...» Qualcosa alle mie spalle lo lascia impietrito per il panico e, in quattro e quattr'otto, mi liquida. «Io... ehm, mi sta chiamando una persona. Ci vediamo dopo.»

Non ho nemmeno bisogno di voltarmi. «Mi dirai mai quello che gli hai detto?»

«Possiamo aggiungerlo alla lista di cose che devo ancora confessarti.»

«Sarà molto lunga?» Il suo fiato caldo mi solletica la nuca e il suo corpo è così vicino al mio che sento il calore che emana.

«Non direi. Ci sono solo due voci.» Mi mordicchia il lobo di un orecchio. «Sei uno schianto. Hai fatto sbavare tutti i ragazzi qui dentro. Dovrò prenderli a calci nel didietro.»

«Andiamo in un luogo più appartato allora», dico quasi senza fiato per il contatto tra la mia schiena e il suo petto, con i suoi muscoli sodi contro di me e il suo calore che mi penetra sotto la pelle.

«È l'idea migliore che hai avuto oggi.»

Mi porta sul balcone. Prima di seguirlo, però, cerco con lo sguardo Megan e Cami nella speranza di ricevere un po' di incoraggiamento. Sfortunatamente, Megan e Alex sono troppo impegnati a pomiciare e Cami, be', si sta comportando alla Cami e ha un gruppetto di ragazzi ai suoi piedi. Tra loro c'è anche Lan, che le sta accanto pronto a prenderla e portarla nella sua caverna.

Sono sola.

L'appartamento ha una piccola terrazza con un giardino a cui si accede tramite una portafinestra e che affaccia sulla strada. Mi appoggio alla ringhiera, con Cole alle spalle, e guardo giù, verso il traffico che scorre incessante sotto di noi.

Nonostante la serata sia calda, sto tremando.

«Non riesco a credere che tu abbia messo Jameson e Seth di guardia a Kimmy. Come hanno fatto a farsi incastrare?»

«Gli devo una fornitura a vita dei miei brownies alla Nutella. Niente di che, ma dovrò passare un sacco di tempo ai fornelli.»

«Peggio per te, meglio per me», commento ridacchiando, ma mi interrompo subito quando lui affonda il viso tra i miei capelli.

«Wow, hai un profumo buonissimo.» Sto tremando. «Hai idea di quello che mi stai facendo? Di cosa vuol dire vedere ogni ragazzo di là che ti fissa quando l'unica cosa che vorrei è dire davanti a tutti che sei mia?»

«Chiunque sia dotato di un paio d'occhi può vedere chiaramente che per me ci sei solo tu, Cole. Stanno sprecando il loro fiato.»

«Mi fai diventare un cavernicolo, Pasticcino. Cosa devo fare con te?»

«Apriti con me, lascia che io ti aiuti. Dimmi la verità, Cole.» Mi giro, appoggio la testa sul suo petto e lo stringo forte in vita. A prescindere da come sono vestita e da tutta la tensione sessuale che c'è tra noi, in questo momento non ci serve un amore travolgente, di quelli che spingono a spaccare i mobili e a strapparsi i capelli. Ci serve il conforto di un abbraccio innocente, la sicurezza della stabilità, la promessa dell'eternità.

«Devi solo fidarti di me e dirmi ogni tuo segreto, Cole.»

«Va bene, lo farò.»

Inspira a fondo e mi solleva il mento, poi avvicina la bocca alla mia. «Hai vinto.»

E a quel punto mi bacia.

17

Sembra che qui dentro sia passato l'uragano Colessa

NEL giro di un secondo, mi ritrovo premuta contro la portafinestra mentre Cole si avventa sulla mia bocca in un bacio inebriante e profondo, di quelli che ti arrivano fin dentro l'anima. Avrebbe potuto essere un bacio dolce e delicato, per rappresentare un momento tenero e toccante e per segnare forse l'inizio di una nuova fase nella nostra relazione, invece è l'esatto contrario. Non c'è nulla di innocente nelle nostre bocche avide e nelle nostre mani bramose con cui tentiamo di annullare ogni distanza tra i nostri corpi, dando sicuramente scandalo. È un bacio spinto, alimentato dall'angoscia e dal desiderio, e non riesco a fermarmi. Afferro i capelli di Cole e glieli tiro, supplicandolo con quel gesto di baciarmi più a fondo, di essere più brusco e, per una volta, di perdere il controllo. Per tutta risposta, lui mi solleva un po' da terra. È il suo modo di invitarmi a mettere le gambe intorno alla sua vita, e ubbidisco subito. In quella posizione così intima, la pressione tra noi mi manda in estasi, mentre Cole muove i fianchi contro di me e la sua lingua esplora la mia bocca in modo peccaminoso.

«Stupendo...» Appoggio la testa alla porta e lui stacca

le labbra dalle mie, per scendere in una scia di baci caldi e umidi fino alla base del mio collo. Mi morde la pelle e la succhia forte, ma non ci penso neanche a fermarlo per evitarmi un succhiotto. Se stasera vuole fare il cavernicolo, sono più che felice di permetterglielo. Mi aggrappo alle sue spalle e lo stringo più forte a me.

«Mi sei mancata tantissimo, Pasticcino.»

Il mio top di raso scivola facilmente sotto le sue mani, la bocca di Cole pericolosamente vicino al mio seno, mentre non smette di ruotare i fianchi contro di me, rischiando di farmi perdere la testa. Poi abbassa le spalline del top fino a scoprire il reggiseno. È nero, di pizzo, e mette in risalto la mia scollatura. Gli sfugge un gemito e inizia ad armeggiare per tentare di aprirlo. Stiamo perdendo il controllo così in fretta che riesco a malapena a stargli dietro, ma non voglio fermarmi. Siamo completamente sobri, eppure non ho nulla in contrario all'idea di strappargli i vestiti di dosso qui, davanti a tutti. Mentre lui cerca di sbarazzarsi della canottiera, io comincio a slacciargli la camicia. A metà bottoni, vengo interrotta da un boato di acclamazioni e fischi. Nascondo il viso contro il collo di Cole.

«Abbiamo un pubblico, vero?»

Lui sembra affranto quanto me, forse di più. «Li ammazzo», sibila, mettendomi a terra. Fulmina con lo sguardo tutti i presenti, che si stanno godendo la scena alle mie spalle, e aspetta che mi risistemi i vestiti, per non rischiare di mostrare le mie grazie a un branco di sconosciuti. Per tutto il tempo mi fa da scudo con il suo corpo, poi posa una mano alla base della mia schiena e mi riconduce dentro. Ho le guance in fiamme e tengo gli occhi puntati a terra, fino a quando sento una voce familiare che urla: «Ecco la mia ragazza! Te l'avevo detto che lo avevi in pugno.»

Cami Hughes è una donna morta.

Le faccio un gestaccio mentre Cole mi guida verso la sua stanza ma, poiché tutti danno per scontato che andremo a concludere quello che abbiamo cominciato, non sopporterei di restare qui.

«Possiamo andare di sopra? Questa situazione è un po' strana.»

Lui ridacchia, e ci avviamo verso la porta. Proprio quando comincio a pensare che finalmente potremo restare soli e parlare, sento una voce. Una voce che, pur di non sentire, avevo pensato di comprarmi delle cuffie.

«Stai ancora con lei? Perché?» Il tono acuto e stridulo è una tortura per le mie orecchie e sono tentata di spingere Cole fuori dalla porta per evitare ulteriori traumi. Il mio cavernicolo protettivo, però, si blocca, e io vado a sbattere contro la sua schiena.

Si volta, la individua tra la folla e le rivolge un'occhiata talmente cupa che lei deve essersela fatta sotto.

«Pensavo di essere stato chiaro. Non devi guardarla, non devi parlarle e non devi nominarla. Non devi nemmeno respirare la sua stessa aria. Ci siamo capiti?»

In tutta la sua gloria svampita, Kimmy non recepisce il messaggio, perché ci raggiunge e lo guarda battendo le ciglia finte.

«Ma, tesoro, pensavo fosse un gioco di ruolo. Tu facevi il padrone e io la sottomessa.»

Sto per vomitarle sulle Louboutin, giuro.

Cole è senza parole, forse perché non è pratico quanto me di puttanelle ostinate. Io invece ne ho già incontrate più che a sufficienza all'università e ormai sono un'esperta, quindi, anche se apprezzo che lui tenti di prendersi cura di me minacciando ogni Yolanda sul nostro cammino, posso farcela da sola.

A quanto pare, però, posso contare sui rinforzi, perché Cami e Megan vengono di fianco a me, una per lato, e con la coda dell'occhio vedo avanzare anche Lan, Alex, Seth e Jameson, che si tengono pronti in caso Kimmy decida di sfoderare gli artigli. Il fatto di avere tanti amici disposti ad affrontare per me una puttanella pazza mi colpisce davvero, ma loro non capiscono che dietro a ragazze tanto cattive ci sono una vita intera di insicurezze e il desiderio di stare bene con se stesse e di affermarsi attraverso gli altri. E quando ciò non accade, assumono un comportamento miserabile e meschino. Non sono certo qui per alimentare la vanità di Kimmy, ma nemmeno per distruggerla.

«Kimmy, è sempre un piacere incontrarti, ma devo forse ricordarti com'è andata a finire l'ultima volta che hai cercato di fare una cosa simile? Cole non è interessato.»

Lei sbuffa, incrocia le braccia scheletriche sulle tette giganti e solleva un fianco. «Scusami, ci conosciamo?»

È davvero mediocre la ragazza.

«Non ti ricordi quella volta che hai cercato di soffocare il mio ragazzo a furia di succhiargli le labbra?»

Pare in imbarazzo, ma non si arrende, e ha tutta la mia stima.

«Oh, giusto», ribatte in tono di scherno. «Tu sei la pazza con cui ha rotto un milione di volte, quella con tutti quei drammi in famiglia. Alcuni miei amici venivano al liceo con te, sai? Sei una barzelletta vivente, nessuno sa se siete una coppia o se lui ti scopa e basta.»

A queste parole, Cole si fa avanti e sono costretta a bloccarlo fisicamente. «No, ci penso io», gli dico, poi torno a concentrarmi sulla rompiballe in miniatura.

«Allora sai chi sono, eh? Bene, ora che abbiamo risolto questo punto, ti dirò come stanno le cose, e sarò sincera. Non ho intenzione di giocare sporco o di insultarti, quindi per un secondo sforzati e fingi di essere una persona civile.»

Me lo sto immaginando o sta diventando sempre più piccola?

«Non so che problema tu abbia o perché diamine ti comporti in modo così orrendo con me, ma se lo fai perché provi ancora qualcosa per Cole, lascia che ti chiarisca le idee: tu non gli piaci e non gli piacerai mai. Qualsiasi cosa ci sia stata tra voi è accaduta anni fa, appartiene al passato, quindi piantala di mettere te stessa ancora di più in imbarazzo. Ti ha detto chiaro e tondo fin dall'inizio che per lui sarebbe stata solo un'avventura. È finita. Accettalo, fattene una ragione e volta pagina.»

Nella stanza cala un silenzio di tomba e, da qualche parte nelle retrovie, qualcuno esulta per me e sento distintamente un: «Grande Glenn Coco!» ma resto concentrata su Kimmy. Sono stanca dei giochetti, dei dispetti e degli insulti. Voleva sentire la verità e l'ha sentita. Se insisterà a giocare sporco, sarò costretta a farlo anch'io.

«Tu... Non ci credo... sei proprio una stronza!» balbetta.

«Oh, credi che sia stata cattiva?» interviene Cami. «Se non la lasci in pace all'istante, ti faccio vedere io cosa fa una vera stronza. Vuoi mettermi alla prova?» Dire che fa paura sarebbe un eufemismo e, anche se non era necessaria una minaccia fisica per spaventare definitivamente Kimmy, apprezzo molto il suo gesto.

Le amiche che distruggono le bulle insieme restano insieme.

Finalmente Kimmy capisce che nessuno la vuole intorno. Se ne va a passo pesante e, con un'ultima occhiata di fuoco, si precipita fuori dalla porta sbattendosela alle spalle, non prima che Cami le abbia urlato dietro: «Salutami Chad!»

Quanto è crudele…

Indecisi sul da farsi, tutti aspettano un segnale, che arriva da Seth: «Che la festa continui, la strega è morta!»

E lo stesso vale per la Tessa insicura, timida e timorosa. Direi che finora è stata una bella serata.

«Ti ho già detto quanto eri sexy mentre demolivi Kimmy?»

Armeggio con la chiave nel vano tentativo di aprire la porta del mio appartamento mentre Cole mi abbraccia e mi bacia il collo. Ecco spiegato come mai faccio fatica a concentrarmi su qualcosa che non sia sciogliermi sotto il suo tocco.

«Non mi fa piacere demolire altre donne, ma se l'è cercata.»

«Piacere? Oh, sì, parliamo un po' del piacere. Di come darlo, come prolungarlo, come esaltarlo. Sono tutto orecchi, Pasticcino.»

«Piantala», sbotto poco convinta, anche se sul nostro piano abita una vecchietta molto simpatica, e vorrei risparmiarle la vista di due ragazzi che si strusciano.

«Allora apri questa porta perché la pazienza non è il mio forte, e ci hai già messo fin troppo.»

In qualche modo ce la faccio e, nell'istante in cui varchiamo la soglia, vengo assalita dalla bocca e dalle mani di Cole. Sento il rumore della porta richiusa con forza e mi ritrovo sollevata tra le sue braccia e trasportata sul grande divano ad angolo. Mi fa sdraiare e sale sopra di me, reggendosi sulle braccia. «Pensavo che non saremmo mai riusciti a rimanere soli, stasera.»

Si china per darmi un bacio e io rispondo con foga, eccitata all'idea di avere l'enorme appartamento tutto per noi. Non riesco a pensare ad altro che al ragazzo a cui sono avvinghiata, con le gambe intorno alla sua vita, le braccia intorno alle sue spalle e le labbra incollate alle sue. Con il suo tocco riesce a rassicurarmi sul nostro legame, ma allo stesso tempo è pieno di passione e della promessa che, prima che la serata sia finita, mi ricorderà perché stiamo così bene insieme.

Prima di arrivare a quel punto però...

«Fermati. Fermati», riesco a malapena a dire per l'affanno, mentre Cole inonda di baci il mio viso e il collo, e mi scosta il top. Impiega un attimo a riprendersi dal desiderio che gli annebbia la mente, ma alla fine mi sente e si blocca. Ansimante almeno quanto me, si sdraia sulla schiena e mi tira sul suo petto. «Sto morendo... Non so se si possa morire di desiderio, ma è così che mi sento.»

«Finiscila, non stai morendo», gli dico dandogli una pacca sul torace. Poi sbottono la sua camicia e infilo una mano per sfiorare gli addominali. «Sei un ragazzo in perfetta salute che deve solo tenere a bada i propri istinti primitivi per un po'.»

«Di quanto tempo stiamo parlando?»

«Di tutto il tempo che ti servirà per svuotare il sacco. Ho vinto in maniera legittima, quindi sborsa il mio premio.»

«E dire che pensavo di essere io il premio», brontola mettendo il broncio. «Non ti piacerebbe trovarmi davanti alla tua porta con un bel fiocco rosso?»

«Per questa volta passo, ma tienila presente come idea per Natale e, già che ci sei, prendi nota: ti voglio a torso nudo.»

Scoppia a ridere. «Come vuoi, Pasticcino.»

A questo punto, però, l'atmosfera si incupisce e l'attesa della sua confessione pesa come un macigno su di noi. Appoggio la testa sul suo petto e lo accarezzo. «Puoi dirmi qualsiasi cosa, e non andrò da nessuna parte, te lo prometto.»

Mi stringe più forte, e io avverto il suo nervosismo. Sono addolorata per lui, per tutta l'incertezza che deve affrontare. Più volte ha parlato dell'idea di abbandonare il football, ma vedersi sottrarre ogni scelta è tutta un'altra cosa. Uno sport che adora, uno sport che per la maggior parte della sua vita è stato nel suo destino, uno sport che lo ha reso un eroe e che potrebbe rappresentare il suo futuro. Dev'essere terrificante sapere che un infortunio potrebbe toglierti tutto questo.

Fa un respiro profondo e, con l'orecchio sul suo petto, sento il cuore battere all'impazzata. Per un attimo valuto di dirgli che può raccontarmi tutto più tardi, quando sarà pronto, ma mi tornano in mente le conversazioni che ho avuto con i suoi allenatori, con un medico dell'ospedale della nostra città e, ovviamente, con Cassandra. Più a lungo ignorerà il problema, più si rischia che peggiori. E, se continuerà a sforzare il ginocchio, potrebbe diventare molto più grave di un fastidio: potrebbe danneggiare in modo permanente le sue capacità motorie. Ecco perché, per quanto sia dura per lui, devo costringerlo ad aprirsi.

«Fin da quando ricordo, il football è stata l'unica cosa su cui mio padre e io siamo andati d'accordo. A me piaceva giocare e a lui piaceva che potessi incanalare tutta la mia energia in uno sport invece di finire nei guai. Adora vedermi in campo e, se potesse, verrebbe a tutte le partite. Ma questo lo sai già.»

«È bello che tu e tuo padre abbiate qualcosa di così speciale, che vi fa sentire uniti anche se non siete sempre in sintonia.»

Non aggiungo che, ne sono sicura, suo padre gli vorrebbe bene anche se lui smettere di essere un gran quarterback.

«Forse, a un certo punto, giocare a football è diventato solo un modo per far felice mio padre e non per sentirmi felice io stesso. Certo, amo questo sport, ma alla fine tutte le cazzate che comporta, la gente, l'attenzione, la pressione di dover fare la partita perfetta, cominciano a darmi sui nervi. Mi alleno come un ossesso e do il cento per cento ogni volta che scendo in campo, ma mi sento in colpa perché non mi diverto per niente.»

«Ne hai parlato con tuo padre? Ormai non sei più un ragazzino impulsivo, non sei più aggressivo e non hai più bisogno del football come valvola per sfogare la rabbia. Magari è per questo che gli piaceva così tanto, e adesso può non valere più. Se parlaste, forse capiresti che lui fa il tifo per te perché ti vuole bene, non perché gli piace il football.»

«Tu credi?»

«Non è che lo credo, lo so. Le persone ti vogliono bene per quello che sei, non per il ruolo in cui giochi, e questo vale per tutti, per lo sceriffo, per Cassandra e anche per me. Qualsiasi cosa tu decida di fare della tua vita, ci saremo sempre per te.»

«Non che io abbia fatto granché in vita mia per rendere orgogliosi i miei. Sono sempre stato quello che causava problemi, che faceva a botte, e li ho costretti a mandarmi alla scuola militare. Jay invece...»

«...non è te», concludo la frase al posto suo. «Tu sei tu e non penso proprio che tuo padre stia lì a fare paragoni tra te e tuo fratello per scegliere il preferito. Di certo non è scritto nel manuale del genitore.»

«Detta così sembra una cosa ridicola», replica divertito.

«È una cosa ridicola, infatti. Pensi che i tuoi vorrebbero meno bene a Jay se decidesse di abbandonare il baseball e diventare uno spogliarellista? No, perché quando vuoi bene a qualcuno lo sostieni e rispetti le sue scelte.»

«Chi ha detto che voglio diventare spogliarellista?»

«Personalmente non avrei nulla in contrario, ma era solo un esempio.»

Cala un silenzio per nulla imbarazzante, ma aspetto ancora che sganci la bomba.

«È per questo che avete litigato, prima che scappassi qui?»

Mi accarezza i capelli con fare distratto e in tono roco risponde: «In parte».

«Ti va di raccontarmi anche il resto?»

«Hai vinto, quindi devo farlo.»

«Non è che devi, però mi farebbe molto, molto piacere se lo facessi.»

Mi attira a sé, schiacciandomi contro il suo fianco, e mi dà un bacio sulla fronte. «Farei qualsiasi cosa per te.» Inspira a fondo. «Ero già arrabbiato con Cassandra per la sua imboscata, e non c'è nulla che possa dire per giustificarsi. Comunque, a cena non la piantava di ripetere che poteva essere una buona idea che noi ci prendessimo una pausa, per poter vedere il mio futuro con più chiarezza.»

Rimango in silenzio. Sapere che la donna alla cui opinione tenevo moltissimo ora ha così poca stima di me, mi ferisce ancora.

«Le ho detto di piantarla, diverse volte. Non era un argomento di cui discutere a cena, non ti pare? Ma lei ha insistito e ha detto che se alla Brown non ero felice potevo cambiare università. Al liceo avevo voti altissimi, ed ero stato accettato in un sacco di università buone ma molto meno costose. Allora le ho ricordato che avevo ottenuto una borsa di studio per lo sport e lei...»

Freme di rabbia, allora gli stringo il braccio, per fargli capire che sono dalla sua parte. Anche se sostiene di non amare più il football, avverto benissimo il suo senso di perdita, la dimostrazione fisica di quanto gli stia costando prendere in considerazione l'idea di essere privato di un futuro che non ha ancora definitivamente deciso di rifiutare.

«Ha tirato fuori una cosa che pensavo fosse solo tra noi. Pur consapevole che non volevo farlo sapere a mio padre, né a nessun altro, lei mi ha guardato e gli ha detto l'unica cosa che l'avevo implorata di tenere segreta.»

«Mi stai facendo paura, Cole.»

«Lo so, Pasticcino. Forse, una volta che te l'avrò detto, non sembrerà più così spaventoso o minaccioso. Ma ho tenuto per me la questione così a lungo che ormai è diventata enorme. Nei miei pensieri è la cosa peggiore che potrebbe succedermi, ma Cassandra l'ha spiattellata con una tale leggerezza che… ero furioso con lei. Ho dovuto andarmene perché rischiavo di dire qualcosa di cui mi sarei pentito. Ho detto comunque troppo, a tutti e due, mentre loro provavano solo ad aiutarmi.

«Verso la fine dell'ultimo anno di liceo», prosegue, «il ginocchio ha cominciato a darmi fastidio. All'inizio non era nulla di particolare, o almeno così ho pensato. Finché riuscivo a giocare e a vincere, non mi preoccupavo. Ma in una partita, durante un placcaggio, ho preso un colpo sul ginocchio. Ho sentito un rumore… un rumore come di qualcosa che si spezzava di netto, ed è stata la cosa peggiore che avessi sentito fino a quel momento.»

«Perché… non me l'hai detto?» balbetto. «Non mi sono mai accorta che ti fossi fatto male… com'è successo?»

Penso e ripenso, tentando di ricordare un infortunio, ma invano. Già al liceo il mio atteggiamento verso il football era più o meno come adesso: evitavo le partite ogni volta che potevo. Tra le grida di scherno e gli insulti, mi sembrava di dover attraversare del filo spinato e alla fine avevo deciso che non ne valeva la pena. Più volte Cole mi ha detto che a lui non importava, ma come ho fatto a non accorgermi di una cosa simile? Per quanto mi piaccia pensare di essere la ragazza giusta per lui e che nessuno possa amarlo più di quanto lo amo io, mi sono presa cura di lui in modo pessimo. E ora, tormentata dal senso di colpa, immagino me stessa con una mazza da baseball in mano che respingo tutti i dubbi che mi vengono scagliati contro.

«Ehi, guardami», mormora prendendo il mio viso tra le mani. «Non devi sentirti in colpa. Non lo sapeva nessuno, a parte il mio allenatore e il suo assistente, e solo perché dopo la partita mi hanno sorpreso negli spogliatoi mentre imprecavo. Poi ci ho messo del ghiaccio e ho fatto finta che non fosse mai successo.»

«E il dolore? Il gonfiore? Doveva essere evidente… Non posso credere che l'allenatore ti abbia lasciato giocare senza chiedere un consulto o farti seguire qualche terapia. Andrebbe denunciato! Non so come funzionano queste cose, ma troverò un avvocato competente e gli chiederemo i danni, fino all'ultimo centesimo. Che bastardo a sfruttarti così…»

Cole mi zittisce con un bacio profondo, con la lingua, tanto passionale che tento di salire sopra di lui. Prima di lasciarci andare troppo, però, lui si ritrae e mi dà un ultimo bacio sulla punta del naso.

«Sei più calma adesso, Tessie la Principessa Guerriera?»

«Sei sleale», lo accuso sbuffando. «Ma sono ancora arrabbiata con il tuo allenatore. Sarà meglio che si guardi le spalle.»

«Quell'uomo ha quasi sessant'anni, e per arrivare a fine giornata deve prendere un mix di farmaci, non tutti prescritti dal medico. Sono certo che sapresti come affrontarlo, ma preferirei che restassi fuori di prigione per un po', cara la mia teppistella.»

«Se proprio insisti, ok... Comunque l'ultima volta che ci sono stata me la sono cavata bene.»

«Sei fiera di essere finita dentro?»

«No, ma, in teoria, se ci finissi di nuovo so che mi comporterei da dura, quindi non c'è di che preoccuparsi. Ma piantala di distrarmi. Dove eravamo rimasti?»

«Alla parte in cui volevi decapitare il mio allenatore?»

«Giusto.»

«In sua difesa, devo dire che ha tentato di aiutarmi: sono stato io che non gliel'ho permesso. C'era in gioco l'università, e anche se ero già entrato nella mia prima scelta...»

«Alla Brown», sussurro, l'ateneo che ha selezionato per seguire me.

«Già, non potevo rischiare di perdere la borsa di studio. Non so se mi avrebbero preso solo per i voti, visto che il mio curriculum scolastico era tutt'altro che perfetto. Allora ho accettato di seguire una terapia, ma nessuno doveva saperlo. Avevo diciott'anni e ho detto all'allenatore che mi sarei assunto tutta la responsabilità se avessi sprecato l'opportunità di giocare a livello professionistico o all'università. Perché se gli osservatori sentono le espressioni 'strappo' e 'legamento crociato anteriore' nella stessa frase, ti depennano all'istante dalla lista.»

«Quindi hai seguito una terapia... Ti è stata utile?»

A questo punto, la vecchia Tessa avrebbe deciso che era tutta colpa sua. Se Cole non avesse disperatamente voluto venire alla Brown con me, avrebbe potuto abbandonare il football quando era in tempo. Aveva voti altissimi e sarebbe potuto entrare in una prestigiosa università con una borsa di studio per merito. Ma lui mi conosce fin troppo bene, sa che per sentirmi sicura ho bisogno di averlo sempre accanto e che forse, se fossimo stati distanti, non ce l'avrei fatta.

Adesso però non sono più così.

«In teoria, il fisioterapista voleva che stessi un po' di tempo a riposo e mi assicurassi che il ginocchio fosse guarito. Il football sarebbe stato fuori discussione, ma il danno non era così grave da impedirmi di giocare, e mi sono aggrappato a questo come a un'ancora di salvezza. Le cose tra noi cominciavano a migliorare, finalmente saremmo riusciti a mettere da parte le inutili stronzate che ci erano capitate, e a ricominciare. Non potevo rischiare di perdere tutto, specialmente perché la seconda università sulla mia lista era dall'altra parte del Paese. E mi avevano accettato per i voti, non per il football.»

«Dove?»

Chiudo gli occhi, perché so già che la sua risposta cambierà drasticamente i miei piani. Mi ero preparata per questo momento, ma sentire dalla sua voce che sarebbe potuto andare così lontano mi fa venire un groppo in gola. Un conto è dirsi che sei disposta a lasciar andare il tuo ragazzo dove è meglio per lui, ma convincerlo a farlo è un altro paio di maniche.

«All'Università della California, a Los Angeles.»

Traccio una linea immaginaria tra le nostre due università e tento di calcolare la distanza, quante ore di volo ci vorranno e con quale frequenza potremo vederci. Per non parlare dei soldi, del fuso e dei nostri orari che sarebbero completamente diversi…

«Quindi, per ipotesi, se dovessi lasciare la squadra, prenderesti in considerazione l'idea di trasferirti?» Non riesco a credere di essere io a proporglielo. Una parte di me vorrebbe prendermi a schiaffi, mentre l'altra si congratula perché questa è la cosa più responsabile e matura da fare.

Giusto?

«No, cazzo!» sbotta Cole.

Mi sembra di capire che non è d'accordo.

Si stacca da me, si alza dal divano e comincia a camminare su e giù per la stanza. Senza di lui, mi sento invasa da una strana sensazione di freddo.

«Come fai anche solo a pensare che si possa prendere in considerazione?»

«Perché avrebbe senso!» esclamo in tono frustrato. «Giocare non ti piace più, ormai, e più vai avanti, più rischi un danno permanente al ginocchio. Quindi se alla Brown non sei felice...»

«Quando mai ti ho dato l'impressione di non essere felice?» ribatte senza gridare, ma poco ci manca. «Da quando ho accettato la loro offerta, non mi sono più guardato indietro. Non ho mai pensato neanche per un momento di poter essere felice da qualche altra parte, e sai perché? Perché adoro stare alla Brown, adoro i corsi, la gente, gli amici e, soprattutto, adoro il fatto che ci sei anche tu e adoro la vita che ci stiamo costruendo.»

«Oh, Cole!» Sono in pena per lui. Andandosene ha paura di perdere ogni cosa e forse è proprio per questo che ha continuato a giocare fino a ora. «Ovunque andrai, io sarò sempre tua. Questo non cambierà mai. Voglio che tu sia felice e che stia bene fisicamente. Devi smetterla di fingere che non ci sia nessun problema e devi parlare con qualcuno, con un dottore, con il tuo allenatore, con Cassandra se sarà necessario. Non puoi continuare a giocare solo perché hai paura di perdere le persone che tengono a te. Chi ti ama e ti merita ci sarà sempre, a prescindere da tutto il resto.»

Mi alzo e lo raggiungo, gli circondo la vita con le braccia e mi premo contro la sua schiena. Con un sospiro, lui intreccia le dita alle mie.

«Cosa vuoi fare? Smettila di preoccuparti e di pensare agli altri, e dimmi cosa ti suggerisce il cuore.»

Si porta le nostre mani alle labbra e mi dà un bacio delicato sulle nocche. «Voglio restare alla Brown.»

«Ok.» La decisione spetta a lui, quindi non lo criticherò e resterò neutrale. A farlo scappare dai genitori è stato proprio il loro tentativo di scegliere al posto suo. Benché fosse spinta da buoni propositi, Cassandra gli stava forzando la mano, e io non ho intenzione di commettere lo stesso errore.

«Non voglio più giocare a football. Comincerò una terapia per riparare al danno che ho già fatto al ginocchio, ma con le partite ho chiuso.»

Non ho voglia di festeggiare. Nonostante tutto il tempo che ho passato a odiare la carriera sportiva di Cole e ciò che comportava, questa non è una vittoria per me. Anzi, la sensazione che provo ora è dolce e amara insieme. Non avrei mai pensato che, a diciannove anni, il mio ragazzo sarebbe stato costretto a rinunciare allo sport a causa di un infortunio. Forse però questo seme era già stato piantato molto tempo fa, e la questione del ginocchio gli ha soltanto reso più facile la scelta.

«La tua media è straordinaria, Cole, e i professori ti adorano. Se vuoi fare una richiesta per un aiuto finanziario, sono sicura che verrà presa in seria considerazione.»

Avete presente le ricerche che ho fatto? Ecco, so per certo che Cole ha tutti i requisiti perché l'università gli conceda una consistente borsa di studio. Sarà una cifra inferiore rispetto a quella che prendeva per meriti sportivi, ma gli Stone non avranno problemi a coprire il resto della retta.

O magari Cole potrebbe usare i soldi che nonna Stone ha messo da parte per lui, di cui però non sa ancora niente.

«Lo pensi sul serio?»

«Ne sono sicura. Appena torneremo a casa, ci siederemo e scriveremo alla segreteria un'e-mail dai toni forti e molto convincenti.»

Si gira verso di me e mi contagia all'istante con il sorriso che gli illumina il volto, spensierato e finalmente sgravato del peso di tutti quei segreti. Per la prima volta da un sacco di tempo, vediamo le cose allo stesso modo, e non riesco nemmeno a descrivere quanto sia bello.

Mi prende il viso tra le mani e mi tira a sé. «Potrei anche non ottenere una nuova borsa di studio. Hai un piano anche in quel caso, Supergirl?»

«Non ne avremo bisogno perché, se lascerai fare a me, sborseranno tutto di tasca loro.»

Sono piuttosto sicura, specialmente perché, forse, ho già discusso a lungo di questa ipotetica situazione con i responsabili delle borse di studio della nostra università, dai quali ho ottenuto solo risposte positive. Perciò, se la commissione oserà rifiutare la domanda di Cole, dovrà vedersela con me…

«Fareste meglio a coprire ogni parte del corpo che non volete farci vedere!»

Sentiamo tre forti colpi alla porta e ci alziamo di scatto, in cerca dei vestiti sparpagliati per tutta la stanza. La sua camicia è sulla lampada della scrivania, il mio top è finito vicino al bagno, mentre i miei pantaloni, i primi di cui ci siamo sbarazzati nonostante tutto il tempo che ci è voluto a sfilarmeli, sono contro la porta. Quelli di Cole, invece, non si vedono da nessuna parte.

«Te li sei tolti sulle scale?» sussurro, e intanto saltello su un piede alla ricerca dei vestiti che si sono misteriosamente volatilizzati.

«Non lo so. Tra quando ti ho preso in braccio e quando ti ho buttata sul letto non mi ricordo un cavolo di niente.»

«Be', sforzati un po', Sherlock. Cami sa essere piuttosto insistente e se non apriamo la porta farà irruzione e ti vedrà nudo in tutta la tua gloria.» Gli lancio un cuscino. «Trova almeno i boxer.»

«Apri, Tessa. Abbiamo compagnia di sotto, e voi due potete fare le vostre porcherie più tardi. Ora ho bisogno di te per smettere di molestare Lan.»

«Vengo!»

«Questo è certo», commenta Cole con un sorrisetto sfacciato e malefico. Anche Cami deve averlo sentito, dato che ribatte: «Tienilo nelle mutande, Stone. Va bene, me ne vado, ma vi voglio di sotto tra cinque minuti, altrimenti vi porterò giù di peso. Ho bisogno di una spalla e, per essere una buona samaritana, la nostra dolce Megan sa fin troppo bene come si beve».

«Sono tutti di sotto!»

Cole è troppo impegnato a ridere davanti ai miei tentativi frenetici di raccogliere i vari pezzi sparsi per tutta la stanza. Come diavolo ci è finito il mio reggiseno vicino al lavabo?

«Rilassati. Visto come urlavi prima, sono abbastanza sicuro che sappiano benissimo cosa stavamo facendo.»

Gli lancio un altro cuscino, questa volta con molta più forza. «Chiudi la bocca e vestiti.»

«Mi hai ferito, Tessie. Non vuoi restare a letto per le coccole? Mi sento usato.»

Con aria deliziosamente arruffata, se ne sta con le mani in mano appoggiato alla parete. Se non altro, ha la decenza di infilarsi i boxer. Recupero la sua camicia e gliela tiro, poi frugo nell'armadio in cerca di qualcosa da mettermi addosso alla svelta.

Prendo una canottiera e degli shorts di jeans. Cole non la pianta di osservarmi, e la sua espressione mi eccita di nuovo. Considerando le attività a cui ci siamo dedicati nell'ultima ora, è facile comprendere la mia sorpresa.

Mi sento avvampare al solo ricordo, ma lasciatemi dire una cosa: il sesso riparatore non è affatto sopravvalutato.

«Potremmo far finta che non ci siano», propone Cole venendomi incontro, ma io lo blocco piazzandogli una mano sul petto. «Non provarci... Adesso andremo di sotto e passeremo del tempo con i nostri amici, come una brava e normale coppia socievole. Quindi trova i tuoi pantaloni.»

A quel punto sentiamo un tonfo.

«Ho trovato i tuoi pantaloni! Sembra che qui dentro sia passato l'uragano Colessa. Che forza! È bello sapere che sul fronte protezione siete ben riforniti.» Ridendo di gusto, Cami corre di sotto e i pantaloni colpiscono la porta. Ho un tuffo al cuore.

«Sono talmente mortificata che penso di essere paralizzata.»

Il bastardo compiaciuto mi solleva e mi sistema su una spalla. Senza pantaloni!

«Per fortuna riesco ancora a trasportarti nonostante il ginocchio malandato, non trovi?»

«Aspetta e vedrai. Mi prenderò una dolcissima vendetta per questo e la userò come arma di ricatto per il resto della nostra vita.»

«Fa' pure, Pasticcino. Mi basta che tu stia sulla sedia a dondolo accanto alla mia quando avremo centocinque anni.»

Il maestro dell'estasi colpisce ancora. A momenti mi vengono le lacrime agli occhi e il mio cuore trabocca di una gioia che mi terrorizza, perché il solo pensiero di come sarebbe la vita senza più provarla basta a spaventarmi. Ecco quello che rappresenta Cole: la mia luce, la mia felicità, l'unica persona senza la quale non potrei neanche immaginare la mia vita. E, mentre mi porta al piano di sotto, tra le risate e gli schiamazzi dei nostri amici, mi rendo conto finalmente che il mio posto è proprio questo. Niente più dubbi, niente più domande e niente più insicurezze, che ormai appartengono al passato. Tutto questo, la vita che ho con lui e la famiglia che ci siamo creati, sono l'unica cosa che conta, e non la metterò mai più in discussione.

18

Epilogo – Parte prima

Due mesi dopo

Il modo di dire meno condiviso che abbia mai sentito è che le cose capitano per un motivo. Giusto per fare un esempio, ogni volta che qualcuno come me cita questo cliché, viene subito fischiato e si sente dire di darsi una mossa e ingegnarsi per risolvere qualsiasi cosa gli fornisca la triste scusa per poter usare una frase fatta. Probabilmente i bastian contrari credono che le cose non capitino semplicemente per un motivo e che chiunque accetti ciò senza fare nulla deve addossare la colpa solo a se stesso, non certo al destino. Se le cose in questione rappresentano una battuta d'arresto, non dobbiamo rassegnarci alle carte che ci sono state servite, ma combattere. Se invece quello che è successo è positivo, non dobbiamo attribuirlo a qualche potere mistico, ma essere convinti di averlo meritato.

Le cose capitano per un motivo, e io ci credo e non ci credo. Nei momenti critici, se ho vissuto un'esperienza difficile che minaccia di mettere a dura prova la mia determinazione, non reagisco dicendo che l'universo ce l'ha con me o considerandomi l'agnello sacrificale per il bene di tutti. Io combatto, potete scommetterci. E quando mi capita qualcosa di buono, sono la prima a riconoscere quanto mi sono impegnata per raggiungere quel risultato. Ecco perché secondo qualcuno io non ci credo.

Nella vita, però, certe cose capitano davvero per un motivo, che magari in quel momento risulta incomprensibile. Cose come un bambino malefico dai capelli scuri e gli occhi blu che, all'asilo, con un'occhiata decide che sei solo sua. Solo sua per prenderti in giro, per farti arrabbiare, per farti ridere, per amarti, per proteggerti.

Solo sua.

Ancora non mi capacito di cosa io possa aver fatto per meritarmi una persona come Cole Grayson Stone. Per una ragazza che ha passato così tanto tempo a desiderare che gli altri ricambiassero il suo amore è incredibile sapere di poter contare su un uomo con una devozione talmente forte che rischia di spaccarle il cuore in due. Siamo giovani, stiamo per compiere vent'anni, e la gente ci dirà che il futuro ci riserva molto di più che trovare l'amore della nostra vita al liceo. Chi non ci conosce è scettico e pensa che non reggeremo fino alla fine dell'università, perché di rado le storie tra liceali sopravvivono ai successivi quattro anni. L'università è fatta per crescere e per capire che tipo di persona vorresti essere per il resto dei tuoi giorni. Sono quattro anni di libertà, di esperienze di vita completamente diverse, di una serie di prime volte.

L'università dovrebbe cambiare la gente, dovrebbe cambiare quello che sei e quello che vuoi dalla vita. La persona che frequenti a diciotto anni, con cui ti diplomi, potrebbe non essere la stessa a cui vorrai stringere la mano al momento della laurea e con cui sarai pronto a entrare nel mondo reale. È un pensiero che può far paura, perché non puoi mai sapere quando capirai che le tue priorità sono cambiate, che tu sei cambiato. Potrei passare i prossimi tre anni con il fiato sospeso, in attesa che Cole si renda conto che non sono più la persona con cui immagina di stare.

Oppure posso avere fiducia nel ragazzo che è entrato nella mia vita due anni fa e che adesso è diventato l'uomo che ha affrontato i suoi demoni per me. Lui mi ha cambiato per sempre, in meglio, e giorno dopo giorno scopro di amarlo sempre più. Ogni giorno fa qualcosa che mi induce a credere davvero che le cose accadano per un motivo, che la gente entri nella tua vita per una ragione e che forse, in fondo, le anime gemelle esistano. Perché quando trovi quella persona, quella che occupa tutti i tuoi pensieri quando non è con te, che ti fa scoppiare il cuore di gioia quando c'è, che rende la vita più bella e più facile perché sai che ci sarà almeno una persona felice insieme a te, triste insieme a te, che ti offrirà una spalla su cui piangere o una mano e tutto l'amore e l'affetto di cui avrai bisogno… be', quando ti capita tutto questo ci credi.

Mentre spunto le varie caselle nella mente, ricordandomi quanto sono fortunata ad avere trovato quella persona, con un certo orgoglio mi rendo anche conto che, dopo tutto questo tempo, sono diventata a mia volta quella persona per Cole.

«Dieci pizze? Non basteranno! Vedi quanti ragazzi che stanno ancora crescendo ci sono in questa stanza? Lan da solo se ne divorerà almeno sette.»

«Ne resterebbero comunque tre per gli altri. Sono sicura che se le faranno bastare», ribatto in tono esasperato, e proseguo con l'ordine, ma Cami è irremovibile sul fatto che ci serva una quantità di cibo che potrebbe sfamare un piccolo Stato. Perché? Perché al momento sto facendo da padrona di casa a sei uomini che, a quanto sembra, per arrivare a fine giornata hanno bisogno di più di tremila calorie.

«Ha ragione lei. Travis ha appena ingurgitato il panino al tacchino che c'era in frigo e tutte le scorte di gelato che avevi, e credo che stia cercando ancora qualcosa. Aggiungi, aggiungi. Ci serviranno molte più pizze e tutti i contorni che fanno.» Beth fa il giro dell'isola in cucina e sbircia oltre la mia spalla, per essere certa che il suo ragazzo non resti a bocca asciutta. Poiché ha appena svuotato il mio frigorifero, stento a crederci.

Il nostro frigorifero. Cole non sarà affatto contento quando uscirà dalla doccia, dato che metà del gelato era suo.

«Non puoi ricordargli che stasera dobbiamo andare a cena a casa dei genitori di Cole?»

«Già, perché credo che non abbiano intenzione di spostarsi dalla sala tanto presto. In tv c'è una partita, e gli hai promesso la pizza gratis. È come se noi non esistessimo più, per loro.»

«Cami, pensi che il tuo ragazzo sarebbe comunque interessato a mangiare, se lo allettassi con qualche altra attività fisica?» le suggerisco con aria fintamente indifferente. I ragazzi devono darsi una mossa. Quello che era cominciato come un aiuto a me e a Cole a trasferirci nel nostro nuovo appartamento fuori dal campus si è trasformato in una partita di basket nel cortile del nostro palazzo, da cui i ragazzi sono tornati sudati e affamati. Però devo riconoscere che hanno già portato su la maggior parte degli scatoloni mentre noi ragazze ci siamo date all'imbiancatura.

Ho degli amici fantastici. Se li sfami come si deve, fanno praticamente di tutto.

«Non ho intenzione di togliermi la maglietta, se è questo che intendi. Ci piacerà anche trasgredire un pochino, ma Lan e io non ci siamo ancora dati all'esibizionismo.»

Sono davvero una perfetta coppia perversa. Non ho mai incontrato due persone più adatte l'una all'altra e, dato il modo in cui si sono evolute le cose tra loro, e visto che dopo un mese che escono insieme la loro storia è già seria, non mi stupisce che in pratica Lan viva nell'appartamento di Cami, dall'altra parte del corridoio.

«Tessa, sono convinta che dovresti ripensarci sul colore della camera degli ospiti», commenta Megan mordendosi il labbro ed entrando in cucina con in mano una palette di colori. Subito dopo arriva anche Sarah. La mia ex compagna di stanza e la mia amica vanno molto d'accordo, e sono contenta che Megan si sia assunta il compito di far sentire Sarah la benvenuta nel nostro gruppo. Cami ha avuto modo di legare con le mie amiche durante il mese travagliato che ha passato a casa mia e ormai è parte stabile della nostra combriccola, ma Sarah è rimasta un po' sconvolta da tutte noi insieme. Prima delle vacanze estive avevamo parlato di trasferirci fuori dal campus, e lei ha trovato due ragazze molto simpatiche con cui ora vive nel palazzo accanto al nostro nella stessa zona residenziale per studenti. È spesso da noi e, da quando le mie amiche sono venute a trovarci, ha fatto amicizia in particolare con Megan. Cosa più importante, però, dopo aver rotto con il ragazzo con cui stava nella sua città, l'ho vista chiacchierare spesso con Jameson e, se posso dirlo, potrebbero esserci sviluppi molto interessanti.

«Io opterei per il neve piuttosto che per l'avorio. Emana vibrazioni negative.»

«Com'è possibile che una sfumatura di bianco emani vibrazioni negative?» chiedo, stupita, e torno a concentrarmi sul dilemma della pizza. Faccio un rapido calcolo di quanti soldi mi toccherà sborsare, stringo i denti e ordino quindici pizze. Non sono le venti che pretendeva Cami, ma col cavolo che spenderò così tanto per delle pizze se non posso nemmeno avere i funghi doppi.

«La seconda camera è per gli ospiti, giusto? Dovrebbe essere calda, invitante e accogliente. L'avorio ricorda le sale d'attesa in ospedale e sembra che dica: Non ti voglio davvero qui. Mentre il neve ricorda i marshmallow sciolti nella cioccolata calda. E poi sta benissimo con il piumone che abbiamo preso ieri. Quale scegli?»

Solleva due campioni di vernice identici. A questo punto, mi andrebbe benissimo anche una bella tinta mandarino. «Vada per il bianco neve. Sembra carino.»

«Sì!» esclama Megan battendo le mani, sopraffatta dall'istinto da decoratrice d'interni. Fa un cenno alla sua apprendista Sarah, e si avviano a preparare la stanza.

Sta prendendo fin troppo sul serio la faccenda, ma non mi lamento. Se dev'essere qualcun altro a trasformare questo posto, sono felice che sia una persona che fa delle liste sul tipo di liste che vorrebbe fare.

Insieme a Cami e Beth, osservo la strana coppia che si allontana, poi spengo il computer. Con i gomiti appoggiati al piano di lavoro, mi accorgo che questo è il primo momento di pausa dell'intera giornata. Ultimamente è stato tutto caotico perché, nonostante l'affitto alto, questo posto aveva un disperato bisogno di amore e affetto, una mancanza cui Cole e io siamo felicissimi di sopperire. Siamo anche fortunatissimi ad avere degli amici che ci aiutano. Visto che Lan, Seth e Jameson studiano qui vicino, non hanno avuto problemi a venire ogni giorno per darci una mano, specialmente a spostare e montare mobili. Sono venuti anche Beth e Travis, così come Megan e Alex, e oggi torneremo tutti a casa per una specie di ultimo addio, dato che poi ognuno se ne andrà per la propria strada in parti diverse del Paese.

Tento di non pensarci troppo, ma l'estate appena trascorsa è la dimostrazione che la nostra amicizia può sopravvivere a qualsiasi cosa ed è più forte che mai.

«Sei preoccupata per la cena con i genitori di Cole?»

Beth mi conosce fin troppo bene e, da quando ha saputo della piega disastrosa che ha preso il mio rapporto con Cassandra e del ginocchio di Cole, ha fatto del suo meglio per sostenermi e darmi consigli utili. Si sente in colpa per essersi isolata dopo la lite con Travis. Io ho cercato di contattarla diverse volte, e lo stesso hanno fatto Megan e ovviamente mio fratello, ma durante la permanenza a Boston lei ha voluto rimanere sola per capire se avrebbe potuto continuare a uscire con Travis dopo aver visto un lato di lui che ignorava. Quasi due mesi dopo essersene andata su due piedi, me la sono ritrovata fuori dalla mia stanza, a bussare come una pazza dicendomi di darmi una mossa e alzarmi dal letto: così, ho capito che era guarita. Con mia grande sorpresa, aveva telefonato a Travis, e lui era andato a prenderla. Non so quanto si sia umiliato o cosa le abbia detto di preciso, ma ora li vedo più forti e più felici che mai, e anche più disposti a lasciarsi andare in pubblico a disgustose smancerie. Mi dà il voltastomaco, ma non potrei essere più contenta per loro.

Tuttavia, il fatto che Beth mi conosca così bene in questo momento mi sconvolge.

«Non preoccuparti, Tessa. Se quel mostro di matrigna prova ad attaccarti, ci penso io. Però suo marito è lo sceriffo, quindi dovrò essere prudente. Vado a fare qualche ricerca.» Cami mi dà una pacca sulla spalla e sparisce. Non so se sia seria o voglia semplicemente lasciarmi con Beth perché parliamo da sole.

«Dici che picchierà davvero Cassandra? No, vero? Non finirebbe bene per lei.»

«Non ne sono sicura», rispondo, esitante, «in ogni caso cercheremo di tenerla lontano dagli Stone.»

«Mi sembra un'ottima idea», concorda Beth. «Dato che siamo in argomento, come vanno le cose a casa? Dopo che hai convinto Cole a farsi curare, pensavo che avrebbero baciato la terra sotto ai tuoi piedi.»

Gli ultimi due mesi sono stati duri, rifletto con un sospiro. Dopo aver deciso che non vuole più giocare né all'università né a livello professionistico, Cole ha accettato di farsi controllare il ginocchio da uno specialista e di seguire una terapia. Quando ci hanno informato che non ci sarebbe stato bisogno di un intervento per riparare al danno, ci è mancato poco che scoppiassi a piangere. Adesso, anche se gioca ancora ogni volta che vengono i ragazzi, malgrado le mie continue raccomandazioni di stare attento a non sforzare troppo il ginocchio, so che è più contento perché finalmente usa il football per divertirsi e non solo per far felice il padre.

Parlando dei suoi genitori, tutte le questioni che Cole aveva con loro si stanno risolvendo. Non ha ancora perdonato Cassandra per il modo in cui mi ha trattato e, benché io gli abbia chiesto più volte di non essere arrabbiato né offeso al posto mio, lui ha la testa dura. Però le è grato per averlo spinto a rimediare all'infortunio e a pensare al suo futuro, e forse è proprio grazie a lei se siamo riusciti a essere completamente sinceri l'uno con l'altra. Il fatto di avere praticamente ricattato Cole perché confessasse tutto mi ha fatto guadagnare qualche punto agli occhi degli Stone, ma ne ho anche perso qualcuno per aver creato una frattura nella loro famiglia. Le cose tra me e Cassandra sono un tantino migliorate, ed è evidente quanto lei si senta in imbarazzo per essere stata così impulsiva. Vorrebbe tanto avermi parlato in modo più opportuno e, adesso che sa che non sono io a costringere Cole a studiare in un'università dove non vuole restare, non sono più sulla sua lista nera. Con tutti i nostri sforzi per compilare la domanda per una borsa di studio, che alla fine è stata accettata malgrado avessimo sforato una marea di scadenze, Cassandra ha avuto la dimostrazione che Cole desidera rimanere alla Brown.

Le cose vanno ancora meglio da quando ha cambiato facoltà, come mi aveva detto. Ora studia Scienze politiche e poi ce la metterà tutta per entrare a Legge. Sono orgogliosissima di lui.

Non credo però che Cassandra e io torneremo a essere legate come un tempo. Non la biasimo per aver messo Cole al primo posto, ma da questa vicenda è emersa la scarsa opinione che ha di me, e chissà da quanto la pensa così. Se quest'anno ho imparato qualcosa, è che voglio circondarmi solo di persone disposte a ricambiare l'amore e il rispetto che io nutro per loro. È chiaro che Cassandra non mi rispetta per quello che sono, quindi ho accantonato il mio bisogno di una figura materna e ora l'unico motivo per cui mi sforzo di andare d'accordo con lei è Cole, e lui lo sa.

«Non spero certo in una bella rimpatriata in stile famiglia Brady, ma sappiamo tutti essere civili. Sono stata da loro già un paio di volte, e Cassandra è stata abbastanza gentile con me. Quindi non mi auguro nulla di più.»

«Non riesco a credere che si sia scagliata contro di te in quel modo e che ti abbia incolpato di tutti gli errori di Cole. Tu non sapevi niente del suo infortunio perché lui è stato bravissimo a tenerlo nascosto.»

«È proprio questo il problema: avrei dovuto saperlo. Avrei dovuto fare più attenzione e, anche se può sembrare contorto, sarò sempre grata a Cassandra per avermi fatto suonare un campanello d'allarme, ma la storia finisce lì. Mi ha fatto capire chiaramente che tipo di rapporto c'è tra noi, e ormai l'unica cosa che abbiamo in comune è Cole.»

«E a te sta bene?» Beth sa che Cassandra per me era una specie di madre, e non si può certo dire che io abbia una gran fortuna in questo campo.

«Sì. Ho impiegato un po' di tempo, ma alla fine ho capito che non ho bisogno di una determinata persona o figura perché la mia vita sia completa. Con tutti i suoi difetti, mia madre sta cercando di sistemare le cose tra noi, anche se non mi aspetto certo un miracolo. Sono felice della vita che ho adesso, Beth. Sono davvero felice, non potrei chiedere di meglio.»

«E io sono felice per te», dice abbracciandomi. «Non solo per questo appartamento, ma perché finalmente hai accantonato i tuoi dubbi e hai smesso di dare ascolto a quella vocina del cavolo nella tua testa che ti faceva sempre dubitare di te stessa. Me ne sono accorta, sai, e anche tutti gli altri se ne sono accorti, di quanto è aumentata la tua autostima e di quanto la storia con Cole è maturata. Non hai più paura di nulla, e sei una schiacciasassi che non permetterà a niente di mettersi tra sé e il suo uomo.»

Sopraffatta dall'emozione, stringo Beth in un forte abbraccio. «Mi mancherete un sacco la settimana prossima.»

Ricambia l'abbraccio con altrettanto trasporto. «Non ti sbarazzerai così facilmente di noi. Ce l'abbiamo fatta quest'anno e ce la faremo sempre. Qualsiasi cosa succeda, potremo sempre contare l'una sull'altra.»

Poi, al grido: «È l'ora degli abbracci, Meg!» mi ritrovo schiacciata dai cinquanta chili della mia amica dai capelli rossi. «Aspettavo solo che mi chiamaste», esclama.

Ecco, è questa tutta la famiglia di cui ho bisogno.

* * *

A proposito di nuove e sorprendenti amicizie, altre due persone che vanno davvero d'accordo sono Lan e Bentley. Sì, Bentley il mio amico barra sventurato allenatore. Non sono mai stata il tipo che si entusiasma all'idea di andare in palestra tutti i giorni. Il mio stomaco fa ancora i capricci ogni volta che mi avvicino a uno step, ma uno dei vantaggi del provare a essere più in forma e del costringermi a trascinare il sedere agli allenamenti tre volte alla settimana è che ho trovato un'altra persona da aggiungere alla mia famiglia improvvisata: Bentley. Questa settimana, mentre i miei amici scorrazzavano per Providence, lui si è inserito a meraviglia nel nostro gruppo.

È in sintonia soprattutto con Lan. Chi l'avrebbe mai detto? Essendo entrambi fanatici del fitness, sono diventati grandi amici e, anche se Cole ha tenuto il muso per un paio di giorni, alla fine è stato proprio lui a stupirmi ancora di più. Da quando è circolata la notizia del suo infortunio, come previsto la gente ha cominciato a trattarlo in modo diverso. Non con cattiveria né con pietà, semplicemente gli altri non sanno cosa dirgli. Devono dispiacersi che la sua carriera sportiva sia finita? Devono congratularsi, come se rimetterci un ginocchio fosse un bene perché significa che non sarà più costretto a giocare a football? Non esiste un modo diplomatico di affrontare l'argomento, quindi immaginatevi la mia sorpresa quando un giorno Bentley si è semplicemente presentato per darci una mano con il trasloco e si è offerto di aiutare Cole con la terapia. Il fisioterapista gli ha insegnato alcuni semplici esercizi da fare a casa e di solito io lo aiuto come posso, ma Bentley vuole specializzarsi proprio in Medicina dello sport, quindi è un esperto.

Tra lui e Cole sta nascendo un'amicizia, ed era ora. Aggiungeteci Lan, e certi giorni vedo il mio ragazzo soltanto di sfuggita. Però ne sono felice, perché l'anno scorso per colpa mia gli è stato quasi impossibile trovare il tempo per i suoi amici più cari. Quando non si allenava, non studiava o non era in trasferta per qualche partita, passava tutto il tempo con me, forse perché avevo bisogno della sua presenza mentre mi leccavo le ferite. Adesso invece gli ho assicurato che sono in grado di prendermi cura di me stessa, e anche di lui, se è per questo, così si fa meno scrupoli a concedersi qualche uscita e a godersi una serata tra maschi.

Oggi ha passato gran parte della mattinata a spostare le ultime cose e a montare i mobili Ikea. Entro nella nostra stanza, e mi fa ancora uno strano effetto pensare a questo posto come al nostro appartamento, alla nostra camera, al nostro letto. Sento scorrere l'acqua della doccia e faccio capolino in bagno. La cabina è completamente appannata, e distinguo a malapena la sagoma del suo corpo. Mi affretto comunque a distogliere lo sguardo perché l'ultima cosa che ci serve è una distrazione.

«Ehi, a che ora Cassandra ci vuole da lei?»

«Cos'hai detto, Pasticcino? Non ti sento.»

Non prova nemmeno a nascondere il suo vero intento...

«Ho detto», strillo, «a che ora dobbiamo essere a casa dei tuoi?»

«Non ti sento ancora. Vieni più vicino», grida lui di rimando, in tono compiaciuto. Sono tentata di raggiungerlo, ma mi sono già vestita per la serata. Ho passato tre quarti d'ora a stirare i capelli, e non ho intenzione di bagnarli di nuovo.

«Allora aspetto che tu esca.»

«Cosa? Vuoi che esca? Va bene.»

Senza il minimo pudore, esce dalla doccia nudo come

mamma l'ha fatto e mi rivolge un sorrisetto maligno e sexy, per nulla dispiaciuto per avermi teso questa imboscata.

Farfuglio qualcosa, perché dopo due anni riesce ancora a fregarmi tutte le volte.

«Non entrerò nella doccia con te.» Indietreggio e lui mi segue, perfettamente a suo agio anche se la porta non è chiusa a chiave e la stanza accanto è piena di gente.

«Ne sei sicura?»

Gli lancio un asciugamano e lui, con riluttanza, se lo avvolge in vita. Evidentemente non ha voglia di mostrarsi ai nostri amici in quelle condizioni.

«Sono sicura che non voglio arrivare in ritardo alla festa che i tuoi genitori hanno gentilmente organizzato per noi. Non vorrei abbandonare ogni speranza di avere un rapporto decente con loro.»

Stupida Tessa, con quella tua boccaccia. Cole si incupisce e io mi maledico per aver accennato alla ben nota tensione tra me e Cassandra. Cole ha fatto capire chiaramente da che parte sta, e io odio questa situazione. Non voglio essere la causa della spaccatura tra lui e la sua famiglia, e uno dei miei obiettivi per questa sera è proprio ricucire lo strappo tra loro.

«Non sei tenuta a far loro una buona impressione, Tessa, lo sai. Non mi importa di quello che pensano, e non dovrebbe importare neanche a te.»

Lo sceriffo è abbastanza gentile con me, non è lui il problema, ma è comunque costretto ad appoggiare la moglie, e penso sia per questo che fa di tutto per evitarmi. Sono ferita, ma non ne faccio una tragedia e spero che Cole lo capisca. Ogni cosa che faccio è per lui, perché ricostruisca il suo rapporto con la famiglia.

«Non sto cercando di fare una buona impressione a nessuno», replico mentre lo raggiungo, e lo abbraccio, anche se è ancora bagnato. Al diavolo i capelli. «Però è stato un pensiero carino da parte loro organizzare questa festa di fine estate per noi e per tutti i nostri amici, e sarebbe bello se arrivassimo puntuali.»

«Ha detto alle otto», mi informa con noncuranza. «Il volo di Jay è in ritardo, quindi lui arriverà dopo.»

«Bene. Raduno le truppe.» Gli do un rapido bacio sulla guancia e me ne vado, accompagnata da un fischio.

«Ti ho già detto quanto adoro vederti addosso quegli shorts?»

«Vestiti, prima che Cami entri e ti veda nudo, altrimenti ci toccherà staccartela di dosso», ribatto con finta esasperazione.

Impegnata o meno, è ancora una sua fan.

«Ti serve altro?»

Da bravo fratello maggiore protettivo e responsabile, Travis ispeziona un'ultima volta il nostro piccolo appartamento. Cole e io abbiamo deciso di spendere un occhio della testa per l'affitto perché ci è bastato vederlo una volta sola per capire che è il posto perfetto dove passare i prossimi tre anni. Il fatto che sia a dieci minuti dal campus e che il parcheggio sia gratuito è un ulteriore vantaggio, perché mi ero già innamorata alla follia dell'atmosfera caratteristica e accogliente dell'open space con salotto, tavolo da pranzo e cucina, e delle ampie finestre che lo fanno sembrare grande il doppio. Poco per volta lo stiamo arredando e abbellendo, per dargli un po' di vita, ma questo appartamento ha già conquistato il mio cuore. Avremmo potuto accontentarci di una sola camera da letto, ma adoro ospitare gli amici, perciò vale la pena pagare un po' di più.

«No, Trav. Prima di uscire dal supermercato ho controllato due volte la lista che mi avevi dato. Siamo a posto con la spesa.»

«Prima ho fatto un salto dal ferramenta e vi ho preso un kit per le emergenze. E ho parlato con il padrone di casa per far cambiare la serratura della porta d'ingresso, perché sta cadendo a pezzi. E la porta della vostra stanza cigola un po' troppo, ci metterò del lubrificante più tardi...»

«Basta, Travis», gli ordino abbracciandolo. «Staremo benissimo. Qui è pieno di studenti che non sanno quello che fanno, ma sono sicura che sopravvivremo.»

Sospira, sconsolato. «Cerca di non abbuffarti solo di *ramen*. Ti ho scaricato sul Kindle due libri di ricette semplici, quindi, se Cole non c'è, prova a cucinare qualcosa tu, almeno una o due volte alla settimana.»

«Va bene, mamma. C'è altro?»

«Sì, la lavanderia fa schifo. Ho sentito che hanno perso dei vestiti di Calvin Klein a due ragazze, quindi è meglio che andiate a quella automatica in fondo alla strada. Costa anche meno.»

Trattengo a stento un sorriso, perché la sua ansia mi scalda il cuore. So che secondo lui sarei più al sicuro al pensionato, ma se sapesse anche solo la metà delle cose che ho sentito sul mio conto o che mi hanno detto, ringrazierebbe gli dèi immobiliari per aver fatto trovare a me e a Cole questo appartamento.

«La pianti di farla innervosire? Non va mica al patibolo, e tu ti stai comportando da chioccia. Se la caverà benissimo.» Beth abbraccia mio fratello in vita e appoggia la testa sulla sua spalla, facendomi l'occhiolino. «Le hai riempito la dispensa con talmente tanta roba in scatola che potrebbe sopravvivere sei volte agli Hunger Games. E sono quasi certa che il padrone di casa se la sia fatta sotto, dopo la tua visita.»

«Cos'hai fatto?» strillo. «Ti prego, dimmi che non l'hai minacciato! Hai idea di quanto sia difficile trovare un posto fuori dal campus? Se ci butta fuori adesso, resteremo senza casa e sarebbe tutta colpa tua. Già non gli piacciamo troppo perché Cami ha detto che i suoi capelli le ricordano quelli di Billy Ray Cyrus.»

Probabilmente non è la cosa migliore da dire per fare una buona impressione, quindi sì, siamo già sul filo del rasoio con lui, e se Travis si è messo in mezzo con le sue cavolate da fratello maggiore che gioca a fare il macho, tanto vale che Cole e io rifacciamo le valigie.

«Chi resterà senza casa, Pasticcino?» Cole arriva alle mie spalle, mi mette un braccio intorno alla vita e appoggia il mento sulla mia spalla. Ha un profumo buonissimo e, senza alcuna vergogna, inspiro a fondo il suo aroma fresco di doccia. Chiunque abbia inventato la fragranza Irish Spring dovrebbe ricevere un Nobel.

«A quanto pare noi, perché Travis ha fatto visita al nostro padrone di casa e l'ha minacciato fisicamente.»

«Non è andata così. Gli ho solo detto che deve stare più attento alla sicurezza. Ma li avete visti i tipi loschi che si aggirano qui intorno? Pagate un affitto troppo alto, per avere gli spacciatori fuori dalla porta.»

«Siamo in una città universitaria, cosa ti aspettavi? Non dirmi che non è lo stesso a Berkeley», ribatto esasperata, citando la loro università.

«Oh, è anche peggio. Sono quasi sicuro che il tizio nell'appartamento di fronte al nostro abbia messo su un laboratorio di metamfetamine, ma non gli facciamo domande perché nel weekend ci lascia tenere il suo levriero. Amo troppo quel cucciolo per far arrestare il suo padrone», spiega Travis con un sospiro.

Senza sciogliermi dall'abbraccio di Cole, mi giro verso di lui. «Hai un posto di riserva dove andare, nel caso in cui ci caccino?»

«Non succederà», mi rassicura con un sorriso, «a meno che quell'uomo voglia che la polizia faccia qualche indagine sulla droga che gira. Ne abbiamo già parlato, lui e io.»

Sposto lo sguardo da lui a mio fratello. Quindi sono complici... «Chissà perché perdo ancora tempo con voi.» Tra tutti e due, sono più al sicuro che a Fort Knox.

«Megan e Alex sono già partiti con Sarah. Beth e Travis portano Lan e Cami mentre Seth e Jameson hanno detto che daranno un passaggio a Bentley, quindi sono tutti a posto.»

Sto facendo un ultimo giro frenetico dell'appartamento, per controllare che le porte siano chiuse e le luci spente. Resteremo a dormire a casa mia e torneremo domani con le mie ultime cose.

Domani sarà anche l'ultimo giorno prima che ognuno torni alla propria università e mi sto aggrappando disperatamente agli scampoli di questa estate. Però sono anche elettrizzata all'idea del secondo anno che mi aspetta e so che sarò in grado di affrontare le cose dieci volte meglio rispetto al primo. Tra i corsi, il corpo di ballo e la collaborazione con il giornale universitario, sarò abbastanza impegnata perché i miei troppi pensieri o il mio lato autolesionista possano sfuggirmi di mano.

«Bene. Non pensavo che saremmo riusciti a rimanere soli. Devo ricordarmi di non lasciarti finire la seconda camera da letto, altrimenti inviterai sempre qualcuno per la notte.» Cole mi prende tra le braccia e mi fa appoggiare contro il piano da lavoro in cucina. Dopo quello che mi ha fatto su questo stesso piano la prima notte che abbiamo dormito qui, penso che non lo guarderò mai più nello stesso modo.

Mi ritrovo a scacciare le sue mani curiose che si stanno prendendo un po' troppe libertà con il mio vestito. Mi lascia scoperte le spalle e un bel po' di pelle, su cui al momento sta concentrando le sue carezze. Sconfitta, chiudo gli occhi e mi arrendo a un bacio.

So bene che dovremmo partire subito perché il tragitto di un'ora e mezza sarà sicuramente più lungo a causa del traffico del venerdì sera, ma le mani di Cole hanno un potere magico. In questo istante, non potrebbe fregarmene di meno di arrivare in perfetto orario per fare una buona impressione agli Stone.

In un battibaleno, mi fa voltare e si preme contro di me, per darmi una scia di baci appassionati lungo il collo e sulla schiena nuda. Le maniche del mio vestito offrono una scarsa protezione e lui me lo abbassa sulla vita. Mi afferra il seno, con il viso affondato nel mio collo per respirare il mio odore.

«Non riesco a credere di averti tutta per me, che questo posto sia casa nostra. Sai quanto mi eccita l'idea di entrare dalla porta consapevole di aver fatto l'amore con te su ogni superficie visibile? Di averti reclamato in ogni modo possibile?»

Fremo tra le sue braccia, senza parole. Giocare alla famiglia felice con Cole Stone non si può paragonare a nessun'altra emozione al mondo, e la sua energia dà la carica anche a me, fino a farmi impazzire per l'amore e l'assurdo desiderio di possedere ogni parte di lui. In questo posto solo nostro potremo crearci dei ricordi, costruirci un futuro e scappare finalmente da ogni demone del passato.

E sono prontissima a farlo. Porto le mani all'indietro e abbasso del tutto la cerniera del vestito, che lascio cadere ai miei piedi. Cole ha già il fiato corto, e io mi giro per aiutarlo a sfilarsi la camicia dalla testa e sbottonargli i jeans. I nostri corpi si cercano e bramano il contatto pelle contro pelle, dimentichi dell'ora, delle persone che ci aspettano e della festa in programma.

«Ti amo con tutto me stesso, Tessa O'Connell.» Mi solleva e mi sistema sul bordo del piano della cucina. Gli metto le gambe intorno alla vita mentre mi slaccia il reggiseno e poi prende un preservativo dalla tasca dei jeans.

«Ti amo tantissimo anch'io, Cole. Per sempre.»

Perché ora sono a casa, dove dovrei stare. Abbiamo combattuto molto, abbiamo lavorato sodo per arrivare a questo momento, abbiamo resistito contro ogni previsione e ci siamo battuti persino contro la nostra stessa volontà per arrivare a questo punto, perciò ci meritiamo di assaporare ogni istante insieme.

Le cose accadono per un motivo ma, se ci credi e ti batti con tutto te stesso, puoi anche farle accadere.

19

Epilogo – Parte seconda

ARRIVIAMO alla festa in ritardo e, quando entriamo nel giardino sul retro degli Stone tenendoci per mano, ho la chiara impressione che tutti immaginino benissimo come mai ci abbiamo messo tanto. A giudicare dal sorriso diabolico sul suo volto, direi che Beth lo sa per certo, e probabilmente anche Cami, visto che mi mostra i pollici alzati e dimena il bacino in modo non troppo velato.

«Lo sanno tutti», mormoro nascondendo il viso contro la spalla di Cole.

Lui sghignazza, mi stringe con un braccio e mi dà un bacio sui capelli. «Chissenefrega. Ho una ragazza sexy da morire e se voglio fare l'amore con lei tutto il giorno sono cavoli miei.»

«Interessante scelta di parole, ma ora sta' zitto. Tua nonna sta fissando la mia pancia un po' troppo intensamente.»

È ancora piatta, lo giuro! Probabilmente sono solo gonfia per tutta la pizza che ho mangiato.

«Parlando di lei...» Cole si avvia verso sua nonna, che con le sue chiacchiere è impegnata ad ammaliare un compagno di golf di mio padre, l'adorabile signor Wright.

E brava nonna Stone.

«Da quanto tempo sapevi che contribuisce a pagarmi gli studi?»

Anche dopo avere ottenuto la borsa di studio per Cole, abbiamo dovuto trovare un modo per coprire le spese residue. Lui ha da parte un po' di soldi, che ha risparmiato con i piccoli impieghi estivi e lavorando durante i weekend all'università, ma i suoi genitori non gli hanno permesso di usarli. Così lui ha concesso loro di pagare una parte della retta e inoltre ha saputo di aver ricevuto una grossa somma da parte di un anonimo donatore, che ha notevolmente incrementato il suo conto corrente. Ha impiegato un po', ma alla fine ha estorto allo sceriffo la confessione che il misterioso donatore era nonna Stone. Quando l'ha scoperto, mi sono emozionata, lo ammetto.

«Forse me ne aveva parlato una o due volte, quando mi ha detto di avvisarla se fossimo rimasti a corto di soldi.»

Cole sorprende la donna con un abbraccio. «Ehi nonna, sei bellissima stasera.»

Lei fa un gesto stizzito con la mano e capisco subito che stanno per cominciare una guerra di battute tra loro. Il povero signor Wright resterà intrappolato nel fuoco incrociato.

«Tessa, tesoro, vieni più vicino e fatti guardare per bene.»

Nonna Stone profuma di rose e di cipria, un tenue odore che ormai associo a lei, l'unico membro della famiglia di Cole con cui avrò sempre un forte legame, come è stato fin da quando ero piccola. Abbracciarla mi riporta all'infanzia, quando entravo in cucina per un biscotto appena sfornato e un bicchiere di latte. Mi regala una sensazione di affetto e amore allo stato puro.

«Come stai, nonna? Ti sei cacciata nei guai di recente?»

Mi fa l'occhiolino, con gli occhi blu che brillano maliziosi. «Quando non combinerò più guai dovrete cominciare a preoccuparvi. Cosa mi dici di questo giovanotto? Ti fa dannare?» Dà un leggero scappellotto a Cole. «Non ti ho ancora perdonato la bravata con il ginocchio», continua rivolgendosi a lui. «Ne ho già avuti abbastanza di Stone testardi in vita mia con tuo nonno, Dio mi è testimone. Non osare fare di nuovo una cosa simile.»

«Sì, nonna», dice, sorridendo con aria imbarazzata. Ascolto la storia di come è riuscita la nonna ad allagare la struttura per anziani in cui vive, poi li lascio a chiacchierare e a escogitare un piano per assumere il controllo del mondo. Povero signor Wright, si sta prendendo una cotta per un vero terremoto.

Tutti i nostri amici sono arrivati e la festa sta andando alla grande. Vedo mio padre e Danielle al barbecue, dove lui aiuta lo sceriffo a cuocere gli hamburger, e vado a salutarli. Dopo avere annunciato il ritiro dalla politica, mio padre si occupa delle proprietà e delle attività in cui ha investito, e sono convinta che lasciare il lavoro sia stata la decisione migliore che abbia preso. Una volta scemata la pubblicità per la sua campagna elettorale, i riflettori sulla nostra famiglia si sono spenti, e tutte le stupidaggini uscite sulla stampa sono acqua passata. Sono contenta che abbia preso questa decisione, non per quello che significa per Travis o per me, ma perché lo vedo molto più felice. Ha comprato un appartamento in una città vicina e presto si trasferirà, ma non vuole vendere la nostra casa. Quando gli ho chiesto il motivo, ha risposto che ha intenzione di lasciarla a me o a Travis, nel caso in cui volessimo tornare a vivere nella nostra città. Poiché mio fratello ha già rifiutato, io ci sto riflettendo. Magari tra cinque anni… ma c'è tempo.

«Tessa, ti ricordi di Stephanie?»

Ma certo, l'accompagnatrice di Cole allo sventurato gala. Esaltato all'idea di presentarmi la sua nuova ragazza, Jay mi trascina via da mio padre. Stephanie è simpatica e, anche se all'epoca ce l'avevo con lei perché tutti pensavano che fosse più adatta a Cole rispetto a me, la vedo bene insieme a Jason. Lui e io andiamo molto d'accordo ora, soprattutto da quando mi ha confessato che Cole aveva minacciato di pubblicare su internet due album di fotografie di lui da piccolo mentre giocava con le Barbie se si fosse avvicinato a meno di tre metri da me. Ho strapazzato per bene Cole a riguardo, perché l'idea che Jay possa provare qualcosa per me è davvero infantile. Tuttavia, morirei piuttosto che ammetterlo, ma ho trovato la cosa decisamente sexy. A ogni modo, sono contenta per Jay e so che lui e Cole sono tornati in buoni rapporti.

«Devo mettermi in fila per stare un po' con la mia ragazza?»

È tutta la sera che giro, e Cole mi raggiunge proprio mentre tento di riprendere fiato. Mi sto sforzando di mostrarmi più socievole, perciò evito di stare in un angolo tenendolo per mano. Dite che sono riuscita a diventare adulta? Di sicuro ci sto provando.

«No, ma potresti fare uno sforzo e parlare con tutte queste persone che sono venute apposta per te a una festa a casa dei tuoi.»

«Metà di questa gente non la conosco neanche», commenta stringendosi nelle spalle, «un altro buon numero sono degli idioti con cui andavo al liceo, e quelli che restano li vedo tutti i giorni. Non capisco a cosa serva.»

«Vedi anche me tutti i giorni, significa che presto non sarai più emozionato all'idea? Cavolo, grazie per avermi fatto sentire speciale.»

Faccio per andarmene, ma lui mi afferra per la vita e mi

costringe a piegarmi in un casquè, per un bacio che mi lascia senza fiato. Qualcuno fischia, probabilmente Lan, e subito dopo c'è uno scroscio di applausi. Nell'esultanza generale, ci stacchiamo e io nascondo il viso contro il petto di Cole.

«Lo sanno eccome perché siamo arrivati in ritardo.» Stringo la sua camicia, e il bastardo si limita a ridere.

«Questa stanza sembra così vuota... È stranissimo.» Dato che ho portato gran parte della mia roba nel nostro appartamento a Providence, la mia camera pare diversa.

Mi sento esausta ma anche appagata, ed è una sensazione deliziosa. La festa è stata un successo, un'ultima memorabile celebrazione a conclusione di un'estate ricca di avvenimenti. Cole e io, però, siamo andati via presto perché lui è insaziabile, almeno quanto il mio bisogno di zuccheri raffinati.

Sdraiato dietro di me, mi stringe con un braccio e tiene le gambe intrecciate alle mie. «Sono contento che tu abbia lasciato qui questo copriletto. Mi ricorda quando facevi di tutto per resistermi.» Sghignazza, il suo petto vibra contro la mia schiena.

«Non mi hai mai permesso di resisterti, Cole. Non ci sarei mai riuscita nemmeno se mi fossi circondata di pareti d'acciaio, perché tu avresti trovato un modo di abbatterle, come Hulk.»

«È vero», concorda con aria seria. «Non avresti potuto tenermi lontano da te nemmeno se ci avessi provato, e sappiamo benissimo tutti e due che non l'hai fatto.»

«Giusto, ti volevo già bene quando mi inondavi di acqua e colorante o quando prendevi in ostaggio la mia famiglia o quando ho capito che avevi più fan tu di tutti gli One

Direction messi insieme. È stato quello a convincermi una volta per tutte.»

Ride di nuovo. «Ti prego, ne ho almeno duecentomila in più di quei bellocci.»

Gli tiro una gomitata e lo minaccio: «Se vedo ancora una ragazza che si avvicina in maniera sospetta a te, tuo padre sarà costretto a chiedere molti favori per non farmi finire in prigione per omicidio preterintenzionale».

«Dato che siamo in tema, ti ho visto parlare con Cassandra, stasera. Devo preoccuparmi?»

Infila le mani sotto il mio pigiama per accarezzarmi la pelle. «Si è solo scusata. Di nuovo.» In realtà, sono rimasta piuttosto sorpresa. «Ha detto che è stata iperprotettiva con te e ingiusta ad avermi messo in difficoltà in quel modo. Ha detto anche che vorrebbe provare a far tornare le cose com'erano prima.»

«Sta a te decidere. Fa' come vuoi, Tessie.»

«Non ci vedremo spesso, ma mi piacerebbe provarci. La vita è troppo breve per arrabbiarsi con le persone a cui teniamo.»

«È vero. Quando sei sicuro di una cosa, perché non farla subito? Che senso ha aspettare?» Le sue parole sono stranamente enigmatiche, come se stesse parlando più a se stesso che a me. «Hai ragione. Perché aspettare a fare qualcosa se la vuoi davvero e hai l'occasione di farla in questo preciso istante?» continua.

Mi giro per guardarlo. Anche se le luci sono spente e posso contare solo sul chiaro di luna, noto chiaramente l'espressione determinata sul suo volto. Tende una mano verso il comò dal suo lato del letto, apre il cassetto che gli ho ufficialmente lasciato e tira fuori qualcosa. Ormai sono completamente sveglia. Mi metto a sedere e tento di calmarmi, ma il cuore mi batte all'impazzata.

«Girati, Tessie.»

«Cosa?» Ho il fiato corto e mi sento invasa dall'ansia, ma è una sensazione meravigliosa.

«Girati, per favore.»

Mi metto in ginocchio dandogli le spalle. Il materasso si affossa sotto il suo peso mentre lui mi si avvicina da dietro e con una mano mi sposta i capelli. Per aiutarlo, li lego frettolosamente in una coda di cavallo.

Poi sento qualcosa di freddo sul petto e resto senza fiato: intorno al collo ho una catenina d'argento e, al centro del petto, un anello. Il diamante brilla alla luce della luna.

Un anello.

«Cole», sono senza parole. Non riesco nemmeno a muovermi per la sorpresa. Mi abbraccia, e solo a questo punto mi accorgo che sto tremando e piangendo. «Questo anello è tuo, lo è sempre stato. Stasera la nonna mi ha ricordato di dartelo appena mi fosse sembrato il momento giusto. Ma io sono sempre stato sicuro, sono sempre stato pronto per questo istante e per noi. Ho promesso a tuo padre che aspetterò di avere almeno ventun anni prima di compiere questo passo, ma voglio che tu sappia che questo anello non è mio ma tuo e, quando penserai che è il momento, te lo metterò al dito.»

Mi giro e mi avvento su di lui e sulla sua bocca, avida quanto la mia. Con il mio bacio gli trasmetto ogni grammo di amore che provo e, mentre lo spingo per le spalle per farlo sdraiare, tocco l'anello che ho sul cuore.

«Ogni giorno mi innamoro di te un po' di più», gli confesso, senza smettere di tempestare di baci ogni centimetro del suo viso. «Ogni singolo giorno con te è migliore del precedente. Sei forte e hai un cuore più grande e più comprensivo di chiunque io abbia mai incontrato, e mi ami come nessuno mi ha mai amato prima.» Gli appoggio una mano sul cuore e scendo con i baci lungo il suo petto. Adoro sentirlo alzarsi e abbassarsi rapido sotto le mie labbra. «Sei il mio eroe, l'amore della mia vita, un cavernicolo fino al midollo.» Con quest'ultima definizione gli strappo una risata. «E se c'è una cosa di cui sono sicura in vita mia, è che il mio posto è con te.»

Mi metto a cavalcioni su di lui e gli prendo il viso tra le mani. «Con me vai sul sicuro, Cole Stone. Ormai dovrai tenermi con te per il resto della tua vita, e questo», dico toccando l'anello che al tempo stesso mi pare pesi una tonnellata e mi faccia galleggiare in aria, da quanto mi gira la testa, «è tutto quello che avrei mai potuto chiedere. Quindi ti prometto che, anche se dovremo aspettare altri due anni, quando vorrai farmi quella domanda, quando penserai che sia arrivato il momento, fammela, e la mia risposta sarà sì. Sempre.»

Poco per volta, la notte cede il passo al giorno e, rischiarati dalla luce dell'alba, Cole e io festeggiamo un'altra prima volta per noi. Lui risucchia ogni grammo di piacere dal mio corpo e non ho nemmeno bisogno di darmi dei pizzicotti, perché questa è la realtà. Non ho più paura e non devo aggrapparmici come se da questo dipendesse la mia vita, perché nell'ultimo anno ho imparato molte cose e fatto importanti esperienze. Sono cresciuta, e lo stesso vale per Cole.

Ora la nostra vita è più libera, il nostro amore è più profondo e, soprattutto, la fiducia che abbiamo l'uno nell'altra ci è sufficiente per sapere che, se abbiamo una certezza nella vita, è proprio l'amore che siamo stati tanto fortunati da trovare. Un amore così forte e così potente da sopravvivere anche all'apocalisse.

IN LIBRERIA

ANNA TODD

Nothing More
Dopo di lei

Nothing More 2
Cuori confusi

Nothing Less
Fragili bugie

Nothing Less 2
Ora e per sempre

AFTER: LA SERIE COMPLETA

Un amore infinito che ha conquistato
le lettrici di tutto il mondo

After 1

After 2
Un cuore in mille pezzi

After 3
Come mondi lontani

After 4
Anime perdute

After 5
Amore infinito

Before
After forever

Finito di stampare presso ELCOGRAF S.p.A.
Stabilimento di Cles (TN)
Printed in Italy